RITA FISCHER

Sternenweg 17

Episodenroman
aus Hamburg-Eppendorf

VERLAG
kadera

Rita Fischer
Sternenweg 17
Episodenroman aus Hamburg-Eppendorf

1. Auflage
ISBN: 978-3-948218-48-5

Die Adresse des Titels sowie die Personen der Handlung
sind fiktiv. Ähnlichkeiten mit realen Personen sind nicht
beabsichtigt. Der Hamburger Stadtteil Eppendorf mit
seiner Lebensart war Inspiration und Orientierung
bei der Erfindung der Hausgemeinschaft.

Covergestaltung: Annelie Lamers.
Lektorat: Günther Döscher

Dieses Buch ist auch als E-Book erhältlich und kann über
den Handel oder über den Verlag bezogen werden.
E-Book: ISBN: 978-3-948218-49-2

Die Deutsche Nationalbibliothek verzeichnet diese
Publikation in der Deutschen Nationalbibliografie;
detaillierte bibliografische Daten sind im Internet über
https://portal.dnb.de abrufbar.

Der Kadera Verlag ist ein Imprint der
Bedey und Thoms Media GmbH,
Hermannstal 119k, 22119 Hamburg
https://www.bedey-media.de

Inhalt

Vorweg ein Dank

an alle, die mich mit Rat und Tat
unterstützt haben. Ihr habt mir Ausdauer
und Zuspruch geschenkt, habt Geduld bewiesen
und konkrete Hinweise gegeben.
Das gilt auch für Günther Döscher für seinen Rat
und die unerschütterliche Langmut im Lektorat.

Und ein Extra-Dankeschön an Michael.

Rita Fischer

Hausmeisterloge

Ein Parkplatz! Eva konnte ihr Glück kaum fassen. Dreimal war sie um den Block gekreist, Cruisen genannt, die tägliche Hoffnungstour automobiler Anwohner in Hamburgs dicht besiedelten Stadtteilen. Souverän parkte sie ihren Beetle ein – genau vor ihrer Haustür: Sternenweg 17 in Hamburg-Eppendorf. Perfekt.

»Da haben Sie aber Glück gehabt!« Die nette Nachbarin von gegenüber grüßte winkend mit Daumen hoch.

»Mein heutiger Sechser im Eppendorfer Parkplatz-Lotto!«, lachte Eva zurück und drückte den Hebel, um das Cabrio-Dach zu schließen. Sie holte ihre Schultasche und die Einkaufstüten aus dem Kofferraum und eilte voll bepackt die drei Stufen zur Haustür hoch. Gerade wollte sie ihr Gepäck absetzen, um den Schlüssel aus den Tiefen ihrer Handtasche zu kramen, als die Tür von innen geöffnet wurde.

»Ganz ehrlich, liebe Eva, wenn du eine Kühlschrank-Lieferung erwartest, solltest du schon vor Ort sein!« Curt Cremer aus dem Erdgeschoss links hielt ihr zwar galant die Haustür auf, konnte aber sein Missfallen nicht verbergen.

»Wieso Kühlschrank?«, fragte Eva irritiert, als sie im selben Moment das riesige Paket im Eingangsbereich entdeckte. »Das soll für mich sein?! Ich habe nichts bestellt, kann sich nur um einen Irrtum handeln.« Eva stellte ihre Taschen ab und sah sich das Monstrum genauer an.

»Wurde um acht vom Paketboten angeliefert.« Curt hielt ihr den Lieferbeleg hin: »Da! Eva Winkelmann, Sternenweg 17. Das bist du. Ganz ehrlich, meine Liebe, allmählich nimmt das hier überhand. Ich bin doch kein Concierge, der ständig irgendwelche Paketsendungen annimmt. Und dann noch um acht in der Frühe.«

»Das tut mir wirklich sehr leid. Du musst mir aber glauben: Ich habe nichts bestellt! Außerdem, auch ganz ehrlich, lieber Curt: Du wirst mir darin recht geben, dass ich so gut wie nie irgendetwas habe anliefern lassen oder bei dir irgendwelche Depots hätte abarbeiten müssen.«

Eva konnte ihre Aufregung kaum verbergen. »Was mache ich jetzt nur? Ich brauche keinen Kühlschrank! Um Gottes willen, wie kann ich den nur wieder loswerden?«

Sie suchte hektisch nach dem Klebezettel, um den Absender ausfindig zu machen.

»Hier, der fiel mir vorhin gewissermaßen vor die Füße.« Curt hielt ihr einen in Folie verpackten roten Lieferschein entgegen: »Kommt aus China.«

»China?!« Eva schluckte. »Der Kühlschrank kommt aus China?«

»Volksrepublik oder Taiwan?« Andreas Winterkorn aus dem Vierten links kam auf Socken leichtfüßig die Treppe heruntergelaufen, seine Tod's Mokassins locker in den Händen baumelnd. Er hatte die Frage gerade noch gehört und konnte sich sein geografisches Lehrer-Fachwissen nicht verkneifen.

»Du wieder!« Eva war nicht zum Lachen zumute. »Andreas, im Ernst, Curt hat dieses Paket für mich angenommen, das ich nie bestellt habe!«

»Du willst jetzt aber nicht behaupten, ich sei schuld daran, dass du nun auf dem Posten sitzen bleibst?!« Curts Stimme war schärfer geworden.

»Was mache ich jetzt nur? Ich brau-che keinen Kühl-schrank!«, skandierte Eva trotzig.

»Ganz einfach: Du lässt das Ungetüm wieder abholen.« Andreas sah das ganz entspannt. »Ruf den Absender an und erzähl denen dort, du hättest nichts bestellt.«

»Ja, aber Curt hat das Paket doch angenommen!« Eva schaute Curt vorwurfsvoll an: »Du musstest doch bestimmt unterschreiben?«

Curt atmete zuerst geräuschvoll tief ein, schluckte dann hörbar seinen vorformulierten Satz hinunter, bevor er nicht weniger angriffslustig, wenn auch nun leicht zurückgenommen, antwortete: »Ich unterschreibe hier jeden Tag mindestens gefühlte hundertmal irgendwelche Lieferbelege. Sämtliche Paketdienste geben sich bei mir die Klinke in die Hand. Wenn ich mich weigere, müssten sie alles wieder mitnehmen.« Er klang zunehmend genervt.

»Curt, ich kann doch nichts dafür!« Eva legte ihre Hand beruhigend auf seine Schulter.

Etwas sanfter fuhr er fort: »Letztlich tun mir die Boten leid. Meistens verstehen die kein Wort, können gerade noch sagen: ›Ich nix deutsch. Unterschreiben hier. Bitte. Bitte.‹«

»Den Job möchte ich nicht machen, Stress hoch zehn und Niedriglohn.«

Eva wollte Curt mit dieser Bemerkung wieder etwas besänftigen, der hörte aber gar nicht zu und wurde lauter, redete sich in Rage: »Gleich heute Abend werde ich ein Schild an meine Klingel kleben: Hier keine Paketannahmestelle. Punkt.«

Er wurde etwas leiser und zeigte mit verdrehten Augen auf die Haustür gegenüber im Parterre. »Am schlimmsten ist doch Familie Henri hier gleich neben uns! Kleopatra ist den lieben langen Tag über zu Hause, die Kinder in der Kita, der Gatte sonstwo, und wenn geklingelt wird, macht sie nicht auf, steht aber neugierig hinter ihrer Wohnungstür. Sobald die Luft für sie rein ist, klingelt sie bei mir und holt sich ihre,

ihre ...«, er holte tief Luft und rang theatralisch nach der richtigen Bezeichnung, »...holt sich ihre Beate-Uhse-Dessous ab.«

Er machte eine vielsagende Handbewegung, so, als wollte er Melonen prüfen, was Eva mit einem genervten Augenverdrehen stumm kommentierte.

»Echt? Beate Uhse? Gibts die noch?«

Andreas schaute fragend in die Runde und setzte sich auf die unterste Treppenstufe, um seine Tod's anzuziehen.

»Beate Uhse aus Flensburg?« Unbemerkt war auch Dr. Johann Überschwang aus dem Ersten links neben dem Paket aufgetaucht. »Die machen gerade Summer Sale. Ist das hier eine Gruppenbestellung fürs Haus? Sonderposten-Aktion?«

»Nein, das ist ein Kühlschrank«, antwortete Eva lakonisch.

»Und wieso steht der im Treppenhaus?« Überschwang schaute von einem zum anderen.

»Weil ich ihn nicht bestellt habe.« Eva fiel nichts Gescheiteres dazu ein.

»Dann schicke ihn doch zurück. Annahme verweigert.« Überschwang schaute auf seine Uhr: »Sorry, ich habs eilig. Hab noch einen Termin in Harburg.«

»Kannst du mich ein Stück mit dem Auto mitnehmen... bis Ecke Rothenbaumchaussee/Hallerstraße?«, fragte Andreas und hob entschuldigend die Hand zum Abschied, kaum hatte Überschwang ihm zugenickt.

»So. Und nun?« Eva schaute Curt fragend an und setzte sich erschöpft auf eine Treppenstufe.

»Überschwang hat recht. Du rufst diese Nummer hier an.« Er zeigte auf den eingeschweißten Lieferschein: Jiangsu, China.

Im selben Moment klingelte es laut und überall vernehmlich im ganzen Treppenhaus, weil Curts Wohnungstür sperrangelweit offenstand. Beide blickten zur Haustür. Hinter den Milchglasscheiben zeigte sich schemenhaft eine kleine Person am Klingelschild.

Curt öffnete die Tür und rief: »Nein, nicht schon wieder!«

Ein schmächtiger Paketbote betrat eingeschüchtert den imposanten marmornen Eingangsbereich mit den gefassten Spiegeln und stürzte sich sofort auf den eingepackten Kühlschrank aus Jiangsu.

»Sorry!« Er wedelte unbeholfen mit einem eingeschweißten Lieferschein. »Sorry. Nix hier.«

Er überreichte Curt ein kleines Päckchen und ein rotes Papier, dabei verknotete er seine Arme.

»Du das«, er zeigte auf beide Teile, die Curt festhielt.

»Das wrong, sorry!« Dabei schaute er auf den Kühlschrank.

In Sekundenschnelle hatte er seine Sackkarre geholt, die er vor der Eingangstür abgestellt hatte, kippte diese leicht nach unten und schob sie unter den Kühlschrank. Curt hatte verstanden, händigte ihm den losen Lieferschein aus Jiangsu aus und schloss hinter ihm die Tür.

»Uff. Viel Lärm um nichts!« Eva schüttelte den Kopf. »Hier kann man etwas erleben!«

»Komm, Eva, nichts für ungut, aber dies hier ist wirklich für dich.« Er händigte ihr das schmale Päckchen aus.

»Danke.« Ein Blick genügte ihr: Werbung vom Schulbuchverlag. Fachbereich Kunst.

»Toll, super, habe ich dringend benötigt: *Wir bauen uns ein Baumhaus.* Wäre vielleicht eine Alternative ...«

»Ich glaube, verehrteste Eva, ein Gläschen würde uns beiden jetzt guttun«, dabei schob Curt seine, wie er immer wieder versicherte, liebste Nachbarin in seine Erdgeschosswohnung. Vorbei an einem Turm voller nicht abgeholter Pakete der Hausgemeinschaft.

No Fake-News

Am Abend war Eva gerade dabei, in der Küche den Abendbrottisch zu decken, als der Schlüssel in der Tür umgedreht wurde.

»Jemand zu Hause?«

Sie hörte, wie Thomas sein Schlüsselbund aufs Flurtischchen fallen ließ. Danach plumpsten seine Schuhe auf das Parkett und Sockenfüße liefen den langen Flur entlang zum Gäste-WC. Wie an tausend Abenden seit dreißig Jahren in genau dieser Reihenfolge. Zuverlässig genau.

»Huhu, ich bin da!«, rief er, während er sich die Hände wusch.

Endlich konnte Eva die Paketstory mit der Falschlieferung brühwarm erzählen. Außerdem hatte sie noch eine Neuigkeit parat. Sie brannte darauf, sie loszuwerden, obwohl sie wusste, dass Thomas an ihren Hausgeschichten wenig Interesse hatte. Er hörte sich immer alles scheinbar interessiert an, um es im selben Augenblick wieder zu vergessen. Aber das hinderte sie nicht daran, ihn regelmäßig mit »News aus dem Sternenweg« zu füttern.

»Hallo, Schätzchen!«, Thomas steckte seinen Kopf in die Küchentür.

»Stell dir vor«, platzte Eva heraus, »Curt zieht aus!«

»Was???« Thomas verschluckte sich an der Weintraube, die er sich gerade in den Mund gesteckt hatte. »Warum denn das?«

»Er hat meinen Kühlschrank angenommen und nun ist ihm der Kragen geplatzt. Er hat die Nase voll. Caro auch.«

»Das muss ich nicht verstehen – oder?«

»Also der Paketbote hat uns aus Versehen einen Kühlschrank aus China angeliefert, den Curt angenommen hat.«

»China? Und wieso Kühlschrank? Wir haben doch einen.« Thomas war verwirrt.

»Ist auch egal, der war nicht für uns. Der Paketbote hat ihn wieder abgeholt. Eine Verwechslung. Jedenfalls hat er mich anschließend zum Wein eingeladen.«

»Der Bote?«

»Natürlich nicht der Bote, sondern Curt. Hör doch einfach mal zu!« Ihr Lehrerinnenton wurde wach. »Er wollte mich sozusagen exklusiv in seine Umzugspläne einweihen.«

»Na, da hat er sich ja die Richtige ausgesucht«, flachste Thomas. »Wem alles hast du denn schon das Geheimnis anvertraut?«

»Sehr witzig. Du bist der Erste und für heute der Letzte. Im Ernst, ich kann ihn sogar verstehen. Seine Erdgeschosswohnung hat nun mal den Nachteil, dass alle zuerst bei ihm klingeln, wenn etwas abzugeben ist oder wenn Handwerker ins Haus müssen. Bei ihm brennt praktisch immer Licht, weil er bekanntlich im Homeoffice zu Hause ist.«

»Unten ist es viel zu dunkel. Wie gut, dass wir im Zweiten wohnen.«

Thomas goss sich ein Glas Rhabarberschorle ein.

»Mensch, Thomas, darum geht es doch gar nicht. Curt und seine Caro sind genervt davon, dass bei ihnen ständig geklingelt wird. Sie sind sozusagen eine Art Paketannahmestelle, schon frühmorgens werden sie aus dem Bett geklingelt. Die Pakete stapeln sich in ihrem Hausflur neben der Wohnungstür. Du glaubst nicht, was sich unsere lieben Nachbarn alles nach Hause schicken lassen. Davon abgesehen, wollen beide nach über dreißig Jahren Sternenweg das Landleben ausprobieren.«

»Ich weiß, davon hat er schon erzählt. Sulzbach nahe Frankfurt. Taunus. Das Erbe von Caros Mutter.«

»Genau. Er hat jedenfalls einen Makler mit einer Expertise zu seiner Wohnung beauftragt.« Sie seufzte. »Schade, dass die beiden nun Ernst machen. Mir werden sie fehlen.«

Eva schnitt zwei gekochte Eier, salzte sie und verteilte die Scheiben auf dem Salat.

»Dann wissen wir wenigstens, wo wir bei der nächsten Frankfurter Buchmesse schlafen können. Du musst das mal praktisch sehen.« Thomas grinste und setzte sich an den Küchentisch.

»Was gibt es zu essen?«

»Wasgibteszuessen?«, äffte Eva ihn nach.

»Salat. Hab ich dir heute früh schon erzählt. Was meinst du? Sollten WIR uns um die Wohnung bemühen?«

Sie wurde ernst.

»Wir hätten dann endlich einen Garten für den Hund und könnten barrierefrei wohnen. Schließlich bin ich Ende fünfzig.«

»Gute Idee. Ein kleines Problem hätten wir. Erstens haben wir keinen Hund und zweitens kein Geld.«

»Wir könnten doch unsere Wohnung verkaufen. Für den Rest nähmen wir eben einen Kredit auf. Die Erdgeschosswohnung ist zwar teurer als unsere, weil sie größer ist, aber sooo viel mehr wird sie nicht kosten.«

Thomas schüttelte den Kopf.

»Eva, sei doch nicht so naiv! Das ist keine neue Couch, die man sich mal so zwischendurch kaufen kann. Ich bin gerade mit dem Büro umgezogen, falls du das vergessen haben solltest, und ›Klein-Sylt‹ ist auch noch da. Außerdem hast du immer gesagt, dass du unten Angst vor Einbrechern hättest. Schon vergessen?«

Er goss beiden die Gläser voll.

»Und was ist mit meinen Nerven? Heute waren *die von oben* wieder besonders laut. Schon allein deswegen wünschte ich mir einen Umzug. Ich möchte endlich wieder selbstbestimmt Ruhe halten können, müde sein und schlafen; aufwachen, wenn MEIN Wecker klingelt und nicht, wenn oben aufgestanden und getrampelt wird; arbeiten, ohne mit meinem Stapel Hefte durch die Wohnung zu tigern, auf der Suche nach einem stillen Plätzchen. Mich kotzt dieser ständige Krach so an!«

Eva haute mit der Faust auf den Tisch, so dass beide Gläser klirrten. Sie ließ sich auf ihren Stuhl fallen, atmete tief ein und sagte kleinlaut: »Ich will hier doch gar nicht weg. Ich möchte am liebsten unsere Wohnung unter den Arm nehmen und uns irgendwo anders hinbeamen, dorthin, wo es so leise ist, wie es früher einmal war.«

»Tja, das geht leider nicht. Du wirst dich damit abfinden müssen, nicht auf der Insel der Seligen zu wohnen.«

Thomas füllte beiden Salat auf.

»Irgendwann werden die nächsten Zwerge kommen oder wieder Studentinnen, Trommler, Trampolinspringerinnen oder Tanzlehrer..., ist ja alles schon da gewesen.«

Eva stutzte.

»Wie viele Discos haben wir eigentlich in Hamburg? Stell dir vor, meine Sportkollegin Chris hat mittlerweile den zweiten Disco-Besitzer über sich wohnen! Am Tag ist es totenstill, da schläft er und nachts um zehn glüht er vor. Natürlich nicht allein, sondern mit seinen Spezis, meistens die mit den Stilettos an den Füßen. Dreimal hat Chris schon die Polizei gerufen – wegen nächtlicher Ruhestörung. Ach ja, um vier oder fünf kommt er in der Regel mit den Stilettos wieder nach Hause. Jeden Tag, außer montags, da ist der Schuppen zu. So einer fehlte uns noch!«

»Allerdings.« Thomas reichte Eva den Brotkorb. »Du darfst den Krach nicht so nah an dich herankommen lassen. Mach Musik an, nimm Ohropax, geh spazieren!«

»Danke, Thomas, für diese geistreichen Tipps und danke, Gisela! Wie schön wäre es gewesen, hättest du hier alt werden können ...«

Sie schickte einen Gruß in den Himmel und an die Zimmerdecke, die mit einem Poltern antwortete.

»Siehst du, Gisela gibt mir recht.«

»Na, dann Prost!«

Die Neue von oben

Später im Bett konnte Eva nicht einschlafen und wälzte sich von einer Seite auf die andere. Immer wieder tauchte Gisela vor ihrem geistigen Auge auf.

Damals, ihr Antrittsbesuch:

»Ich bin die Neue von oben«, sagte sie mit einem Lächeln, als Eva die Tür öffnete. Sie wickelte eine weiße Calla aus lilafarbenem Seidenpapier und hielt sie Eva freundlich hin. Etwas verwundert nahm diese das Geschenk entgegen, trat dann aber einladend einen Schritt zur Seite und bat die Neue, doch hereinzukommen.

Neugierige Blicke wanderten über den langen und schmalen Hamburger Flur, an den Wänden eine Vielzahl von kleinen und großen Bildern.

»Tolle Hängung! Das werde ich auch so machen, ich liebe Kunst!«

»Ja, die Petersburger Hängung drängt sich in unseren hohen Räumen geradezu auf.«

Eva bat sie in ihr Wohnzimmer und zeigte auf den grau bezogenen Sessel. »Nehmen Sie doch bitte Platz! Wann wollen Sie denn oben einziehen?«

»Oh, das wird dauern. Darf ich?« Sie nestelte ein Feuerzeug und eine Packung Zigaretten aus ihrer Handtasche.

Eva ließ sich nicht anmerken, dass sie es verabscheute, wenn jemand in ihrer Wohnung rauchte. Sie wollte aber keinen spießigen ersten Eindruck machen und griff nach dem Aschenbecher, dem einzigen, den sie noch besaß, einen kleinen hellblauen mit Goldrand und dem Aufdruck »Relais Plaza Paris«.

»Wir scheinen den gleichen Geschmack zu haben, ich liebe Paris«, sagte die Neue und atmete den Zigarettenrauch genussvoll aus. »Vielleicht sollte ich lieber auf den Balkon gehen?«

»Nein, nein, schon gut, es regnet draußen. Haben Sie sich schon Gedanken über Ihre Raumverteilung gemacht?«

Eva wollte jetzt keinen Fehler machen und die Gunst der Stunde für sich nutzen: »Hinten zum Garten ist es am ruhigsten, dort ist mein Schlafzimmer. Mein Mann schnarcht, wir schlafen getrennt.«

Sie versuchte so gelassen wie nur möglich zu sprechen, um sich nicht anmerken zu lassen, dass sie das Thema der oberen Raumnutzung seit dem Auszug der Vorbesitzer Tag und Nacht beschäftigte.

Ein Altbau hat viele Vorteile, Stuck, hohe Decken, Fischgrätparkett. Aber die Hellhörigkeit konnte selbst eingefleischte Anhänger des Jugendstils zum Wechsel in eine schlichte Neubauwohnung mit Betonböden bewegen. Bergers, die Vorgänger von oben, waren fast zehn Jahre lang *die von oben.*

Ihre Spleens wie das laute Telefonieren auf dem rückwärtigen Balkon mit Tante Frieda in Stuttgart, die Hausschuhe mit klackender Ledersohle und das Ergometer in deren Arbeitszimmer, das von den beiden Rentnern nunmehr als Sportraum genutzt wurde, waren gewöhnungsbedürftig, aber man kam insgesamt gut miteinander aus, schließlich hatten auch Eva und Thomas ihre Eigenarten.

»Nein, der Raum hinten ist wunderschön, so hell!«, beurteilte sie das Gartenzimmer. Nach ein paar Sekunden legte die neue Nachbarin resolut nach: »Das wird mein Arbeitszimmer!«

Eva hielt die Luft an.

»Aber wo wollen Sie dann schlafen? Vorn ist doch die Bushaltestelle! Dort ist immer etwas los.«

»Ich werde in der kleinen Küche mein Schlafzimmer einrichten. Ich lebe allein und zum Schlafen möchte ich keinen so schönen großen Raum vergeuden.«

»Aber wo soll dann die Küche hin?« Eva ließ nicht locker, sie fühlte, wie sich eine Klammer um ihren Magen schloss.

»Das wird meine Küche.« Dabei wies die neue Nachbarin auf die Decke des Zweitschlafzimmers, das sich hinter der weißen Kassettentür neben dem Wohnraum befand.

»Über Thomas' Schlafzimmer?« Eva konnte ihre Verärgerung kaum mit Verwunderung überspielen. »Ihre Küche über einem Schlafraum? Diese Wohnungen sind extrem hellhörig«, schob sie vehement nach und hoffte auf sofortige Einsicht.

»Machen Sie sich keine Sorgen, ich wiege 52 Kilo und trinke morgens nur meinen Muckefuck, dann geh ich um sieben aus dem Haus und komme in der Regel abends gegen acht zurück. Sie werden mich nicht hören. Und wenn mal etwas stören sollte, mittwochs kommt immer meine Mädelsgruppe, dann kann es schon lustig werden, sagen Sie einfach Bescheid! Das habe ich in meiner alten Wohnung auch so gehandhabt, ich nehme Rücksicht und Sie sicherlich auch. Wir werden uns verstehen, da bin ich mir sicher, – bei unserer gemeinsamen Liebe zu Kunst und Paris!«

Sie lachte laut auf.

Eva schluckte. Nett schien die Neue ja zu sein, großzügig, aufmerksam und elegant. Aber sie würde das Gleichgewicht der Wohnungen auf den Kopf stellen, von den geplanten aufwendigen Umbaumaßnahmen ganz zu schweigen.

»Wann soll der Umbau starten?«

»Nächsten Montag um acht. Da werden die Leitungen von der alten Küche in die neue verlegt. Es könnte laut werden, sorry. Mein Innenarchitekt wird da sein.«

Sie gab Eva eine Visitenkarte in die Hand: *Ferdinand Schaper, Innenarchitekt, Ihre Altbausanierung in Hamburg.* »Wenn das alles fertig ist, gebe ich eine Einweihungsparty, zu der ich Sie jetzt schon herzlich einlade!«

Nur mühsam gelang Eva ein Lächeln.

»Das wird dauern. Wir haben damals vier Monate gebraucht, um unsere Wohnung zu renovieren. Der Umbau nahm kein Ende. Die Nachbarn haben sich in einer Tour wegen des Krachs und des Schmutzes im Treppenhaus beschwert. Allerdings befand sich unsere Wohnung nahezu im Zustand der Jahrhundertwende. Vor dem ersten Weltkrieg, versteht sich. Die Bäder waren noch mit den Originalfliesen ausgestattet, teilweise waren sie zersprungen oder fehlten ganz.«

»Das Problem stellt sich mir Gott sei Dank nicht.« Sie lächelte. »Meine Vorbesitzer hatten einen guten Geschmack, aber leider nicht meinen.« Sie stockte. »Habe ich mich eigentlich schon vorgestellt? Ich vergesse in letzter Zeit so viel, das tut mir leid: Gisela Brückner, ich bin Abteilungsleiterin Textil bei T&G. Single, keine Kinder. Und Sie: Haben Sie Kinder?«

Eva räusperte sich. Die Frage war nicht neu für sie. »Nein, es hat bei uns nicht geklappt. Hat wohl nicht sein sollen. Aber wir haben drei Patenkinder.«

»Man kann sein Leben auch schön gestalten ohne Kinder. Ich habe immer viel gearbeitet und dann blieb dafür keine Zeit. Aber mein Freund, er ist verheiratet und ist auch mein Orthopäde, hat jetzt schon Enkelkinder und das ist schön.«

»Ihr Orthopäde?«

»Ja, wir haben eine…«, sie rang etwas theatralisch nach Worten, »…Ménage-à-trois, wie der Franzose so schön sagt. Seit 30 Jahren. Da gibt es keine Geheimnisse mehr voreinander. Luise ist meine beste Freundin geworden und Doc, wir nennen ihn alle so, Sie werden ihn bestimmt bald kennen lernen, teilt sich uns, Montag bis Mittwoch Gisela, jeden zweiten Sonntag auch, die übrige Zeit ist Luise-Zeit. Es funktioniert! Ach, ich freue mich so, dass es mit dieser Wohnung geklappt hat! Noch vor drei Jahren habe ich in einer Parallelstraße vom Eppendorfer Baum gewohnt, wissen Sie, wo im Krieg eine Brandbombe eingeschlagen ist und eine ganze Häuserzeile in den Fünfzigern mit Gelbklinker hübsch-hässlich wiederaufgebaut wurde. Ich habe bei Spaziergängen immer sehnsüchtige Blicke hierhergeschickt und mir immer wieder gewünscht, mal eine von Ihnen im Sternenweg zu werden. Und das Treppenhaus! Wunderschön. Ich bin eben doch ein Glückspilz.« Nun griff sie zu ihrer Tasche, stand auf und reichte Eva die Hand: »Auf gute Nachbarschaft!«

»Auf gute Nachbarschaft«, antwortete Eva, »und danke für die Calla!«

»Und falls etwas sein sollte, hier ist meine Karte! Schön, Sie kennen gelernt zu haben.«

Sie ging zur Wohnungstür.

»Ach, der Aschenbecher! Jetzt habe ich ihn einfach mitgenommen.«

»Ich habe mich schon gewundert.«

Eva nahm ihn lächelnd aus ihrer Hand, öffnete die Tür und schickte ein »Wiedersehen« in das Treppenhaus. Dann zog sie die Tür hinter sich zu. Der Ärger war vorprogrammiert. Alles war nur eine Frage der Zeit...

Nach drei Monaten war der nervige Umbau vorbei und Gisela richtig eingezogen. Es stimmte, was Gisela Eva bei ihrem Antrittsbesuch angekündigt hatte: Sie schien durch die Wohnung zu schweben und ihre todschicke Designerküche mit Küchenblock in der Mitte und den knallbunten Gemälden an den Wänden benutzte sie nur, um sich ihren Muckefuck zuzubereiten. Thomas hörte sie unten in seinem Schlafzimmer kaum. Es war also alles nicht so schlimm, wie Eva befürchtet hatte.

Andreas und Eva waren auch *die von oben* und nahmen ihrerseits Rücksicht auf *die von unten.* Mit gegenseitigem Respekt konnte man es in diesem alten Haus wunderbar miteinander aushalten.

Es folgte eine schöne, lange Zeit des Zusammenwohnens und dann eine kurze des Abschiednehmens von weniger als zwei Jahren.

Die Krankheit kroch ganz langsam, aber stetig in Giselas Kopf. Der fast mitgenommene Aschenbecher war ein Sonderfall, etwas Einzigartiges, ganz nebenbei und nahezu unbemerkt. Dann kamen die Callas, nur mal schnell gekauft, kleine Aufmerksamkeiten, von der Schenkenden mit immer weniger Worten überreicht. Lasst Blumen sprechen.

Eine bevorstehende Untersuchung hatte sie unruhig werden lassen, sie hatte gekündigt – oder war sie gekündigt worden? Ihre fahrigen Bewegungen und ihre Augen, die das aussprachen, was sie mit Worten nicht mehr ausdrücken konnte, passten in das Bild einer zerstreuten alten Frau, aber immer weniger zu ihr, der scheinbar jung gebliebenen älteren Dame, kaum älter als Eva, vielleicht Anfang Sechzig. Äußerlich immer schick gekleidet, edle Stoffe, individueller Schmuck, den sie sich selbst gekauft hatte, was sie früher immer wieder gern betont hatte, teuerste Accessoires, gekauft in Madrid,

Rom oder Paris, kleine Mitbringsel, die sie an die Wochenendtrips mit Doc erinnern sollten. Erinnern ...

Giselas umfangreiche Sammlung von Aschenbechern, Lalique, Meißen, ihre kleine, aber feine Kunstsammlung von Objekten junger, noch unbekannter Künstler, ihre großformatigen Gemälde, Acryl auf Leinwand, geschmackvoll gerahmt, perfekt gehängt, alles war von Freunden oder der großen Verwandtschaft abgeholt worden. Nach ihrem Tod. Bis es dazu kam, vergingen vielleicht 14 Monate, schleichend langsam vergehende Tage und Wochen.

Traf man sie im Treppenhaus, machte sie einen immer verwirrteren Eindruck. Sie versuchte in ihrer gewohnt freundlichen, zugewandten Art etwas zu erzählen. Anfangs fehlten noch einzelne Wörter, man half aus und erriet das Gesuchte. Schon bald sprach sie ein Kauderwelsch zusammen, sodass man Mühe hatte, ihrem Sinn zu folgen und das Puzzle nur unvollständig lösen konnte. Sie war nicht zufrieden mit dem Ergebnis, spürte doch, dass sie es anders als der Übersetzer gemeint hatte.

Aber sie war hilflos.

Nach einem halben Jahr lief sie mit einem Körbchen aus dem Haus, mit dem sie vor langer Zeit noch auf den Markt gegangen war, um frisches Obst und Gemüse zu kaufen, nicht für sich, nur zur Deko oder zum Verschenken. Sie lief im Quadrat um den Häuserblock, immer am Zaun entlang. Das Körbchen hatte sie bereits im Haus gefüllt mit einem Aschenbecher, Zigaretten, einem Schuh, einem Handfeger und dem Schlüsselbund. Kam sie an ihrem Haus an, suchte sie den Schlüssel, fand ihn nicht und klingelte so lange auf allen Knöpfen, bis ihr jemand aus den fünf Etagen öffnete. Es war meistens in der Frühe gegen vier Uhr, als man sie ins Haus ließ, eine alte Frau mit grauen Haaren, die lang und strähnig über ihre Schultern auf den Bademantel fielen. Darunter trug sie ihr Nachthemd aus Seide, eleganter als das der Nachbarin, die ihr geöffnet hatte.

»Ich komme nicht rein«, sagte sie mit ihrem Lächeln im Gesicht. Die Tür sei zu. Das geschah fast jede Nacht. Die Nachbarn gingen zu Bett und hofften, nicht sie, sondern ein anderer würde diese Nacht den Portier spielen müssen.

Bald hatten sie Angst im Haus, Angst davor, dass Gisela, die genießende Raucherin, eines Tages ein Feuer entfachen könnte. Sie hätte ihren Kamin anzünden können, den Herd vergessen. Dazu wäre es aber nicht gekommen, das wusste Eva sehr wohl. Gisela benutzte in ihren gesunden Jahren die Küche wirklich nur, um sich ihren morgendlichen Muckefuck zuzubereiten. Den Kamin hätte sie nie angezündet, das wäre ihr viel zu viel Arbeit gewesen, sie hatte ihn hübsch mit Teelichten und Gräsern dekoriert.

Aber die Zigaretten!

Besuchte man sie, hielt sie beim Öffnen ihrer Wohnungstür meistens eine Zigarette in der Hand. Bald legte sie den glimmenden Stummel im Vorübergehen auf den Rand eines ihrer vielen Aschenbecher, die ihre Wege durch die Wohnung wie eine rote Linie markierten: von der Eingangstür in das Esszimmer, in das Kaminzimmer, von dort auf den Flur zurück und in die Küche, wo man immer am kleinen Holztisch neben der modernen Kochinsel Platz nahm und mit einem Glas Rotwein bewirtet wurde.

Als die Krankheit voranschritt – »ich hab da was im Kopf«, sagte sie und lächelte ihr Lächeln dazu – hatte sie vergessen, wie man rauchte. Sie nahm die Zigarette in den Mund, ob mit dem Mundstück oder dem Endstück, saugte wie gewohnt an dem Stängel und wartete darauf, dass *es* rauchte. Sie hatte verlernt, den Tabak am Feuer anzusaugen. Sie wusste es einfach nicht mehr. Gab man ihr Feuer, hielt sie ihren Mund dem Feuerzeug entgegen und wartete darauf, dass etwas passierte.

Wie leicht hätte etwas in Brand geraten können, wenn sie allein in ihrer Wohnung war und wie Rilkes Panther den Flur auf und ab lief, als suchte sie etwas:

Sein Blick war im Vorübergehen der Stäbe so
müd geworden, dass er nichts mehr hält. Ihm ist,
als ob es tausend Stäbe gäbe und hinter tausend
Stäben keine Welt... (Rainer Maria Rilke: Der Panther)

Als es nicht mehr allein ging und die Nachbarn Doc um Hilfe baten, entschuldigend, aber doch eindringlich, kam der Pflegedienst. Rund um die Uhr wechselten sich Pfleger und Pflegerinnen ab, immer wieder neue, weil Gisela nicht wollte, dass Fremde ihre Wohnung teilten, sie warf sie einfach raus.

»Sie können gehen!« Das konnte sie noch wollen und perfekt aussprechen.

Irgendwann hatte sie aufgegeben, sich aufgegeben und fügte sich. Ihre eleganten Ballerinas wurden ausgetauscht und ihre kleinen Füße, die nun eher 48 Kilo trugen, steckten fortan in karierten, sackförmigen Filzhausschuhen mit praktischem Klettverschluss. Ihre teuren Seidenkleider blieben im Schrank hängen. Sie wurde in zweckmäßige Jogginghosen gesteckt und trug weite Wollpullover mit weiten Strickjacken, die ihren zarten Körper wärmten. Sie fror jetzt viel.

Man hatte einen Besuchsplan eingerichtet. Anfangs kamen regelmäßig Verwandte oder Freunde, die sie ausführten in die alte Welt draußen, die vor der Tür ihres Käfigs. Sie war dann wieder schön gekleidet, trug eine Frisur und ein bisschen Lippenstift. Selbst die schönen Ohrringe waren eingesteckt worden und eine Handtasche passend zur Mantelfarbe ausgesucht.

Bald wurden die Ausflüge weniger, bis die Besucher ganz wegblieben. Vielleicht wollten sie einfach die neue Gisela nicht in ihr Leben lassen, die alte nicht überdecken von einer fremden Frau, die mehr und mehr in ihrer eigenen Welt gefangen war und die Menschen da draußen nicht verstand.

Aber einer blieb, Doc. Er kam immer mittwochs, wie früher, als man ihn sich teilte. Er ging mit ihr in ein kleines italienisches Restaurant um die Ecke, wo man sich kannte und es nicht vieler Worte bedurfte, um im hinteren Bereich einen Tisch zu bekommen, den Mittagstisch. Aber auch diese Restaurantbesuche wurden weniger und blieben bald aus.

Sie aß kaum und wusste auch nicht mehr, wie. Also ging er mit ihr ums Karree, eingehakt, zu zweit, die schönen Momente zu zweit.

Traf man sie im Treppenhaus, lächelte sie glücklich. Bald erkannte sie ihre Nachbarn nicht mehr und bald sahen die Nachbarn sie nicht mehr. Nur Eva hörte sie, wenn sie nachts hin- und herlief, mal einen Stuhl zurechtschurrte, mal eine Tür zuschlug. Das Personal hatte sein Hauptquartier in der Küche, der Nachtdienst hielt sich hinten im Arbeitszimmer auf über Evas Schlafzimmer, gleich neben Giselas kleiner Schlafkammer, der alten Küche.

Eines Tages war sie weg. Jemand hatte einen Krankenwagen unten vor dem Haus gesehen. Sie lebte noch ein paar Wochen in einem Pflegeheim für Alzheimer-Patienten, bis sie dort starb.

Doc regelte alles. Die Wohnung wurde ausgeräumt, Schriftstücke gesichtet, Wertvolles verkauft, Nützliches verschenkt. Keiner im Haus wollte nach Giselas Tod durch ihre Wohnung gehen, um sich ein Erinnerungsstück schenken zu lassen. Nein, man wollte die schönen gemeinsamen Momente mit ihr erinnern und dazu brauchte niemand ein Souvenir.

Es dauerte einige Monate, bis oben wieder neue Nachbarn einzogen: Smilla und Tilla, hoffnungsvolle Studentinnen aus reichem Blankeneser Haus. Papa, ein angesehener Fachanwalt für Versicherungsrecht, hatte für seine achtzehn und neunzehn Jahre alten Töchter zum Semesterstart Giselas Wohnung gekauft: 140 qm vom Feinsten. Die Töchter sollten ihr Studium in angemessener Atmosphäre beginnen und keinesfalls in einer schmuddeligen WG vom Lernen abgehalten werden. Beide hatten sich für Jura eingeschrieben und schienen schon jetzt dem Bild erfolgreicher Anwältinnen zu entsprechen: gediegene Kaschmirpullover von AirDC, Rag&Bone-Jeans von M2, Moncler-Jacken vom Flagship-Store am Jungfernstieg. Sie teilten sich ein Mini-Cabrio und bald auch einen Mann.

Sie waren die Neuen. Sie wollten sich nicht mit den Geräuschen des Hauses und der Hell-hörigkeit auseinandersetzen. Auch die Freund-schaften und Beziehungen der Nachbarn unter-einander schienen ihnen egal zu sein. Warum auch? Sie waren jung und neugierig auf das Leben. Abhängigkeiten konnten sie endlich ab-schütteln, davon hatten sie zu Hause in Blanke-nese genug genossen.

Ihr Tag begann früh und die Nächte waren lang. Bald gaben sich Kommilitonen und Kom-militoninnen die Klinke in die Hand. Die Küche über Thomas' Schlafzimmer schien der zentra-le Treffpunkt des juristischen Nachwuchses zu sein. Thomas nahm Ohropax und konnte den Lärm draußen lassen.

Ab und zu stellte Eva fest: »Hab ich das nicht gesagt? Die Küche ist ihr Lebensmittelpunkt. Das musste ja so kommen!«

Sie konnte nicht gelassen damit umgehen, dass die Studentinnen »ihr Leben auf ihre Kos-ten genossen«..., wie sie meinte.

Die meisten der »Alteingesessenen« kannten sich schon seit vielen Jahren, hatten gemeinsam gefeiert und getrauert, von alten Mitbewohnern Abschied genommen, neue willkommen geheißen, Neugeborene begrüßt, Geschiedene getröstet, Kranke betreut, Lebenskrisen gemeinsam gemeistert. Eine lange Zeit des Zusammenlebens schweißte zusammen.

Jeder war einmal der Neue und wurde an die Hand genommen, wenn er es wollte. Meistens hatten neue Bewohner Interesse an der Hausgemeinschaft gezeigt, hatten zum Umtrunk beim Einzug eingeladen oder sich an der Wohnungstür persönlich bekannt gemacht. Meistens...

Es gab aber auch eine neue Generation von Mitbewohnern. Sie wollte keine Verbindlichkeiten eingehen, ihr »eigenes Ding« machen, keine Kompromisse oder Zugeständnisse, keine Verpflichtungen. Und die beiden Mädchen waren noch nicht einmal zwanzig und fühlten sich so frei wie noch nie in ihrem Leben. Man konnte sie verstehen.

Nach zwölf Monaten hatten die Mädchen genug von dem ordentlichen Haus mit den vielen alten Leuten um die fünfzig. Sie zogen nach St. Pauli in eine Künstler-WG. Ihr Vater verkaufte die Wohnung an eine junge Familie mit drei Kindern. Es gab einige Zurückgebliebene, die leise aufatmeten und sich auf künftige Nächte freuten ohne laute Musik, Türenschlagen und laute Verabschiedungen nachts im Treppenhaus. Ja, alle waren einmal jung! Aber nun hatte man sich seine Ruhe verdient...

Eva hatte sich fest vorgenommen, neue Geräusche von oben zu ignorieren, einfach wegzuhören. Dass es lauter werden würde, war ihr schon seit dem Umbau und der neuen Raumnutzung vor vielen Jahren bewusst. Sie hatte das Szenario vorhergesehen und es nicht ändern können, weder damals noch jetzt...

3 Uhr! Eva drehte den Wecker mit den signalroten Digitalzahlen rigoros zur Wand. Es war nicht die erste Nacht, die sie wegen ihres Ärgers mit *denen von oben* wach lag und grübelte. Neidisch hörte sie aus Thomas' Zimmer fernes, gleichmäßiges Schnarchen.

Wenigstens ist es jetzt ruhig, beruhigte sie sich und ließ ihre Armee von Schäfchen erneut Aufstellung nehmen.

Habe ich das nun alles geträumt? Nein.

Vielleicht ein wenig geschlummert zwischendurch... Das wäre schön, dachte sie müde und zählte die Stunden zusammen, die seit dem Zubettgehen vergangen waren. Sie kam auf dreieinhalb.

Noch mal dreieinhalb Stunden und dann wäre es sieben Uhr, Zeit zum Aufstehen.

Nein, mein freier Tag!, dämmerte es ihr. Gott sei Dank! Sie stopfte sich Ohropax in die Ohren, um jede Störung im Keim zu ersticken, und drehte sich auf die andere Seite, fühlte angenehme Entspannung durch ihren Körper fließen und hoffte auf ein bisschen Schlaf in den frühen Morgenstunden.

So kann das nicht weitergehen!

Sie nahm sich vor, ihr Schlafproblem endlich aktiv anzugehen. Morgen..., morgen wollte sie etwas unternehmen. Aber zuerst musste sie die Schafe zählen: eins, zwei...

Vorsätze

»Thomas, du hast recht, ich muss an alles gelassener herangehen. Heute Nacht habe ich wieder kaum geschlafen und ständig an Gisela denken müssen.«

Eva ließ das Küchenrollo hoch. »Sonne!«, sie kniff die Augen zusammen. »Wenigstens etwas.«

Thomas trank seinen Kaffee im Stehen aus und gähnte geräuschvoll. »Du hast doch heute frei. Fang gleich mit deinem Vorsatz an, mach heute etwas Schönes!«

»Bin ich froh, dass wir getrennt schlafen. Du hast wieder geschnarcht wie ein Bär.« Eva tippte etwas in ihr Smartphone. »Ich werde mich heute bei einem Schlaflabor anmelden. Ah! Schlaflabor ›City‹, das könnte es sein ... Danach korrigiere ich den Englisch-Test und gehe zur Krönung des Tages zum Friseur.«

»Na, die totale Entspannung, machs dann gut. Tschüss!« Thomas gab ihr einen Abschiedskuss auf die Wange und verließ eiligen Schrittes ihre Wohnung.

»Hallo Anna!« Eva rief ihre liebste Freundin aus dem Vierten an, »sorry, dass ich so früh anrufe, störe ich?«

»Nein, alles gut, ich muss aber gleich los. Hab 'nen Termin.« Anna arbeitete seit kurzem bei einem Start-up in City Nord als Betriebswirtin. »Worum gehts denn?«

»Wie heißt noch gleich die Schlafmedizinerin aus deinem edlen Tennisclub? Ich will mich endlich in dem Schlaflabor anmelden, in dem sie arbeitet. Hab wieder nicht geschlafen und mich bis morgens nur herumgewälzt.«

»Na, endlich! Du hast viel zu lange gewartet. Ich schicke dir gleich die Daten, liebe Grüße von mir, vielleicht bist du dann schneller dran. Tschüss!«

Eva ging rasch ins Bad. Nur keine Zeit verschwenden. Sie hatte noch viel vor.

Das Telefon klingelte. »Hallo Frau Winkelmann, wie gut, dass ich Sie erwische!«

Die Schulsekretärin war wie immer freundlich. »Bei uns brennts! Der Mischke ist erkrankt. Die Frau Leuna, der Weltlinger. Und eben hat sich noch Frau Behrbeek abgemeldet. Influenza allerorten. Die 6a hat in der Dritten keinen Lehrer und da Sie heute ...«

Eva unterbracht sie, wusste schon, worum es ging. »Och, nee, Frau Busch, das meinen Sie nicht wirklich? Ich habe heute frei!«

Eva musste gar nicht weiter zuhören. Man brauchte sie, die Klassenlehrerin der 6a. Freier Tag hin, freier Tag her.

»Frau Winkelmann, sind Sie so lieb und kommen?« Frau Busch flötete wie immer, keiner konnte ihr je etwas abschlagen.

»Na gut, ich brauche aber ein bisschen, bin noch gar nicht angezogen.« Eva schaute auf die Küchenuhr. »Das wird eng, ich leg auf, bis gleich.«

Sie steckte das schnurlose Telefon hastig in die Schale, kickte im Laufen die Hausschuhe unter den Tisch und stand Sekunden später im Bad, wo sie noch Minuten vorher ihr kleines Schönheitsritual beginnen wollte. Daraus wurde nun nichts, die Zeit drängte. Ungeduscht, mit fettigen Haaren, aber mit Lippenstift und Wimperntusche – so viel Zeit muss sein – stieg sie in ihre Jeans, zog sich den weiten V-Pulli über den Kopf und schnappte sich ihre Schultasche, die sie gestern ungeöffnet in die Ecke gestellt hatte.

Auf dem Weg nach unten zermarterte sie sich ihr Gehirn. Wo hatte sie gestern bloß ihr Auto abgestellt? Ach ja, mein Lottogewinn!, dachte sie erleichtert – direkt vor der Tür. Der Sternenweg freute sich über den frei gewordenen Parkplatz und Eva über die Zeitersparnis.

Die Fahrt nach Kaltenkirchen dauerte nicht lange. Die Straße war frei im Gegensatz zum vergangenen Morgen, als sie in den Stau in Richtung der A7 geraten war und sich beinahe verspätet hätte. Wie sie es hasste, in letzter Sekunde anzukommen!

Um halb zehn parkte sie auf dem Schulparkplatz ein, atmete noch einmal tief durch und verließ schnellen Schrittes den Parkplatz in Richtung Schulgebäude. In fünf Minuten sollte der Unterricht beginnen.

Sie ging gerade am Fahrradkeller vorbei, als sie von dort aufgeregtes Geschrei hörte. Eine Schülerin aus der Achten kam auf sie zugerannt: »Frau Winkelmann, schnell, da kloppen sich zwei!«

Na, prima, das geht ja gut los, dachte sich Eva und eilte mit dem Mädchen in den offenen Keller. Zwei Jungen wälzten sich auf dem Beton, angefeuert von vielleicht zehn anderen.

»Was ist hier los? Auseinander!« Eva gab der Schülerin ihre Schultasche zur Aufbewahrung und kämpfte sich durch die lärmenden Zuschauer.

»Los, auseinander, habe ich gesagt! Sofort auseinander!« Evas Stimme überschlug sich. Sie erkannte einen der Streithähne, einen Achtklässler, dessen Nase blutete.

»Martin, lass ihn los! Hör jetzt auf! Aus-ei-n-an-der!«

Konfliktberuhigung: den Missetäter mit Namen ansprechen, klare Anweisung geben. Verfehlung ahnden. Nicht weggucken.

Wie ein Mantra liefen die Verhaltensregeln vor ihrem geistigen Auge ab. Eva hatte die Keilerei erst einmal beendet.

»Was war hier los?«, herrschte sie die beiden Kampfhähne an.

Beide waren sich keiner Schuld bewusst, eher im Gegenteil, sie kickten sich fortwährend gegenseitig in die Beine.

»Stopp jetzt! Hört auf! Martin, du schreibst jetzt auf, was vorgefallen ist. Melde dich sofort im Büro und bitte die Sekretärin um Papier und Bleistift! Ich bekomme deinen Text in der nächsten großen Pause.«

»Und du?« Eva musste zu dem Schüler, den sie nur vom Sehen kannte, aufschauen, er war mindestens zwei Meter groß.

»Wer ist dein Klassenlehrer? Du schreibst bitte auch auf, warum ihr euch geprügelt habt. Abgabe beim Klassenlehrer.« Dann schob sie hinterher: »Ich frage nach!«

Sie erkannte einige Schüler, die zugesehen hatten, nannte sie beim Namen und wies sie an, eine Zeugenaussage bei ihren Klassenlehrern abzugeben.

Die Horde löste sich auf und ging zum Schulgebäude. Eva nahm ihre Tasche an sich und folgte mit der Schülerin den anderen nach.

Toll, zehn vor zehn. Nun komme ich doch zu spät, dachte sie genervt.

Der Schultag hatte es in sich. Motzereien, Raufereien, verbale Attacken. Nichts wurde ausgelassen. Lediglich in ihrer Klasse schien die Welt in Ordnung zu sein. Die Schüler und Schülerinnen freuten sich, dass ihre Lehrerin außer der Reihe Zeit für sie hatte. Sie hielten ihren aufgeschobenen Klassenrat, planten einen Ausflug und überlegten gemeinsam, wie Schüler und Schülerinnen mit den Lehrern und Lehrerinnen künftig auf Verfehlungen innerhalb der Klassengemeinschaft reagieren wollten.

Die Schulklingel klingelte dreimal.

13:30 Uhr. Schulschluss für heute. Noch eine Aufsicht vor dem Nachmittagsunterricht und dann nach Hause, dachte sie.

Martin fing sie vor dem Lehrerzimmer ab und wollte sie sprechen, fünf Jungen im Gefolge. Er fühlte sich von ihr ungerecht behandelt. Sie hätte doch sehen müssen, dass die Aggression von dem großen Jungen aus der anderen Achten ausgegangen wäre …

Um 14:30 Uhr war ihr »freier Tag« zu Ende. Insgesamt sieben zu prüfende »Täter- und Zeugenaussagen« steckten in der Schultasche und die Unterrichtsvorbereitungen für den nächsten Tag warteten zu Hause in der Warteschleife.

»Schönen Dank auch, Frau Busch«, sagte Eva grummelnd, »danke, Martin«, als sie in ihr Auto stieg, um zurück nach Eppendorf zu fahren.

Thomas schaute in die Küche, nachdem er sein Schlüsselbund auf das Flurtischchen hatte fallen lassen und auf Sockenfüßen ins Gäste-WC gegangen war.

»Und Schätzchen, wie war dein freier Tag? Ach ja, wann gehst du ins Schlaflabor?«

Jetzt frag nur noch, was es zu essen gibt, dachte Eva, innerlich auf Krawall gebürstet.

»Wasgibteszuessen?«

Eva verdrehte die Augen und schluckte herunter, was ihr auf der Zunge lag.

An manchen Tagen konnte sie das Gleichförmige, Beständige und Verlässliche, das sie eigentlich an Thomas liebte, nicht gut ertragen.

Manchmal meinte sie, sie müssten einmal frischen Wind in ihre Beziehung lassen. Sich mal richtig streiten mit Türenknallen und Geschrei.

Sie waren so verschieden und doch ein Paar! Ihn ließ nichts so leicht aus der Ruhe bringen. Wenn er etwas nicht hören wollte, stellte er einfach auf Durchzug und ließ Probleme gar nicht erst an sich heran.

Wie beneidete sie ihn, wenn er sich nach seinem arbeitsreichen Tag ins Bett legte und Sekunden später eingeschlafen war, gemäß dem Motto: Morgen ist auch noch ein Tag!

Eva war von der Lärmkulisse in der Schule angestrengt und wünschte sich Thomas' Begabung, auf Knopfdruck einfach abschalten zu können. Einen Streit beginnen, nein, dazu fehlte ihr die Kraft.

»Alles gut«, hörte sie sich sagen. »War ein schöner Tag. Ich geh mal kurz hoch zu Anna und erzähle ihr von meinem ereignisreichen Tag. Sie wartet bestimmt schon.«

Das hörte Thomas nicht mehr. Er hatte im Wohnzimmer den Fernseher angestellt. Fußball. Seine Füße lagen entspannt auf dem Couchtisch.

Eisregen

Die Basis für die Freundschaft zwischen Anna und Andreas aus dem Vierten und den Winkelmanns aus dem Zweiten wurde viele Jahre zuvor gelegt, als ein Weihnachtsfest nicht wie geplant stattfinden konnte:

Eva und Thomas hatten zu Heiligabend wie in den Jahren zuvor ihre Mütter eingeladen. Wie gewohnt sollte es zuerst ein gemütliches Kaffeetrinken mit Stollen und Kerzenschein geben, dann ein opulentes Weihnachtsmenü unterm Tannenbaum. Auch die Übernachtung der beiden alten Damen in Thomas' »Schnarchbett« und auf der Couch im Wohnzimmer waren zur Tradition geworden.

Für den ersten Weihnachtstag hatten sie ein gemeinsames Frühstück mit anschließendem Spaziergang und ein leichtes Mittagessen geplant, bis die Mütter wieder zum Bahnhof gefahren werden sollten, wo Evas Mutter in den Zug nach Kiel steigen und Thomas' Mutter nach Peine reisen sollte.

Soweit der Plan, dessen Vorbereitung am 24. Dezember ihren Höhepunkt erreichte.

Nicht einkalkuliert waren die Wetterprognosen, die schon am Vormittag zutrafen: Es war frostig, eiskalt und auf den Straßen und Gehwegen lag etwas Schnee. Deshalb nahmen sie das Auto, worüber sie sich später ärgerten, weil in der Isestraße absolut kein Parkplatz zu finden war. Letztlich erwischten sie einen, der sich ungefähr in der Mitte zwischen Eppendorfer Weg und Lehmweg befand.

»Da hätten wir gleich von zu Hause aus zu Fuß gehen können«, maulte Eva.

Auf dem Isemarkt kauften sie nach Einkaufsliste der Zeitschrift »Gourmet« allerlei exotisches Obst ein, stellten sich als Schlusslicht bei »Bonbon Pingel« an, um sich mit köstlichen Süßigkeiten einzudecken, und fühlten schon Frostbeulen an Füßen und Händen wachsen, weil die Schlangen vor den Gemüseständen lang waren und man geduldig warten musste.

Den teuren Rehrücken hatten sie beim Wildschlachter in der Erikastraße bestellt, die Jacobsmuscheln und Tiger-Prawns für die Vorspeise im Fischladen daneben. Dorthin machten sie sich zu Fuß auf, nachdem sie ihr Auto am unteren Isekai einigermaßen hatten einparken und ihre Marktbeute im Sternenweg deponieren können. Einen Parkplatz vor ihrer Haustür zu finden, wäre der Hauptgewinn der Weihnachtslotterie gewesen!

Auf dem Weg zum Fleischer fing es leicht zu nieseln an, was ihre gute Stimmung aber nicht trübte. Ganz Eppendorf schien auf den Beinen zu sein, um noch Last-Minute-Geschenke zu ergattern, selbstverständlich festlich eingewickelt. Zufällig trafen sie auf dem kleinen Weihnachtsmarkt am Marie-Jonas-Platz alte Bekannte, mit denen sie einen Glühwein tranken. Oder auch zwei.

Als sie etwas beschwingt und mit ihren Taschen bepackt in den Sternenweg zurückkehrten, begann es zu regnen. Thomas rief seine Mutter in Peine an, um zu fragen, wie es denn dort zurzeit aussähe.

»Schaust du kein Fernsehen?«, giftete sie ihn an. »Wir können nicht vor die Tür. Eisregen!«

»Ach, herrje! Bleib bloß zu Hause, nicht, dass du dir noch etwas brichst«, entgegnete er besorgt. »Hast du denn wenigstens etwas zu essen im Kühlschrank? Vielleicht liegt noch etwas in deiner Gefriertruhe?«

Thomas empfand ein schlechtes Gewissen, obwohl er am Wetter nun wirklich keine Schuld hatte. Wie aber konnte er vermuten, dass seine Mutter unterversorgt wäre?

»Ich habe den Krieg mitgemacht, da brauche ich keine Belehrungen. In der schlechten Zeit haben wir Steckrüben gegessen, nahrhaft und gesund. Euer Gourmet-Essen am Heiligabend ist maßlos übertrieben, so viel kann kein Mensch essen. Ich werde mir eine Dose Ravioli warm machen. Das schmeckt mir sowieso am besten.«

Wutsch! Das saß. Seine Mutter war sauer, enttäuscht vom Leben, alles auf einmal. Zu Weihnachten hatte er immer das Gefühl, ihr irgendetwas von ihrer Fürsorge und Mühe, die sie seinerzeit als allein erziehende Mutter für ihn hatte aufbringen müssen, zurückgeben zu können, indem er sie rundum verwöhnte. Er beschenkte sie zum Fest regelmäßig mit den teuersten Parfums, die sie dann ungeöffnet auf ihrer Frisierkommode hortete, weil sie meinte, der Anblick der Luxusartikel reichte ihr aus. Aber diesmal wurde auch daraus nichts.

Aus dem Norden kam erst Eisregen, dann Schnee. Dass danach ein Monat lang Dauerfrost bleiben sollte, wussten sie noch nicht. Das Telefon klingelte, Evas Mutter war dran.

»Ich komme gar nicht vor die Tür, es ist hier spiegelglatt. Wenn es getaut hat, komme ich morgen, aber zum Schlafen fahre ich nach Hause!«

Auch in Hamburg hatte der Eisregen mittlerweile eingesetzt, die Straßen glichen Eisbahnen und beide waren froh, heil nach Hause gekommen zu sein. Wenn schon eingeschlossen, dann wenigstens mit vollem Kühlschrank.

»Und nun?«, fragte Eva. »Was machen wir mit dem schönen Essen?«

»Frag doch mal Anna«, schlug Thomas vor, »die wird ja auch nicht nach Hannover zu ihrer Mutter fahren können.«

Und so lief alles seinen Weg. Anna und Andreas und Eva und Thomas schmissen kurzerhand alle Köstlichkeiten zusammen und feierten im zweiten Stock rechts ihr opulentes Weihnachtsessen. Es wurde der lustigste Heiligabend überhaupt.

Als nach ausgiebiger Völlerei die dritte Flasche Rotwein geöffnet worden war, vom Aperitif ganz abgesehen, holten sie aus der Abseite das fast schon vergessene Trivial-Pursuit-Spiel heraus und platzten vor Lachen, als die Frage nach dem Fluss, der durch Hamburg fließt, ausgerechnet dem Geografielehrer Andreas gestellt wurde, der noch vor Spielbeginn mit seinem grandiosen, breit gefächerten Erdkundewissen geprahlt hatte.

Sie wurden immer alberner und prusteten meist schon beim abwechselnden Vorlesen der Fragen so los, dass man den Inhalt kaum verstehen konnte. Ihre Gesichter verzerrten sich vor Lachkrämpfen, sie hielten sich die Bäuche und pressten sich Sofakissen vors Gesicht oder versteckten sich im Arm des anderen. Papiertaschentücher wurden geholt, Wein nachgegossen, die Chips-Schale aufgefüllt und danach fing das Gekreische von vorn an. Man beendete recht angeheitert den Heiligabend am nächsten Morgen um vier.

Sie hatten vergessen, dass der erste Weihnachtstag schon angebrochen war und Evas Mutter wie angekündigt um 11 Uhr vor der Tür stehen sollte – in Erwartung größter Wiedersehensfreude.

Evas Schwiegermutter wollte Peine nicht verlassen und so saßen sie zu dritt und aßen die Reste der Köstlichkeiten eines beinahe verfeierten Galadinners auf.

Das war Weihnachten. Ihr gemeinsames historisches Datum.

Tradition

Die Weihnachtsjahre danach waren dann weniger witzig und ausgelassen. Die Mütter waren älter und unbeweglicher geworden. Man fuhr nun Heiligabend in die Stadt im Norden und in die im Süden von Hamburg und verbrachte den Heiligabend getrennt. Irgendwann hatte Eva die Nase voll von der Weihnachtsreiserei und bemerkte, dass sie selber schon in die Jahre gekommen war und keine Lust mehr hatte, nächtens allein im Auto durch Schleswig-Holstein fahren zu müssen.

»Ich finde, wir könnten unsere Besuche zu Heiligabend auf einen Weihnachtskaffee beschränken und uns dann abends in Eppendorf treffen. Ich möchte auch wieder einen eigenen Tannenbaum haben«, nörgelte sie.

Aber sie wollte einen hohen, der bis an die Decke reichen sollte, keinen, der wie damals in den Sechzigern im Garten geschlagen wurde, irgendein krüppeliges Ding aus der hintersten Gartenecke, das Papa aufpimpte, ohne zu wissen, was das Wort bedeutete. Man dachte damals praktisch. War der Baum zu hoch, wurde er gekürzt und die unteren Zweige einfach in Löcher gesteckt, die ihr Vater vorher im oberen Bereich in den Stamm gebohrt hatte. Er hatte als junger Mann eine Zeit lang im Lippischen gelebt, da war das Usus. Was nicht passte, wurde eben passend gemacht.

Auch Anna und Andreas hatten veränderte Bedingungen in ihren Elternhäusern. So beschlossen die Vier eines Tages, eine Tradition aus dem seinerzeit gemeinsam verlebten Weihnachtsfest zu machen und sich gegenseitig abwechselnd zum Heiligabend einzuladen, mögliche Gestrandete dazu zu bitten.

»Wer ist eigentlich diesmal Heiligabend dran?«, fragte Eva, als sie mit Anna im Waschkeller Wäsche sortierte.

»Ich glaube, letztes Jahr waren wir bei Caro, davor bei uns.«

»Oje, dann müssen wir wohl in diesem Jahr in den sauren Apfel beißen ... Bringt ihr wieder das tolle Kirschtiramisu mit und die obligatorische Flasche Schampus, eisgekühlt, versteht sich?« Eva sah Anna fragend an.

»Versteht sich. Und einen Wildkräutersalat haben wir auch noch im Angebot. Auch schön, dass wir nur zu viert sein werden. C3 (damit meinte sie Caro und Curt Cremer aus dem Erdgeschoss) werden in Sulzbach bei Frankfurt bleiben und ihr Haus im Taunus einweihen.«

Anna hob verschwörerisch die Augenbrauen: »Bei denen gibts ab sofort nur noch Äppelwoi...«

»Schade eigentlich, ... da waren sie nur noch vier«, fasste Eva den geplanten Wegzug lakonisch zusammen.

Eva liebte ihr gemeinsames schönes Haus. Sie konnte sich keine Alternative vorstellen. Ein Garten wäre schön, aber sie hatte dafür zwei Balkone. Allein diese Tatsache war Luxus pur in einer Großstadt. Damals, als sie noch mit Thomas in der kleinen Wohnung am anderen Ende von Eppendorf wohnte, machten beide in der Gegend um den Sternenweg herum gern ihren Sonntagsspaziergang. Dann blieben sie vor den herrschaftlichen Häusern, die hundert und mehr Jahre überdauert hatten, stehen und malten sich aus, darin zu wohnen. Und machten es tatsächlich wahr.

Anna und Andreas waren im Laufe der Jahre ihre besten Freunde geworden. Sie unternahmen regelmäßig etwas zusammen: Fahrrad fahren, essen gehen, zusammen kochen und verreisen. Ging es Eva mal nicht gut, brauchte sie nur zwei Treppen nach oben zu gehen, um ihrer Nachbarin ihr Leid vorzutragen. Anna konnte gut zuhören und hatte die Gabe, Eva zu erden, wenn sie überdreht ihre Probleme schilderte.

Anna war Betriebswirtin, eine trockene Analytikerin im Gegensatz zur quirligen Eva. Außenstehende hielten sie für humorlos. Nichts an ihr war verspielt. Niemals trug sie Rüschen, Fransen oder auffällig Modisches. Sie hatte ein Faible für klassische Kleidung in blau oder schwarz und weiß, Hosenanzüge, Jeans mit T-Shirt und Jackett. So fühlte sie sich wohl.

Andreas, Studienrat, passte nicht nur äußerlich zu seiner Anna. Er war geradlinig, schnörkellos, akkurat. Sein Fünf-Tage-Bart war gepflegt, seine Kleidung bequem und gediegen. Stets hatte er ein offenes Ohr für seine Freunde und trug mit seiner ausgeglichenen, in sich ruhenden Art dazu bei, dass man sich mit ihm in der Runde wohl fühlte.

Fuhrpark

Das Haus und seine Bewohner veränderten sich von Jahr zu Jahr. Gemeinsam kamen sie in die Jahre. Da waren die »ganz Alten«, die seit gefühlten Ewigkeiten dort lebten, und die später Dazugekommenen, die »Neuen«, die je nach Eingewöhnung bald zur Stammbesetzung, den »Alten«, gehörten. Manche stellten sich vor, klingelten und fanden nette Worte oder legten Selbstgebackenes vor die Tür: »Grüße von den neuen Nachbarn«, auf einem Anhänger geschrieben. Dann wieder traf man im Treppenhaus Mitbewohner, die keinen »guten Tag« wünschten, sondern fremd und eilig an einem vorbeihuschten. Die »Alten«, wozu sich nach fast dreißig Jahren auch Eva und Anna mit ihren Männern zählten, hatten schon viele Paare kommen und gehen gesehen. Meist waren sowohl die Bleibenden als auch die Verlassenen gleichermaßen traurig, weil wieder ein Lebensabschnitt zu Ende gegangen war und die Gemeinschaft ein Familienmitglied verloren hatte.

Kinderwagen prägten in den letzten Jahren den Eingangsbereich im Treppenhaus, hippe Modelle mit Cup-Holdern für Mamis Latte Macchiato, Seitenfach für das Wickeltäschchen und warmem Lammfell-Einsatz, damit Baby nicht fror. Manche dieser Babykutschen hatten unter dem Griff ein Brettchen mit Rollen montiert, damit das größere Kleinkind aufsteigen und sich mit Brüderchen oder Schwesterchen von den Eltern schieben lassen konnte. Schwierig wurde es, wenn die kostbarsten Eppendorfer Babywagen den Eingang zuparkten.

Die netten Beckmanns aus dem Dachgeschoss rechts hatten zwei kleine Kinder. Als sie wieder schwanger wurde, mieteten sie ein Haus in Volksdorf.

So blieben die Kinderwagen von Henris aus dem Erdgeschoss und die Karre von Wittmanns Enkel, der zwar nicht ständig bei den Großeltern wohnte, aber hin und wieder dort »geparkt« wurde. Seine Mutter war mehr oder weniger alleinerziehende Apothekerin, da der Papa als Surf- und Wellenreiter-Lehrer im fernen Neuseeland in saisonal bedingter Üppigkeit zum Familienunterhalt beitrug.

Im Winter fiel die alte Haustür nicht immer ins Schloss, sondern verzog sich und stand ein wenig auf, so dass jeder ungehindert in das Innere des Hauses treten konnte. Irgendjemand klebte dann einen gut leserlichen, laminierten Hinweis, man möge »in der kalten Jahreszeit die Tür hinter sich zuziehen, danke«, von innen an die Scheibe der Tür und alle ärgerten sich, wenn sie trotzdem offenstand.

Nachdem sich in Eppendorf Banden auf den Diebstahl der Luxus-Babywagen spezialisiert hatten, hielten sich zumindest die Eigentümer derartiger Nachwuchskarossen an den Aushang und schlossen akribisch die Tür. Auch brachte eine junge Mutter auf einer Eigentümerversammlung den Wunsch ein, doch mit Stahlnägeln an der Wand eine Stange anzubringen, um die Wagen sicher anschließen zu können.

Das Begehren wurde von den alten Eigentümern vom Tisch gewischt, man wollte den Marmor nicht zerstören und den Stil des alten Hauses bewahren. Sollten in naher oder erst ferner Zukunft Rollatoren und Rollstühle die Kinderwagen ablösen, sei es immer noch früh genug für Nägel aus Stahl. Egoistisch wurde diese Ablehnung nicht empfunden – das sei quasi gelebter Denkmalschutz.

Die »ganz Alten« wurden krank, hatten hier ein Zipperlein und dort Beschwerden. Eine Nachbarin hatte ein dickes Knie – und zur selben Zeit fiel der Fahrstuhl aus.

Die Jungen und Gesunden nahmen selbstverständlich eine schwere Tasche dann mit hoch in den vierten Stock, brachten morgens die

Zeitung mit und legten sie vor die Haustür der Kranken. Doch auch für Gesunde zählte jede Stufe doppelt, hatte man die Hände voller Einkaufstüten oder kam man von einem Wochenendtrip oder längerer Reise zurück und musste die Taschen und Koffer zu Fuß hochschleppen.

»Wann endlich lassen wir einen neuen Fahrstuhl einbauen?«

Eine rhetorische Frage.

Keiner wusste die Antwort, selbst die Verwaltung nicht. Also schleppte man seinen Kram keuchend die vielen Stufen hoch und freute sich über den Holzsitz, der um die Jahrhundertwende von vorausschauenden Planern neben dem Fahrstuhlhalt auf jeder Etage installiert worden war und damals wie heute zum erschöpften Verweilen einlud. Hatte man seinerzeit sitzend auf den Lift gewartet?

»Im Lift wäre allerdings eine Sitzmöglichkeit sinnvoller gewesen«, dachte Eva.

Sylt und Hamburg – Hamburg und Sylt

Anna und Andreas hatten ihr Ferienhaus im Wendland, Wittmanns aus dem ersten Stock auf Mallorca und Eva und Thomas waren seit Jahren Mitmieter einer kleinen Endhausscheibe in Morsum auf der Insel Sylt, ihrem Refugium, liebevoll »Klein-Sylt« genannt. Waren sie von der Großstadt genervt, fuhren sie doppelt so gern und doppelt so oft an die Nordsee, obwohl sie nachts den Marder rumoren hörten oder das Muhen der Kühe, die der Bauer auf der Weide direkt vor dem Schlafzimmerfenster grasen ließ.

Herrlich, dieses Landleben! Eva, die zu Hause in Eppendorf mit ihren Schlafstörungen haderte, legte sich hier entspannt ins Bett und holte viele Mützen Schlaf nach. Allerdings konnten sie nicht nach Lust und Laune fahren, aber meistens klappte es mit der Belegung. Es war nämlich eine Gemeinschaftswohnung.

Alte Studienfreunde von Thomas hatten vor fast einem Jahrzehnt dieses Idyll entdeckt. Es war zur Dauermiete ausgeschrieben worden und der Besitzer, der in der Nachbarschaft wohnte, hatte kein Interesse mehr an dem Hausteil, wollte es aber keinesfalls verkaufen. Es sollte in der Familie bleiben.

»Wan di Jungen jest jens ek muar ön di Stat uuni wel, da ken ja weder Tüs kum[1]«, nuschelte Momme auf Sölring vor sich hin, als sie den Mietvertrag unterschrieben.

»Hä???« Eva verstand nichts.

»Wenn de Kinners erst mal nich mehr inne Stadt leven wüllt, denn künnt se je wedder na Huus kummen«, übersetzte Thomas.

Sein Opa kam aus Dithmarschen und hatte ihm Plattdeutsch beigebracht.

»Ach so!« Eva grinste.

»Alles verstanden?«

Sie zuckte mit den Schultern.

Ein Paar war Hauptmieter, das andere und die Winkelmanns waren juristisch gesehen die Untermieter. De facto teilten sie sich die Miete. Thomas ließ von seiner Sekretärin die Tage nach Nutzung in einer Excel-Tabelle auflisten.

Manchmal war ein Paar drei Wochen am Stück da, ein anderes Mal übers Jahr gesehen nur ein paar Tage. Die Miete wurde nach einem ausgeklügelten System anteilig berechnet.

---

1) Sölring (Sylter Friesisch, Sylter Dialekt)

»Wollt ihr am nächsten Wochenende mit nach Sylt fahren?«

Eva traf Anna zufällig im Treppenhaus und lud spontan zum Wochenendtrip ein.

»Gern, wann fahrt ihr los?« Anna fischte ihr Handy aus der Tasche und überprüfte ihren Timeplaner. »Wir haben nichts vor. War'n schon lang nicht mehr bei euch. Andreas muss dann eben mal sein Radtraining ausfallen lassen«, grinste sie.

»Wieso ausfallen? Wir haben doch einen ganzen Fuhrpark an Rädern dort stehen. Ihr nehmt die Hollandräder und wir fahren mit den E-Bikes. Falls das Wetter schön sein sollte, könnten wir nach List radeln. Da sind wir hin und zurück fünfzig Kilometer unterwegs. Radtraining pur!«

»Na, toll. Hollandrad... Ich hoffe, mit Gangschaltung ...«

Am Samstagfrüh ging die Reise los. Wie immer mit viel zu viel Gepäck, das im kleinen Kofferraum zusammengequetscht kaum Luft holen konnte.

Die Frauen teilten sich die Rückbank des Beetle, die Männer vorn, Thomas am Steuer.

Gerade waren sie in Schnelsen auf die A7 eingefädelt, als die ersten Käsebrote verteilt wurden. Man hatte ja noch reichlich Kilometer zu fahren. Die Straße war relativ frei, was wohl an der Jahreszeit lag. Das wäre im Sommer anders gewesen: Staus ohne Ende und wenn man es endlich auf die Kurzstrecke von Handewitt nach Leck und Niebüll geschafft hatte, konnte ein Trecker die Karawane anführen. Doch heute war alles ruhig und entspannt.

»Was habt ihr denn so mit uns vor?«, fragte Anna in die Runde.

»Radfahren, Picknick, Baden, Strand.«

Thomas setzte zum Überholen an.

»Was?« Anna war entsetzt. »Bei der Kälte? Nicht mit mir. Kann ich bitte aussteigen?«

Anna war ein echter Frostköttel und ging im Sommer ausschließlich bei mindestens 24 Grad ins Wasser. Demnach recht selten.

In Niebüll hatten sie das Glück, als Vorletzte auf den Shuttle rollen zu können.

»Ich hätte aber noch auf die Toilette gemusst«, protestierte Eva. »Du hättest ruhig fragen können.« Sie tippte ihrem Thomas auf die Schulter.

»Wir sollten so eine Pinkelflasche für uns Frauen erfinden, als Start-up für die ›Höhle der Löwen‹. Was meint ihr? So etwas gibt es doch nicht oder?«, fragte Anna nach vorn.

»Da kannst du sicher sein, dass diese Erfindung ein alter Hut ist«, entgegnete Andreas.

»Und wie soll das gehen? Also in eine Flasche... kann ich nicht. Völlig ausgeschlossen, da geht alles daneben. Außerdem, wie sollte das unbemerkt geschehen?«

Eva zuckte mit der Schulter.

»Wenn Männer das schaffen, kriegen Frauen das auch hin«, frotzelte Thomas. »Übrigens, da vorne ist die Insel!«

Er zeigte geradeaus in die Ferne. Der Hindenburgdamm machte gerade eine Kurve und der Shuttle legte sich wie eine Raupe hinein, teilte das Meer in zwei Teile.

Vom Bahnhof in Westerland nach Morsum war es nicht weit. Die Großstadt ließen sie bald hinter sich, passierten ALDI, REWE, LIDL und ARAL. Dann wurde es schlagartig ländlich. Kühe und Galloways fraßen sich durch die Wiesen und Pferde galoppierten über die Koppeln. Keitum ließen sie links liegen, überquerten die Bahnschranke, Archsum zur Rechten und nach dessen Ortsschild-Ende rollten sie geradewegs auf das Marschdorf Morsum zu.

Der »Weetstich-Hof« lag in Richtung Nösse-Deich, etwas versteckt in einem kleinen Wäldchen. Thomas war direkt vor dem Haus vorgefahren.

»Toll! Ein Parkplatz direkt vor der Haustür. Ich fasse es nicht.«

Eva krabbelte von der Rückbank nach vorn und streckte sich. »Hab schon mal bequemer gesessen.«

»Den Parkplatz sollten wir in den Sternenweg beamen. Genau vor Nummer 17. Das wäre der wahre Luxus!«

Nachdem sie »Klein-Sylt« bezogen hatten, überlegten sie, zu Ingwersens Backstube in Morsum zu radeln.

»Kommt, keine Müdigkeit vorschützen! Dort gibt es den besten Cappuccino der Insel und das leckerste Frühstück mit frischer Morsumer Milch. Zieht euch warm an, ist doch hübsch windig heute.«

Thomas setzte sich seinen Helm auf und nestelte umständlich am Kinnverschluss.

»Du siehst sehr individuell aus. Geradezu stylisch«, lästerte Anna über sein Aussehen.

»Sag doch gleich: beknackt. In der Truhe sind die Gäste-Helme. Nur zu! Dann passt ihr im Outfit besser zu mir.«

Er zeigte auf die weiße Truhe aus geflochtener Weide, die unter der steilen Treppe stand, die zum ausgebauten Dachboden führte.

Die Hollandräder nahmen die Männer, Anne und Eva bekamen die E-Bikes.

»Wenn der Wind von vorn kommt, können wir ja tauschen«, grinste Thomas.

Es wurde ein richtig schöner Tag. Nach dem späten Frühstück machten sie einen kleinen Schlenker, um bei Bauer Hansen reinzuschauen. Die unzähligen frei laufenden Hühner schienen froh zu sein, nach der kalten Regenperiode endlich wieder draußen auf dem weitläufigen Gelände ihre Körner zu picken.

»Eier, wir brauchen Eier!«, rief Eva.

»Von glücklichen Hühnern«, sagte Andreas, »kein Ärger, keine Termine, nur frische Luft.«

»Das sind die wahren Wetterfrösche. Bei gutem Wetter draußen – und wenn's ungemütlich wird, laufen sie in den Stall. Wäre doch eine gute Idee für eine Wetter-App? Was meint ihr?«

Thomas wandte sich an Eva: »Ok, ich geh rein und hol uns Eier.«

»Warte, ich komme mit!«, rief Andreas.

»Moin!«, rief Thomas munter, während er in den Bauernladen trat. Die Antwort blieb aus.

»Dann eben nicht«, murmelte er und zählte zehn Eier der Größe XL in einen der gestapelten Eierkartons.

Gerade wollte er das abgezählte Geld in die Schachtel voller Münzen legen, als der Bauer den Laden betrat. »Na, wollt ihr Jungs eine Meeräsche haben? Frisch gefangen.« Er hob einen großen Fisch aus einer Plastikkiste und hielt ihn Thomas und Andreas entgegen.

»Sollten wir?«, fragte Thomas.

Andreas hob spontan den Daumen. »Wir müssen nur noch unsere Chefinnen fragen.«

Eva und Anna fanden die Idee gut.

»Die holen wir nach der Radtour ab, geht das?«

Dem Bauern war es recht. Man war sich schnell handelseinig und der Fisch kam wieder ins Eis.

»Das ist die Insel, die ich liebe! Hier ist alles noch wie früher. Handschlag und gut! – Also, weiter geht es!«

Thomas streckte den Arm aus, um die Fahrtrichtung anzuzeigen. »Links zum Nösse-Deich!«, rief er nach hinten und fuhr in eine kleine Seitenstraße.

Betont langsam kam ihnen ein goldfarbener Rolls Royce entgegen, dessen Fahrer wohl auch Eier beim Hansen-Hof abholen wollte. Kein echter Sylter, kein schlichtes NF-Kennzeichen, auch nicht HH-NF oder NF-HH, sondern HH-SY. Kenner wissen: Das ist einer mit Zweitwohnsitz. Ein Angeber oder ein Liebhaber? Auf der noblen Nordseeinsel ist alles möglich.

An der alten Morsumer Dorfkirche stellten sie die Räder ab. Anna wollte fotografieren.

»Sankt Martin, 13. Jahrhundert, Glockenstapel mit Geläut außen«, las Andreas aus seinem Reiseführer vor.

»Du kannst es nicht lassen«, giftete Anna ihn an. »Einmal Lehrer, immer Lehrer.«

»Lifelong learning«, konterte Andreas amüsiert. »Schadet auch bei dir nicht.«

Der Weg führte sie auf dem Radweg am Watt entlang bis nach Tinnum, wo sie im »Kleinen

Kuhstall« einkehrten und riesige Stücke Apfel-
kuchen mit Sahne schlemmten, bevor sie über
die Keitumer Wiesen zurückradelten.

Die vier kamen am späten Nachmittag mit dem
in Zeitungspapier eingewickelten Fisch zu Hause an, sie waren zwar durchgefroren und hatten
ein Zuviel an frischer Luft in den Lungen, fühlten sich aber schachmatt und zufrieden. Thomas holte Weißwein aus dem Keller, dann putzen sie den Fisch, legten ihn draußen auf den
Grill und ließen den Abend langsam angehen.

Eva verteilte dicke Wollsocken.

Die Fahrradhelme lagen alle wieder in der
weißen Weidentruhe.

Thomas hatte eingeschenkt und hob die Gläser: »Ein Prosit auf Eppendorfs schönste Insel.«

Nestbau

Eva und Thomas Winkelmann hatten sich an dem Gemeinschaftsprojekt »Klein-Sylt« beteiligt, als klar war, dass sie kein Kind mehr bekommen würden.

Seit fast dreißig Jahren wohnten sie in Hamburg-Eppendorf, Sternenweg 17, im zweiten Stock rechts. Für beide war es die Traumwohnung, in der sie alt werden wollten. Hier war ihr Zuhause – für immer. So dachten sie, als sie damals die Zeitungsannonce in der »Hafenpost« lasen und sofort einen Besichtigungstermin ausmachten. Ein Blick genügte. Genau in diesem Haus – in dieser Straße – wollten sie leben! Und alle, die ihre Liebe zu diesem Haus mit ihnen teilten, waren herzlich willkommen.

Thomas war Steuerberater und Wirtschaftsprüfer. Eva Lehrerin. Nicht gerade das Dreamteam als Mieter. Makler hatten immer süßsauer reagiert, als beide auf Wohnungssuche waren und deren Dienste in Anspruch nehmen mussten: »Paragrafen-Heini« und »Meckertante«.

Eva suchte damals in Hamburg so etwas wie »in ruhiger Lage in Stadtmitte«. Mit Balkon im oberen Stockwerk, bloß nicht im Erdgeschoss.

Sie war eher der vorsichtige Typ, der eine Balkontür offenstehen lassen wollte, ohne Sorge haben zu müssen, ungebetenen Besuch zu erhalten.

Thomas war es ziemlich egal. Er wollte möglichst zu Fuß in seine Firma gehen können, das war das einzige Kriterium. In der Eppendorfer Martinistraße fanden sie ihre erste gemeinsame Wohnung, in der sie vier Jahre lang blieben und sich sehr wohlfühlten. Der Kinderwunsch wurde aktuell und deshalb suchten sie später nach Eigentum und einem größeren Zuhause.

Nahe der Hegestraße wurden sie fündig, 140 Quadratmeter im zweiten Stock eines Jugendstil-Hauses, in einer Seitenstraße gelegen, unweit der trubeligen Eppendorfer Landstraße. Ihr Glück schien vollkommen: Sternenweg 17.

Nur eins klappte eben nicht: Eva wurde nicht schwanger.

Ein Kind verlangt nach familiärer Planung. Kein Kind ebenso. Der Wohnanteil auf Sylt war eine gute Ablenkung geworden.

Kein Kinderspiel

Bald sollte wieder einmal ein Paar in den Sternenweg 17 ziehen: Rena und Ulrich aus Lübeck, unverheiratet, ohne Kinder. Sie ließen die Wohnung im Erdgeschoss grundsanieren. Eines Tages stand eine Bauabsperrung vor dem Haus.

»Wieder drei Parkplätze weniger«, schimpfte Eva.

Drei Monate Halteverbot direkt vor der Haustür. Dazu ein Dixi-Klo und ein Metallzaun, der einem den Durchgang von der Straße ins Haus erschwerte. Vor allem bei der Rückkehr vom Einkauf, voll bepackt mit der Beute, die ins Haus gebracht werden musste. Eva wusste, dass der Termin mit Filzstift auf das Schild geschrieben war und meist vor Ultimo um ein anderes Datum ergänzt werden würde – mit aufgeschobenem Bauende.

Eine zierliche Frau mit frechem Kurzhaarschnitt und rotem Schopf stand in diesen Tagen voller Baulärm und Staub vor Evas Tür, um sich vorzustellen.

»Ich bin die Neue von unten«, begann sie und streckte Eva ihre Visitenkarte entgegen: Dr.

Rena Engel, Psychologin. Sie hätte keine Zeit, müsste noch an anderen Türen klopfen, entschuldigte sie sich und bat im Voraus um Verständnis für eventuelle Unannehmlichkeiten wie Baulärm und Staub. Sie versprach, Eva und ihren Mann demnächst in ihr »Baustellencafé« einzuladen.

»Eine nette neue Nachbarin hat sich heute vorgestellt«, erzählte Eva abends ihrem Mann.

Thomas nickte. »Wie gut, dass Familie Henri ausgezogen ist! Das Grillen unter meinem Schlafzimmerfenster ist mir ziemlich auf den Geist gegangen. Und dann dieses bellende Untier! Weißt du noch, wie Überschwangs überdrehte Ehefrau aus dem Ersten abends mal mit Blumentöpfen nach dem Köter geworfen hat?«

Eva war auch noch nicht fertig: »Henris hatten aber auch nicht alle Tassen im Schrank! Tun so, als ob sie Generaldirektor wären und können das Wohngeld nicht bezahlen. Manchmal frage ich mich wirklich, für wen oder was sich solche Typen halten. Laufen mit ihren Lodenmäntelchen von ›Ladage und Oelke‹ oder ›Lodenfrey‹ durch die Gegend, fahren den dicksten SUV und schieben der Gattin zur Abwechslung hin und wieder die Faust ins Gesicht. Gott sei Dank sind wir die los!«

Thomas zog eine Grimasse.

»Ach, und kannst du dich erinnern, wie er vehement versucht hatte zu verhindern, dass der Stolperstein[2] verlegt wurde?«

Thomas redete sich in Rage. »Einen Aufstand hatte der gemacht! Es hätte wissenschaftlich geklärt werden sollen, ob Familie Stern tatsächlich ins KZ deportiert worden war. Wittmanns Patenschaft fand er verdächtig, sie sollten offenlegen, welches Interesse sie an dem Stein hätten und so fort. Peinlich alles!«

Eva schüttelte angewidert den Kopf.

»Weißt du noch, wie Kleopatra von ihrem fetten Ehemann die eine oder andere Beule davongetragen hatte?«

»Kleopatra« hatte ihrem Gatten immer wieder verziehen. Sah man beide händchenhaltend in trauter Eintracht freitags auf dem Isemarkt, trug er ihr brav die Körbe, während sie den dickbäuchigen Lodenmantelträger mit ihrer exotischen Schönheit schmückte. Ihre zwei entzückenden Mädchen, drei und vier Jahre alt, und der Hund schienen das Idyll perfekt zu machen. Schienen... wohlgemerkt, denn zu Hause war oft die Hölle.

---

2) Stolperstein: Projekt des Künstlers Gunter Demnig, der seit 1995 Gedenktafeln aus Messing vor den ehemaligen Wohnhäusern Ermordeter und Verschleppter des NS-Regimes wie einen Pflasterstein in den Boden einlässt, um ihrer an dieser Stelle gedenken zu lassen.

»Wieso sind die eigentlich bei Nacht und Nebel verschwunden? Niemand wusste irgendetwas. Nicht einmal ihr als Beirat. Ich habe gestern Ruth getroffen, sie wusste von nichts, dabei ist sie auch mit einem Beiratsmitglied verheiratet.« Eva sah Thomas fragend an.

»Ein Vögelchen hat mir zugezwitschert, er sei nach Dubai ausgeflogen. Hatte wohl Probleme mit der Steuer.«

»Ob sie mit den Kindern mit von der Partie ist?« Eva schaute ihren Thomas abermals fragend an.

»Vielleicht hat er ja dort eine andere Familie mit einer Zweitfrau.«

»Quatsch, der doch nicht!«, platzte es Eva spontan heraus.

Echt Jugendstil

Renas »Baustellencafé« erwies sich als voller Erfolg. Ihr Partner Ulrich war der perfekte Gastgeber. Er half den Gästen beflissen aus dem im Haus überflüssigen Mantel und wusste nicht wohin damit. Wollte man sich setzen, wischte er zuvorkommend über den staubbedeckten Klappstuhl. Rena balancierte volle Prosecco-Gläser auf einem Tablett durch die Menge der neugierigen Nachbarschaft, die staubtrockene Hälse hatten.

Alle waren da. Eva zählte kurz durch: Aus dem ersten Stock links Staatsrat Dr. Johann Überschwang, allerdings ohne Frau Mama, Wittmanns aus dem ersten rechts, Doris und Klaus Marks aus dem zweiten, aus dem dritten *die von oben* nebst Dr. Wieland Somsinger, Anna und Andreas Winterkorn neben Dr. Gertrude Lux aus dem vierten und aus dem Dachgeschoss links oben Werner und Ruth Stockhaus. Das Erdgeschoss links war nicht vertreten, da die Wohnung zum Verkauf stand, und ebenso keine Vertreter des Dachgeschosses rechts, von dem man nicht so recht wusste, ob er ein privater »Airbnb-Hotelier« war.

»Hier werden wir einen Durchbruch machen, damit wir aus der kleinen Kammer ein zusätzliches Gästebad gewinnen. Diese Tür wird versetzt und der Deckenreiter[3] kommt ganz weg.« Rena blickte triumphierend in die Runde.

»Das meinen Sie doch nicht im Ernst?« Dr. Johann Überschwang aus dem Ersten fiel fast das Glas aus der Hand, so wedelte er mit den Armen. »Sie können doch nicht über hundert Jahre in den Müll werfen!« Er sah in die Runde.

»Warum haben Sie sich eigentlich diese Wohnung gekauft, wenn Sie die schönen alten Elemente rausreißen wollen? Es gibt wunderbare Neubauwohnungen auch in dieser Gegend«, sagte Thomas und kassierte dafür einen heftigen Stupser in die Seite.

»Nun provozier doch nicht gleich. Lass sie ausreden!«, zischte Eva ihm zu.

Rena setzte ihr liebreizendes Lächeln auf. »Ja, wenn das so ist. Möchte denn einer von Ihnen den Reiter haben? Ich verschenke ihn! Mir liegt an guter Nachbarschaft und ich will keinen Streit vom Zaun brechen, nicht, Uli?«

Ulrich nickte zustimmend.

----

3) Deckenreiter: Wortschöpfung der Autorin. Sie meint damit eine von der Decke schwebende, fensterartige Abhängung im schmalen Flur, um dessen schlauchartige Länge optisch zu verkürzen. In wenigen Jugendstilhäusern, z.B. in Eppendorf, sind diese »Raumteiler« noch vorhanden.

»Vielleicht können wir Sie lieber davon überzeugen, dass dieses über hundert Jahre alte Stilelement genau in Ihre Wohnung gehört und dort die nächsten hundert Jahre bleibt?«

Alle drehten sich um. Dr. Wieland Somsinger, ein hochgewachsener, attraktiv gebräunter Mann um die Fünfzig, machte eine ausladende Geste zur Decke. Alle folgten seinem Wink, während er die Vorzüge dieses Deckenteilers, den sogenannten Reiter, pries.

»Schon damals hatte man verstanden, dass der Hamburger Schnitt mit dem langen Flur einer optischen Unterbrechung bedurfte«, fuhr er fort. »Wir können ihn etwas aufhübschen und moderner wirken lassen. Ich hätte so eine Idee.«

Somsinger war erfolgreicher Architekt, ein sogenannter eingefleischter Junggeselle mit attraktiver wechselnder Begleitung, der im dritten Obergeschoss eine individuell exotisch gestaltete Wohnung besaß. Vor ein paar Jahren noch gab er regelmäßig einmal im Jahr ein rauschendes Fest, zu dem alle Nachbarn eingeladen worden waren. Eines Tages verabschiedete er sich für fast zwei Jahre nach Indonesien, wo er ein Zukunftprojekt einer internationalen Bauherrengemeinschaft leitete.

Als er zurückkam, brachte er eine neue Weltsicht mit. Es ging ihm nun um Nachhaltigkeit und Klimaschutz. Bald schon warf er alles, was irgendwie mit Plastik zu tun hatte, aus seiner Wohnung. Moderne Küchenstühle, eine rote Lackcouch und Küchenutensilien jeder Art brachte er in den Keller in die inoffizielle Sperrmüllecke, wo ein paar Tage später ein von ihm geförderter junger Künstler alles einsammelte und in sein Hafenatelier karrte. Die daraus entstandenen Kunstwerke schmückten bald manche Wohnung der Hamburger Gesellschaft.

Somsinger hatte ausgemistet und gleichzeitig ein nachhaltiges Label entworfen. Vom Verkaufserlös dieser Objekte steckte er vierzig Prozent in die eigene Tasche, wovon er die Hälfte in ein Schulprojekt in Jakarta investierte. Das geschah nicht ohne Aufmerksamkeit der Öffentlichkeit. Mindestens alle zwei Wochen war ein Foto von ihm in der HAFENPOST zu sehen: Somsinger von Schönen und Reichen im Mittelpunkt irgendwelcher Vernissagen, Finissagen oder Eröffnungen neuer Flagstores. Er war gut im Geschäft und seine eigene Marke.

Rena hing geradezu an Somsingers Lippen, als er von farbigem Glas, Spiegelelementen sowie gebürsteten Stahlträgern sprach, und ein Gedankengespinst aus Glitzer und Coolness kreierte, wobei der hundert Jahre alte Deckenreiter die Welt nicht mehr verstand.

Die anderen Gäste umringten Somsinger und bombardierten ihn mit Fragen: Könnte man einen Reiter eventuell nachträglich einbauen lassen, hielte die Decke das Gewicht, welche Kosten kämen auf den Eigentümer zu und, ganz wichtig, müsste man einen Antrag dafür auf der nächsten Eigentümerversammlung stellen?

Somsinger ging auf jeden Hinweis freundlich ein und verteilte seine Visitenkarten – schwarz mit weißen Buchstaben – die freudig eingesteckt wurden.

»Sag mal, hast du schon seine Neue gesehen?« Anna kam mit einem Pappbecher Rotwein auf Eva zu. »Sie fährt den roten Porsche, direkt gegenüber – und hat einen Maltipoo, reinrassig.«

»Einen was?« Eva kannte sich mit Hunderassen nicht aus, konnte gerade mal einen Schäferhund von einem Dackel unterscheiden.

»Eine Kreuzung zwischen Pudel und Malteser. Designer-Dog. In Hollywood der Renner, sitzt bei jedem Star in der Kelly Bag.« Anna breitete zur Anschauung die Arme weit auseinander und ließ ihre Hände immer enger zusammenkommen, bis sie kaum noch einen Abstand voneinander hatten.

»Und dann reinrassig? Das geht irgendwie doch nicht... Aber im Ernst, schon wieder eine Neue? Die Vorige war doch noch letzte Woche hier am Briefkasten.« Eva schenkte sich nach.

»Da gings hoch her am Wochenende«, flüsterte Anna und grinste vielsagend.

»Somsinger hatte wohl einen zuviel getrunken und lärmte unter uns herum. Sie klackte unverfroren mit ihren Pumps übers Parkett, unverschämt sowas, und knallte mit den Türen. Dann war Ruhe. Und heute steht der rote Porsche vor der Tür. Die mit der blonden Lockenmähne hatte einen Mini, du erinnerst dich?«

Beide sahen zu Somsinger hinüber.

»Er hat schon was, toller Typ. Johann Überschwang läuft morgen garantiert auch mit roter Hose und lila Pulli herum. Nur sähe der richtig scheiße damit aus.«

Die beiden Freundinnen lachten und hatten bald alle Anwesenden auf dem Kieker, klatschten wie die Tratschweiber und zogen über alle genüsslich her. Einen ließen sie aus: Ulrich.

»Irgendwie passt er nicht zu der Neuen. So blass und nichtssagend. Sieht aus wie ein Anwalt«, überlegte Eva halblaut.

»Anwalt und Notar, Volltreffer!«

Gastgeberin Rena hatte sich unbemerkt zu den beiden Frauen gesellt, die mit halbvollen Pappbechern vergnügt herumstanden und offensichtlich über andere Leute lästerten.

»Was für eine tolle Idee! Wir haben schon lange nicht mehr mit den Nachbarn gefeiert. Früher sind wir regelmäßig mal bei dem einen oder anderen zusammengekommen. Es gibt immer viel zu erzählen«, versuchte Eva abzulenken.

»Das freut mich. Da habe ich ja richtig Glück mit meiner neuen Nachbarschaft – auf uns!« Rena prostete den beiden zu: »Ich bin Rena.«

»Eva.«

»Anna.«

Sie gaben sich die Hand.

Der Abend neigte sich fröhlich dem Ende zu, alle machten sich auf, die Stufen nach oben zu gehen, denn nebenan im Erdgeschoss wohnte keiner mehr. Caro und Curt Cremer, die ehemaligen Nachbarn im Erdgeschoss, kurz »C3« genannt, waren quasi über Nacht mit kleinem Gepäck sozusagen als Zwischenlösung in ihr Büro auf der Uhlenhorst umgezogen. Ohne Abschiedsparty, ohne Umarmungen und Sentimentalitätsbekundungen. Sie wollten bis zum Verkauf ihrer Immobilie vor Ort in Hamburg bleiben und sukzessive ihren Besitzstand nach Sulzbach transportieren.

Die Wohnung stand mit unglaublichem Preis zum Verkauf. Die Makler meinten, dass diese Art von Eigentumswohnung in Hamburg durchaus auf dem Markt wären, aber mit dem Gartengrundstück wäre sie ein Liebhaberstück. Ein romantischer, gepflegt verwilderter Garten mitten in Eppendorf, nahe der Außenalster, sowas würde es so schnell nicht wieder auf dem Wohnungsmarkt geben.

C3 saßen die Angebote aus. Sie führten nicht durch die Wohnung, nein, sie hielten Hof. Die Interessenten gaben sich die Klinke in die Hand. Nach der Besichtigung standen sie lange vor dem Haus und unterhielten sich gedämpft, aber erhitzt über ein mögliches höheres Gebot. Es ging dabei aber keineswegs um Geld aus der Portokasse, nein, die Nullen potenzierten sich. Während sich C3 die Hände rieben, beobachteten die anderen skeptisch die Verkaufsverhandlungen. Sicherlich, ihre eigenen Wohnungen schienen auch an Wert gewonnen zu haben, auch ohne Garten, aber irgendwie wurden die Angebote unheimlich, geradezu unmoralisch in die Höhe getrieben.

Bei C3 fiel der Umstand, dass ihre Wohnung nach dem Krieg mit der früheren Concierge-Wohnung zusammengelegt worden war und sie dadurch die größte Wohnung mit 200 qm plus Garten besaßen, positiv ins Gewicht.

Rena und Ulrich hatten 120 qm und ein viel kleineres Eckgrundstück erworben. Rena hatte die Wohnung allein gekauft. Sie wollte auf Nummer Sicher gehen, schließlich hatte sie schon eine miese Erfahrung mit einem anderen Wohnungseigentum in einer früheren Beziehung gemacht. Der Preis war hoch, aber lange nicht so astronomisch wie nebenan.

Handwerker!

Rena und Ulrich waren einfach überglück-lich, diese Wohnung gefunden zu haben. Sie waren erst seit sieben Monaten ein Paar und hatten sich über eine Partnerbörse kennengelernt. Das Zusammenziehen war ein Experiment. Sie rieben sich an vielen Punkten und hätten wohl als junge Menschen längst die Reißleine gezogen. Nun gehörten sie schon bald zur jungen 50-plus-Generation, wollten sich neu erfinden und etwas Gemeinsames aufbauen. Eigentlich war es eher Renas Plan. Sie hatte sich ernsthaft vorgenommen, aus ihrem chaotischen Leben auszubrechen. Sie wollte zur Ruhe kommen, eine feste Beziehung pflegen, kochen, auf dem Sofa lümmeln, dabei fernsehen und hin und wieder mal ausgehen. Ihr Zukünftiger sollte sie erden, ihr Schutz bieten, sie auffangen, aber die Tür nach außen offenstehen lassen. Ihre Zeit als Hippie-Girl wollte sie für immer beenden, schließlich war sie gerade mal 49 und sah manchmal auch so aus.

Von Ulrich hatte sie weniger geträumt.

Noch lebten sie in getrennten Wohnungen, sie in Ottensen, er in Poppenbüttel. Der Umzug in das gemeinsame Reich war Ende des nächsten Monats geplant. Es gab noch viel zu tun. Einem befreundeten Architekten hatten sie die Bauleitung übertragen. Sie meinten, mit dem Freundschaftsband sich eher darauf verlassen zu können, dass ihre Pläne ordnungsgemäß umgesetzt werden würden.

Leider sollte sich nach kurzer Zeit herausstellen, dass ihr Architekt Maurice zwar nett war, aber in gewissen grundsätzlichen baulichen Dingen recht locker dachte. Bald weigerten sich Handwerker, seinen Anweisungen Folge zu leisten. Ein Heizungsrohr sollte zum Beispiel in eine tragende Wand gezogen werden, die zu diesem Zwecke hätte geschlitzt werden müssen. Maurice hatte den beiden Bauherren vorher erklärt, dass nur ein – er machte eine abgehackte »Witsch-Witsch-Witsch«-Handbewegung – vonnöten sei. Klempner und Maurer beriefen sich auf ihre Berufsehre und lehnten ein »Witsch-Witsch-Witsch« kategorisch ab. Tragende Wände dürften nicht angerührt werden.

Während Rena recht locker mit solchen Unwägbarkeiten umgehen konnte, zeigte Ulrich Nervenschwäche. Völlig außer sich schrie er alle an, erst den Maurer und den Klempner, dann Maurice und zu guter Letzt Rena, die sich mit Deeskalation von Berufs wegen auskannte.

Sie versuchte zu vermitteln. Erfolglos.

Das Rohr wurde nicht verlegt, die Freundschaft ad acta gelegt und der Heizkörper blieb da, wo er schon seit über hundert Jahren seine Besitzer gewärmt hatte.

Eine erste Schramme hatte Renas fragiles Liebes-Konstrukt beschädigt. Hatte sie sich etwa einen Choleriker ins Bett und in den gemeinsamen Altbau geholt? Sie begann, ihn zu beobachten. Sie stellte Fallen. Sie reizte aus.

Inzwischen wollten die Handwerker Anweisungen von ihnen nur noch schriftlich haben, sie meinten, so ginge es nicht weiter, morgens hü und mittags hott.

Der Umbau ging nun schleppend voran, weil der logistische Überblick fehlte. Die Elektriker kamen, aber der Maurer hatte noch keine Rinne für die Leitungen aus dem Mauerwerk gestemmt. Die Klempner erschienen pünktlich, aber die Sanitärobjekte waren noch nicht geliefert. Das Wasser wurde abgestellt, aber es wurde vergessen, es wieder anzustellen. Es musste etwas geschehen. Ein neuer Bauleiter musste her.

Die Baustellenparty sollte eine willkommene Abwechslung werden. Herrschte vormittags noch Unstimmigkeit über die Anzahl und Platzierung der Steckdosen im Schlafzimmer – wo-soll-denn-Ihr-Bett-nun-stehen? – wer-schläft-links-wer-schläft-rechts? – fuhren Rena und Ulrich nachmittags gemeinsam zum Supermarkt, um für die kleine Feier einzukaufen. Als wäre nie etwas gewesen, schleppten sie die Bier- und Wasserkisten, den Prosecco und den Wein, die Chips und Tapas in die ausgehöhlte Wohnung, um dann am frühen Abend als harmonisches Paar die neuen Nachbarn zu empfangen und sie gastfreundlich zu bewirten.

Als sie nach dem letzten Gast die Tür hinter sich zugezogen hatten, um aufzuräumen, sagte Rena nichts mehr. Sie trug schweigsam Essensreste zusammen, während Ulrich die Flaschen sortierte. Die Plastikflaschen sammelte er in einem blauen Müllsack, die Pfandflaschen tat er in einen gelben. Beide Säcke verschloss er umständlich mit den vorhandenen Bändern.

Rena beobachtete ihn aus ihren Augenwinkeln und spürte, wie ihr das Adrenalin in den Kopf stieg. Als er ein Fitzelchen Plastik vom verstaubten Fischgrätparkett aufhob und den soeben sorgsam verschnürten blauen Sack wieder öffnete, um das Geschnipsel dort zu entsorgen, platzte ihr der Kragen.

»Spinnst du? Du bist ja schlimmer als ein … ein … Erbsenzähler!«, warf sie ihm wütend vor.

Sie griff hastig nach ihrer Handtasche und ging. Ulrich hörte, wie ihr Mini durch die stille Seitenstraße brauste.

Er ging erst um drei Uhr morgens und ließ eine besenreine Baustelle zurück.

Stimmungstief

Als Rena am nächsten Tag mit weniger Schwung als sonst ihr Erdgeschoss betrat – sie konnte ihre Praxis vorzeitig schließen, weil ein Patient wegen Krankheit abgesagt hatte – traf sie im Treppenhaus auf Eva. Die beiden Frauen begrüßten sich mit einer vorsichtigen, noch ungeübten Umarmung und Eva bedankte sich für die schöne Party.

»Tolles Fest! Vielen Dank, Rena. Das nächste Mal müsst ihr zu uns kommen. Spätestens nach dem Umbaustress. Thomas könnte einen leckeren Lachsauflauf zubereiten, kaum Kalorien und sehr gesund. Mögt ihr überhaupt Fisch?«

Eva schaute Rena fragend an. Irgendwie schien die Neue heute verändert zu sein.

»Ja, natürlich. Sehr gern sogar.« Rena setzte wieder ihr bezauberndes Lächeln auf. »Entschuldige, ich war gerade in Gedanken. Wir haben Probleme mit der Bauleitung, das wollte ich gestern Abend nicht vor allen ausbreiten. Unser Architektenfreund ist nicht mehr mit von der Partie – aber allein geht jetzt alles schief. Ich frage mich, ob wir den Umzugstermin überhaupt einhalten können.« Sie seufzte.

»Warum nehmt ihr nicht den Somsinger aus dem Dritten? Ich glaube, er hatte gestern ein Auge auf dich geworfen. Dabei gehörst du nicht unbedingt in sein Beuteschema.« Eva grinste verschwörerisch. »Er liebt groß, blond, mit Pferdeschwanz und Modelfigur.«

»Danke. Das letzte Kriterium passt ja, an dem Rest müsste ich noch arbeiten.« Jetzt grinste Rena. »Aber im Ernst, du meinst den mit dem lila Pulli? Wo denkst du hin? Für den bin ich eine alte Scharteke.«

Eva lachte und verdrehte dabei die Augen. »Fragen kostet nichts. Der wird schon wissen, wie man's macht.«

Rena wollte sich die Idee durch den Kopf gehen lassen, außerdem müsste sie Ulrich fragen. Sie hatte aber noch keine Lust, ihn anzurufen. Er war dran, er hatte sie angeschrien.

Sie verabschiedete sich und schloss die Tür auf. Kein Mensch weit und breit. Die Sanitärobjekte lagen auf dem Flur, die Armaturen ordentlich daneben aufgereiht. Rena suchte die Plastiktüten, die sie heute Nacht hatten verstummen lassen. Alles weg, weggefegt.

Als sie unverrichteter Dinge die Wohnung verließ und am Briefkasten schnell noch den Klebezettel mit ihrer beider Namen fester andrücken wollte, schloss jemand die Haustür auf.

Es war Somsinger.

Er hielt einen großen Blumenstrauß in der einen und eine Edeka-Tüte in der anderen Hand.

»Ach, welch ein Zufall!«, sagte er, ging auf Rena zu und streckte ihr den Strauß entgegen. »Danke für den schönen Abend gestern!«

»Das ist aber nett, danke!« Sie fühlte, dass sie rot wurde. »Ja, es war schön, aber die Nacht war kurz. Ich wollte Sie sowieso kontaktieren, haben Sie eine Minute?«

Somsinger stellte die braune Papiertasche auf dem Marmorboden ab. »Wollen Sie etwa den Reiter umarbeiten lassen?«, fragte er.

»Nein..., ja..., eigentlich wollte ich Sie fragen, ob Sie eventuell unseren Umbau beaufsichtigen könnten.«

Sie erzählte ihm von den Unstimmigkeiten mit Marcel und dem Stillstand. Er hörte aufmerksam zu, gab jedoch zu bedenken, dass er sein Projekt in Jakarta vorbereiten müsste, prinzipiell aber Kapazitäten frei hätte. Sie verabredeten sich für den nächsten Tag, um Näheres vor Ort zu besprechen.

Als Rena zu Hause in Ottensen ankam, rief sie Eva an, um ihr von dem Zusammentreffen mit Somsinger zu erzählen.

»Sag ich doch«, war Evas kurze Antwort.

Have a break!

Die Weihnachtsferien standen vor der Tür. »Weihnachten kommt immer so überraschend«, sagte Evas Kollege, als er sich von ihr auf dem Parkplatz der Schule mit guten Wünschen für die Festtage verabschiedete. Er hatte ihr geholfen, den vertrockneten Tannenzweig mit zerknickten Fröbelsternen zu tragen und den 31 kleinen Säckchen, die sie als Klassenleiterin im Klassenraum ihrer sechsten Klasse aufgehängt hatte. Dreißig der von ihr gefüllten Beutelchen waren leer, ihres auch, dabei hatte sie es nicht ausgeleert, weil sowieso nichts reingelegt worden war.

Tja, so sind sie, die kleinen Monster, saugen einen aus und haben volle Bäuche. Im neuen Jahr werde ich andere Seiten aufziehen, nahm sie sich vor. Dann verstaute sie ihre Schultasche mit den drei praktischen Nylonbeuteln, die mit Weihnachtsdeko gefüllt waren, im Kofferraum ihres Beetle-Cabrios.

Die Schmitz ging gerade über den Parkplatz, konnte kaum laufen wegen der Blumensträuße und Präsente, die ihre Elternvertreter noch schnell vor Schulschluss vorbeigebracht hatten.

Eva konnte sich nicht erinnern, dass die Schülerschaft die Schmitz'sche Pädagogik in ihren Fächern Textiles Werken und Haushaltslehre so genossen hätte. Man wusste, dass sie regelmäßig vor Feiertagen an die Tradition des Schenkens erinnerte und auf Elternabenden Plädoyers für Danke und Bitte hielt, wobei das Danke ihr besonderes Anliegen war, was sie erfolgreich vermitteln konnte, wie man regelmäßig sah.

Im neuen Jahr wird alles anders, dachte Eva und wollte gerade einsteigen, als der Bio-Sport-Kollege des benachbarten Gymnasiums neben ihrem Auto auftauchte. Sein VW-Bus parkte gleich neben ihrem Wagen.

»Was für ein knuddeliges Teil!«, schwärmte er und ging direkt auf Eva zu.

»Wer, ich?« Eva schaute ihn irritiert an.

»Nein, Ihr Auto! So ein schönes Cabrio! Ein bisschen retro, nicht? Ich bin schon paarmal nahe herangegangen und habe durch die Scheiben geschaut. Helles Leder und rotes Stoffverdeck, tolle Kombination. Das sieht mir ganz nach Kunstlehrerin aus? Ich heiße übrigens Wolfram Kurze, Bio, Sport.«

»Ich weiß«, sagte Eva, »Sie waren schon TOP in unserer Lehrerkonferenz. Unsere Sport-Fachschaft regt sich regelmäßig über Ihre lockere Handhabung der Sporthallenaufsicht auf. Eva Winkelmann, Kunst und Englisch.«

Sie versuchte, gelassen zu erscheinen, schließlich stand der von den jungen Kolleginnen heimlich angehimmelte Beau des Schulzentrums direkt vor ihr.

Vor ein paar Jahren wäre sie noch hochrot geworden. Nun genoss sie es, dass seine hochnäsigen Kolleginnen ihr Plaudern bemerkten. Man verabschiedete sich und wünschte einen guten Rutsch.

Eva war nun schon seit dreißig Jahren Lehrerin. Sie gab immer ihr Bestes und bereitete sich sorgfältig auf den Unterricht vor. Und immer noch überkam sie das warme Gefühl im Bauch, wenn eine Stunde besonders gut gelungen war.

In Kunst probierte sie verrückte Ideen aus, ließ die Schüler mit Farben experimentieren und nahm in Kauf, dass über dreißig Fünftklässler ihre Farbspuren hinterließen. Sie wischte sie dann weg. Schule sollte Spaß machen.

Mit der Zeit kam sie an ihre Grenzen. Die schwierigen Schüler forderten viel Aufmerksamkeit, die zu Lasten der Lernwilligen ging. Es war ein täglicher Spagat zwischen Leistungseinforderung und Disziplin, Lehren und Lernen. Sie war immer engagiert, setzte sich ein, half, war kreativ, aber auch müde geworden.

War es das Alter?

Vielleicht sollte ich ein Sabbatical einlegen, ein Jahr schulfrei, dachte sie, ein konsequenter Abstand wäre gut. Möglicherweise löst sich dann mein Schlafproblem ganz ohne Schlaflabor.

Sie hatte bislang noch nie eine nennenswert längere Pause eingelegt. Über dreißig Jahre Schule nonstop.

Sie wollte mit Thomas darüber reden.

Erinnerungen

Als Eva bepackt in ihr Haus ging, stand Frau Dr. Gertrude Lux vor der Tür und nestelte umständlich ihren Schlüssel aus ihrer Umhängetasche.

»Ach, Sie habe ich ja lange nicht mehr gesehen«, begrüßte sie Eva. »Geht es Ihnen gut?«

»Weihnachtsferien«, antwortete Eva lakonisch und wies auf den vertrockneten Tannenzweig.

»Ich habe eben einen frischen Stollen von der ›Süßen Konditorei‹ in Eimsbüttel geholt. Wollen wir einen Kaffee zusammen trinken? Ich würde mich freuen.«

Eva überlegte. Sie hatte zwar noch diverse Dinge zu erledigen, sagte dann aber zu, wollte sich vorher nur schnell frisch machen.

Dr. Gertrude Lux wohnte im vierten Obergeschoss rechts. Der Fahrstuhl war wieder einmal notdürftig repariert worden. Nach Weihnachten sollte endlich das neue Steuerelement eingebaut werden, so lange musste er durchhalten. Eva war zu bequem, die Stufen vom zweiten in den vierten Stock raufzugehen und nahm den Lift, der sie bebend und ruckelnd nach oben be-

förderte. Frau Dr. Lux stand in ihrer Wohnungstür und winkte sie herein.

»Kommen Sie schnell, die Milch kocht sonst
über.«

Ihr langer Flur war wie leergefegt.

»Wollen Sie etwa ausziehen?«, fragte Eva besorgt.

»Nein, nein, ich räume nur etwas aus. Überall steht etwas herum. Was sollen meine armen
Nichten und Neffen nur damit machen, wenn
ich eines Tages nicht mehr bin?«

»Aber so schnell werden Sie sicherlich nicht
von der Bildfläche verschwinden, Sie sehen so
gesund und jugendlich aus«, sagte Eva aus ehr-
licher Überzeugung.

»Ach, das hat etwas mit meinen guten Genen
zu tun. Ich trinke, rauche, esse viel und bewege
mich wenig an der frischen Luft, bin also nicht
gerade ein Vorbild in Sachen Gesundheit. Apropos Rauchen: Darf ich? Möchten Sie auch eine
mitrauchen?«

Sie hielt Eva eine Packung Roth-Händle entgegen, die jedoch dankend ablehnte.

»Dann genehmige ich mir eine, das ist heute
die erste des Tages.«

Sie inhalierte tief ein.

»Nehmen Sie Platz, vielleicht hier?«

Dabei wies sie auf einen weißen Arne-Jacob-
sen-Stuhl und hielt ihr ein Sitzkissen hin: »Neh-

men Sie, die Stühle sind schick, aber etwas kühl für den Po.«

Ihre Wohnungseinrichtung hätte in jedem »Schöner-Wohnen-Heft« die Hochglanzseiten gefüllt. Sie hatte mit viel Geschick und Geschmack Altes und Neues miteinander kombiniert. Ein antiker Mahagoni-Sekretär aus dem Edwardian stand neben einem Chippendale-Sofa, das mit einem teuren Leo-Print-Seidenstoff bezogen war. Die knallviolettfarbenen Kissen wirkten wie zufällig hingeworfen und dienten nicht als dekoratives Element, sondern waren Teil ihrer Lebensphilosophie: Mach das, was dir gefällt!

Die Möbel, Stoffe und Kunstwerke erzählten Geschichten von ihren Begegnungen in den vergangenen fast achtzig Jahren. Auch die Fotos von Theresa Lay hatte sie nach deren Auszug nicht etwa abgenommen, nein, im Gegenteil, sie hatte sie mit neuen Passepartouts in quadratische weiße Rahmen fassen lassen und dicht an dicht gehängt, so dass die Einzelbilder zu einem großen Ganzen wurden.

Die beiden Frauen tranken Filterkaffee mit heißer Milch und aßen mit Appetit den Stollen.

»Nun muss ich Ihnen einmal sagen, wie nett ich Sie und Ihren Mann finde. Er ist immer so zuvorkommend und hat stets ein freundliches Wort übrig. Hat er sich in seinem Beruf auf etwas spezialisiert? Steuerrecht ist ja recht umfassend, allerdings habe ich überhaupt keine Ahnung davon. Ich habe mich seit zwanzig Jahren von einer Steuerberaterin in der City beraten lassen. Die ist jetzt im Rentenalter und ich muss mich neu orientieren. Meinen Sie, dass Ihr Mann Interesse hätte?«

Eva hatte gerade ein großes Stück Stollen abgebissen und konnte nur nickten.

»Ich werde ihn heute Abend fragen«, versprach sie mit noch halbvollem Mund.

Als Frau Dr. Lux in die Küche ging, um neue Milch aufzuschäumen, schaute sich Eva um und erinnerte sich an die alte Frau Häusler, die vor der jetzigen Besitzerin hier gewohnt hatte und vor zwanzig Jahren nebenan im Schlafzimmer in ihrem Bett gestorben war. Eva hatte sie häufiger besucht.

An ihrem 80. Geburtstag wurde sie von ihr ins Restaurant Hochmair eingeladen, einem vornehmen Lokal in Blankenese.

Die alte Dame fuhr ihren Benz selber und lud Eva ein, sie doch zu begleiten. Eva hatte die Entfernung von Eppendorf bis an die Elbe unterschätzt. Sie fuhren über eine Stunde mit Tempo 45, die Eva tapfer durchhielt, sich aber insgeheim überlegte, welche Ausrede sie erfinden könnte, um nachher mit der Bahn zurückfahren zu können. Das sollte ihr aber nicht erspart bleiben.

Die Nichten und Neffen, Schwester und Schwager, Cousins und Cousinen mit ihrem Nachwuchs erwarteten die Tante schon ungeduldig und stimmten ein »Hoch soll sie leben, hoch soll sie leben!« an. Eva war das alles sehr peinlich, weil sie in eine fremde Familie eingedrungen war – sie kannte ja außer der Gastgeberin niemanden. Ihre Anwesenheit kam ihr wie eine Aufdringlichkeit vor.

Man aß ein üppiges gesetztes Essen an rosa gedeckten Tischen mit Messinghaltern und rosafarbenen Kerzen mit Tropfschutz, damit die gestärkten Tischtücher keinen Schaden nehmen konnten. Tante Martha hier und Tantchen da. Es wurde ganz leise, als ein adretter Neffe an sein Weinglas klopfte und sich von seinem gepolsterten Stuhl erhob. Nun folgte die mit Spannung erwartete Rede auf das Geburtstagskind. Der eloquente Tischredner war kein geringerer als ein konservativer Abgeordneter einer konservativen Partei.

Man applaudierte, trank noch einen Espresso und Aperitif zum Schluss, bis der Redner herausgebeten wurde, weil sein Fahrer bereits vor der Tür stand, der den Politiker in die Hauptstadt zurückfahren sollte. Die Kinder gaben der Tante ein Küsschen und die Tante bat um die

Rechnung, die sie mit mehreren 100-DM-Scheinen beglich.

Auf der Rückfahrt musste sich Frau Häusler sehr konzentrieren, es war stockdunkel und ihre Augen nicht mehr so gut. Eva half so gut sie konnte – auch aus eigenem Interesse.

Dieses Fest hatte bei Frau Häusler den Grundstein für eine Verbundenheit mit der jungen Nachbarin gelegt. Eva war gerade vierzig Jahre alt geworden, Frau Häusler doppelt so alt. Manchmal bat sie Eva telefonisch, doch mal schnell zu kommen. Dann zeigte sie eine neue Errungenschaft, zeigte Fotos von ihrer letzten Schiffsreise mit ihrem Freund, einem 85-jährigen ehemaligen Zahnarzt, mit dem sie seit vierzig Jahren konsequent per Sie war. Bevor sie sich zu der alljährlichen Reise aufmachte, legte sie einen 100-DM- Schein auf ihren Esstisch, weil sie meinte, damit einen potenziellen Einbrecher, der auf schnelles Geld aus wäre, zufrieden zu stellen.

Sie blieb von Kriminellen verschont, aber nicht von Krebs.

Eva versorgte ihre Blumen während der Krankenhausaufenthalte. Irgendwann wurde Frau Häusler nach Hause entlassen. Sie trug bunte Kopftücher aus Seide, die sie geschickt zu einem Turban knotete. Eines Tages hatte sie eine blonde Perücke mit Dauerwelle aufgesetzt, die man ihr im Krankenhaus empfohlen hatte. So dekoriert öffnete sie die Tür.

»Wie sehe ich aus?«, fragte sie neugierig.

»Wenn ich ehrlich bin, sieht die Dauerwelle recht brav aus«, sagte Eva vorsichtig. »Sie haben doch schon wieder Haare. Wie lang sind die denn jetzt schon?«

Spontan riss sich Frau Häusler den Fifi vom Kopf. »So!«, sagte sie.

»Das sieht doch toll aus, Sie sind ein ganz anderer Typ, richtig fetzig, so sollten Sie Ihre Haare immer tragen!« Begeistert klatschte Eva in ihre Hände. Auf dem Kopf waren ganz kurze schlohweiße Haare zu sehen, die der Nachbarin einen künstlerischen Touch verliehen.

»Wie Meret Oppenheim!«, erklärte Eva ihren Eindruck mit dem Promi-Vergleich.

Eva hatte mit dem Kompliment offene Türen eingerannt, Frau Häusler war nämlich recht eitel. Eines Tages vertraute sie Eva ein streng gehütetes Geheimnis an. Als ehemalige Direktrice eines bekannten Hamburger Modehauses legte sie Wert auf schöne Kleidung.

Ihre eigene Kleidergröße hatte im Alter allerdings den oberen Bereich erreicht, ihre Oberarme waren prall und wulstig. Um nicht zugeben zu müssen, dass sie sich Abhilfe bei einem plastischen Chirurgen holen wollte, erzählte sie allen, sie würde für drei Wochen auf Kreuzfahrt gehen. In dieser Zeit ließ sie sich tapfer das Fett absaugen und lief ein Vierteljahr später bereits in neuen, weit ausgeschnittenen Sommerkleidern zum Einkaufen.

Eva musste schwören, niemandem davon zu erzählen. Sie hielt Wort.

Auf ihrem Sterbebett bat sie Eva eines Tages, einen Notar zu kontaktieren. Eva ahnte, warum. Als es ihr immer schlechter ging, kamen keine Nichte, kein Neffe, keine Schwester, kein Schwager, kein Cousin und keine Cousine zu Besuch. Auch der Politiker ließ sich nicht mehr blicken. Zivis lösten sich ab und ein Pflegedienst kam regelmäßig, manchmal auch die Ärztin, um der Schwerkranken Morphium zu verabreichen. Eva und eine alte Freundin aus der Straße rundeten den Besucherkreis ab.

»Ich will mein Testament ändern«, sagte die Kranke fest, wenn auch mit kraftloser Stimme. Eva wollte sich kümmern.

Am nächsten Morgen stand der Leichenwagen vor der Tür.

Auf der Beerdigungsfeier waren wieder alle versammelt. Nach der Predigt und den Gebeten erklang Frank Sinatras »I did it my way« aus dem Lautsprecher. Die Verwandtschaft musste sich gesanglich nicht bemühen, das hatte das verstorbene Tantchen noch verfügen können.

*

»Frau Winkelmann, Sie schlafen ja mit offenen Augen! Mein Kaffee ist wirklich labbrig, aber so schlimm?« Die Gastgeberin lachte. »Noch eine Tasse?«

»Danke, eine halbe Tasse gern, dann muss ich leider los. Hab noch viele Besorgungen zu erledigen, Weihnachten kommt immer so plötzlich«, fügte sie hinzu und schämte sich für den faulen Witz des Kollegen.

Frau Dr. Lux hielt ihr eine Glasvase entgegen: »Hier, Lalique, für Sie, fröhliche Weihnachten!«

»Das kann ich nicht annehmen, um Gottes willen, das ist ja viel zu kostbar!« Eva schüttelte den Kopf.

»Ich möchte Ihnen das Glas schenken. Es passt in unser Haus, in Ihre Wohnung, zu Ihnen und Ihrem Mann. Bitte, nehmen Sie es! Sie werden sicherlich noch etwas länger hierbleiben.«

Eva umarmte die ältere Dame und wünschte schöne Weihnachten.

»Ich werde Ihr großzügiges Geschenk in Ehren halten«, versprach sie.

Als sie zu Fuß die Treppen in ihre zweite Etage hinunterging, stolperte sie im dritten Stock über einen wilden Haufen von Kinderschuhen, der bei *denen von oben* vor der Tür lagerte.

Über einen kurzen Mittagsschlaf musste sie nicht nachdenken. Die kleinen Freundinnen und Freunde der neunjährigen Zwillinge saßen nie stumm herum. Entweder wurde im langen Flur Federball gespielt oder das Putten auf der Golfbahn aus Filz geübt.

In ihrer Wohnung angekommen, horchte sie nach oben und beruhigte sich etwas, weil man nichts hörte, weder Klopfen noch Trampeln. Der Nachzügler Benjamin war in der Musikschule, wie immer am Mittwochnachmittag. Wenn sie Glück hatte, saßen die Größeren hinten im Kinderzimmer und daddelten auf ihren Smartphones herum.

Sie legte sich auf ihre Couch, um die Ruhe auszunutzen – und fiel in einen Tiefschlaf.

Frau Dr. Lux tauchte in ihrem Traum auf. Zwanzig Jahre jünger, attraktiv und nicht allein. Ihre Freundin Theresa Lay, stets schwarz gekleidet, begleitete sie. Die beiden waren gern gesehene Gäste auf Kunst-Events. Die Lux, Museumsleiterin der Expressionisten-Sammlung in Bergedorf, Die Lay, eine freie Fotografin. Sie waren ein Paar, hielten sich aber zurück und zeigten niemals Zärtlichkeiten in der Öffentlichkeit. Alle wussten, dass sie zusammenlebten. Das war einfach so und es gab kein Tuscheln.

Theresa Lay war eine zierliche Frau mit schwarzem Pagenkopf. Sie trug meist lange Röcke, Stiefel und Seidentücher, die sie in der City bei EVE kaufte, die für extravagante Mode bekannt war. Vor einigen Jahren noch hing dort ein großformatiges Schwarz-Weiß-Foto von ihr und bald war sie »das Gesicht von EVE«, das in Hochglanzmagazinen für das Hamburger Modelabel warb.

Ihr dunkles Lachen war ihr Markenzeichen. Im Gegensatz zu ihrer eher zurückhaltenden Partnerin stand sie gern im Mittelpunkt. Vielleicht lag es daran, dass sie als junge Frau im Ruhrpott mit einem Boxer verheiratet gewesen war. Die Ehe währte zwar nur kurz, ihre künstlerischen Portraitfotos einer ganzen Boxergeneration überdauerten aber die Essener Zeit. Das verband ihren Namen bis heute mit Ruhrpott, Stahlwerkern und Boxhandschuhen.

Eines Tages war sie weg. Niemand im Haus hatte etwas mitbekommen. Ihr Name klebte nicht mehr am Briefkasten und auf dem Klingelschild hatte jemand ihre Gravur unter dem Schriftzug von Dr. Lux überklebt.

Rums! Eva schreckte aus ihrem Tiefschlaf hoch, gerade eben noch hatte sie mit Frau Dr. Lux und Theresa Lay auf einer Party zusammengestanden, nun war sie hellwach. *Die von oben* offensichtlich auch. Der erste Ball hatte wohl das Netz verfehlt und war mit hartem Knall auf das Parkett geflogen. Kaum war sie aufgestanden, als das Handy klingelte.

»Komm mal schnell runter«, sagte Rena aus dem Erdgeschoss.

Als Eva bei ihr angekommen war, stand die Wohnungstür offen.

»Ich kann nicht mehr«, seufzte Rena, die auf einem Wasserkasten saß, um sie herum das übliche Chaos einer Baustelle.

»Nichts klappt, der Somsinger hat sich nicht blicken lassen und Ulrich...«, sie machte ein genervtes Gesicht, »fängt jetzt zu saufen an. Gestern war er so zu, dass ich...«

Sie fing an zu weinen.

»Du hast ihm gesagt, dass du ihn so nicht willst, stimmts?« Eva schaute die Freundin an.

»Ich hab ihm gesagt, dass ich hier allein einziehen werde. Nichts klappt mehr, alles geht schief, die Maurer haben mich sitzen gelassen und mein Equipe-Partner ist ein Alki.«

Eva schüttelte mitfühlend den Kopf. »Das mit den Handwerkern kann man ändern – deinen Ulrich wahrscheinlich nicht.«

»Hallo, jemand zu Hause?«

Rena schreckte auf. Der Somsinger! Sie wischte sich schnell übers Gesicht, im selben Moment stand Dr. Wieland Somsinger strahlend in der Tür zum Gartenzimmer.

»Hier sieht es ja noch aus wie kurz nach der Party!«

104

Lila – kein letzter Versuch

»Hab ich dir eigentlich erzählt, dass ich bei Frau Dr. Lux zum Kaffee war?«, fragte Eva, als Thomas am Abend nach Hause kam.

»Da haben alle bis auf das Erdgeschoss denselben Grundriss und doch sieht jede Wohnung ganz anders aus!«

Eva war begeistert und Thomas wusste, dass da etwas in der Luft lag, wozu er auf keinen Fall Lust hatte.

»Jetzt willst du hoffentlich nicht wieder renovieren und alles umstellen?«, meinte er mit einem Anflug von Genervtsein. »Ich finde unsere Wohnung jedenfalls schön, so, wie sie ist, Punkt«, schob er hinterher.

»Ja, aber wir haben schon lange nichts mehr verändert. Unsere Gardinen sind fast zwanzig Jahre alt!«

»Aber was hast du gegen die? Den Stoff hab ich mit Andreas im Millenium durch den Neuen Wall über den Jungfernstieg in die U- Bahn und dann in den Bus und hoch in den zweiten Stock geschleppt, ohne Fahrstuhl, war wohl wieder mal kaputt..., falls sich mein Hase noch erinnert. Du bist mit deinem Täschchen leichtfüßig hinterhergelaufen.« Er ahmte sie kindisch mit tänzelnden Schritten nach. »Wo ist eigentlich die schwere Stoffrolle geblieben? Da sollten noch ein paar Meter vom Sonderangebot drauf sein.«

Eva hielt inne, sie ahnte, worauf er hinauswollte. »Nur über meine Leiche! Ich kann das Gelbgold nicht mehr sehen. Violett, das wäre toll! Vielleicht könnten wir das restliche Gelbgold im Internet anbieten.«

»Violett??? !!! Veto. Nur über MEINE Leiche.«

»Aber bei Frau Lux war das Lila oder eher Blauviolett, na ja, je nach Lichteinfall auch Rotviolett, in allen Tönen changierend. Sie hatte auf ihrem Sofa passend zu den Schals lilafarbene Kissen liegen. Total toll!«

Eva umarmte ihren Thomas.

»Komm schon! Du willst es doch auch!«

»Ich will gar nichts. Wenn ich schon wieder Violett, Lila, Blau, Rot changierend höre…, da fällt mir doch glatt die Episode mit Anna ein, als ihr zwei den armen Maler vor ein paar Jahren an den Rand des Nervenzusammenbruchs geführt habt.«

Er äffte jetzt nach, wie die Freundinnen dem Gesellen morgens um acht fast vergeblich zu erklären versuchten, dass das Weiß für den neuen Anstrich im Wohnzimmer nicht Weiß sein sollte, sondern ein Weiß mit einem Stich ins

Graue, eher Mauve, aber schon mit Weißanteil, nur stumpfer. Dabei legte Thomas sein Gesicht besorgt in Falten und näselte das Changieren hervor.

Eva amüsierte sich köstlich über die Privatvorstellung und gab ihm in allen Punkten recht.

Nur das Gelbgold – das musste weg! Basta!

Kränzchen

Schon Anfang Dezember hing ein winterlicher Kartengruß am schwarzen Brett mit der Bitte, bis zum 2. Advent den alljährlichen Obolus von zwanzig Euro in einen Umschlag mit Absender in Evas Briefkasten zu stecken.

Jeder wusste, was das bedeutete, der traditionelle Glühweinabend im Eingangsbereich stand bevor.

Seit Jahren traf sich die Hausgemeinschaft am Nachmittag des 22. Dezember um 17 Uhr im Hausflur zu Glühwein, Tee, Keksen und Würstchen. Der Hausmeister hatte rechtzeitig zur Adventszeit einen großen Kranz mit rotem Schleifenband und vier roten Kerzen an den Haken über den Briefkästen aufgehängt. Wie jedes Jahr hatten Anna und Eva ein schön gebundenes Exemplar in einer Baumschule in Halstenbek besorgt.

Pünktlich um 17 Uhr kamen fast alle mit gefüllten Teekannen, Selbstgebackenem, Henkelbechern und mit der benötigten Anzahl von Klapphockern in den Hauseingang. Andreas hatte die alte Bierzeltgarnitur aus dem Keller platzsparend aufgestellt. Das Party-Equipment von Gläsern, Geschirr und Besteck war wie immer von Werner Stockhaus zur Selbstbedienung in einer großen Kiste unter den Briefkasten geschoben worden. Frau Dr. Lux hatte ihren Ghettoblaster – woher hatte sie den nur? – auf Batteriebetrieb gestellt, daneben Weihnachts-CDs zur gefälligen Auswahl in einem Korb deponiert.

Der riesige Topf für den Glühwein fiel in diesem Jahr leider weg, weil ihn C3 mit in den Taunus genommen hatten. Herr Dr. Überschwang aber hatte in weiser Voraussicht einen Glühweinkocher gekauft. Seine Mutter hatte für Feierlichkeiten wenig übrig und blieb gern im ersten Stock. Sie wollte sich um Nachschub kümmern.

Und wer würde in diesem Jahr die Kerzen anzünden? C3 waren nicht da, also erklärte sich Somsinger dazu bereit, auf die hohe Leiter zu klettern. Rena war ohne Ulrich gekommen und hielt die Leiter und damit den Somsinger fest.

Man knabberte Kekse, schenkte großzügig Glühwein nach und tauschte Neuigkeiten aus. Nichts Weltbewegendes, aber immer wieder schön.

Nach zwei Stunden kam etwas Spannung auf. Der Kummerkasten sollte geleert werden. Seit Jahren gab es die Haustradition, einmal im Jahr, und zwar vor der Eigentümerversammlung im Frühjahr, Lob und Tadel, Wünsche und Beschwerden von allen vor allen vorzulesen.

Thomas hatte vor vielen Jahren die Idee dazu gehabt. Er war schon lange im Verwaltungsbeirat und ärgerte sich jedes Mal, wenn bei der Eigentümerversammlung unter dem traditionell letzten Punkt »Verschiedenes« gemeckert wurde. Es gab selten konstruktive Kritik, sondern fast ausschließlich Gemotze. Man ließ Dampf raus, das Ventil war die Versammlung und er fühlte sich angemacht.

Die Beschwerden wollte er kanalisieren und machte den Vorschlag, dass jeder einen Zettel mit entsprechendem Hinweis entweder anonym oder mit Nennung seines Namens in den Kummerkasten unter dem schwarzen Brett werfen sollte. Er leerte ihn in Abständen aus, ordnete die Punkte, stellte eine Liste auf und las beim Weihnachtskränzchen exemplarisch je einen Text zu jedem Punkt laut vor. Nichts Fremdes für einen in Tabellen geübten Steuerberater.

»Na, da bin ich ja gespannt«, raunte Ruth ihrer Nachbarin Anna zu.

»So, ihr Lieben, ich spiele jetzt den Weihnachtsmann und beginne mit dem ersten Brief.«

Thomas griff in seine mitgebrachte Papiertüte und fischte einen mehrfach gefalteten roten Zettel heraus, den er gespielt umständlich entfaltete.

»Oh, gleich drei Punkte auf einmal – bitte aufmerksame Ruhe, ich lese vor:

1. Ich finde es total nervig, dass der Müll teilweise neben den Mülleimern liegt. Ist es so schwierig, in einen Behälter zu zielen?

2. Wir haben in der Hegestraße Flaschen- und Papiercontainer stehen.

Ist es zu viel verlangt, im Falle einer in unserem Keller überfüllten Altpapier- oder Flaschentonne einen Spaziergang zu den genannten öffentlichen Containern zu machen?

3. Wie kann es angehen, dass einzelne Bewohner ihre Pappkartons nicht zerkleinern und sie im Ganzen in die Tonne werfen und diese damit verstopfen? Manche machen sich noch nicht einmal die Mühe, ihre Adresse abzureißen.«

»Stimmt!«

»Finde ich auch!«

»Jedes Jahr dasselbe!«

»Her mit der Müllpolizei!«

»Was macht eigentlich der Hausmeister?«

Gemurmel und Gelächter schwollen an, Thomas hob die Hand und wartete auf Rückkehr der angespannten Ruhe.

»Ihr glaubt es nicht.« Er klappte ein DIN-A4-Blatt auf und hielt es kurz hoch. »Seht mal, ich habe sage und schreibe 16, in Worten sech-zehn, Bemerkungen zum Thema Müll gesichtet. Dazu sollte sich jeder zur nächsten Versammlung Lösungsvorschläge einfallen lassen.«

Überschwang meldete sich zu Wort: »Ich habe mir vor kurzem erlaubt, ein Paket in voller Größe meiner lieben Nachbarin...«, dabei schaute er wie zufällig zu Anna, »...vor die Tür zu stellen. Sozusagen als Memo.«

»Danke, Herr Doktor, sehr aufmerksam«, Anna grinste etwas trotzig in seine Richtung. »Soll nicht wieder vorkommen.«

»Sehr gut, geklärt.«

Thomas bat erneut um Aufmerksamkeit und zog einen neuen Zettel aus der Papiertüte. Er überflog den Text kurz, erinnerte sich und las mit theatralischer Betonung vor:

»Ich bitte hiermit zum x-ten Mal darum, dass sich die Gemeinschaft ernsthaft Gedanken darüber macht, wie man es verhindern kann, dass ungebetene Gäste in unseren von der Straße aus begehbaren Müllkeller pinkeln. Ich bin für eine Pforte. Unterschrift: Eva.«

Thomas schaute in die Runde. Die anderen verdrehten die Augen. »Ja, den Punkt hatten wir schon einmal. Noch Fragen?«

Andreas polterte los: »Liebe Eva, bei allem Verständnis, meinst du nicht auch, dass jedem dieser Antrag zu den Ohren rauskommt?«

»Halt, halt! Nicht giften! Auch wenn Eva meine Frau ist und ich nicht mit ihrer Bitte konform gehe, möchte ich doch bitten, etwas ernsthafter zu sein.«

»Na gut, weil Weihnachten ist...«

Andreas schickte einen Luftkuss in Evas Richtung und rollte dabei mit den Augen.

»Wir werden erneut darüber nachdenken, liebe Eva und lieber Andreas, und Argumente dafür und dagegen finden.

Jetzt Punkt Nr. 3.«

Thomas hielt ein großes braunes Blatt hoch und las vor:

»Liebe Gemeinde, es mag für manches Ohr spießig klingen, aber ich möchte bitten, dass unsere Mittagsruhe eingehalten wird. Es muss eine verlässliche Ruhezeit geben. Wir haben einmal 13 bis 15 Uhr in unserer Hausordnung festgelegt. Es hält sich aber kaum jemand daran. Es wird gebohrt, geklopft, Klavier gespielt – zum Teil gruselig.«

Thomas räusperte sich.

»Dieser Punkt wurde von fünf anderen Bewohnern angemerkt. Total überflüssig. Warum haben wir denn eine Hausordnung seinerzeit aufgestellt und darüber mit Mehrheit abgestimmt? Ich finde die Bemerkung auch nicht spießig. Unser Haus ist manchmal wirklich laut. Der eine spielt Gitarre mit Verstärker, der andere übt Blockflöte und bei manchen sieht ein Klavier ausgesprochen hübsch aus, wenn es zugeklappt ist. Sorry, aber das kann man so einstellen, dass nicht alle Etagen den nervigen Fingerübungen folgen müssen. Frau Dr. Lux ist da eine wohlklingende Ausnahme.«

»Danke«, antwortete die Angesprochene, »ich spiele auch schon siebzig Jahre, wenn ich jetzt noch nicht spielen könnte, würde ich mich schämen. Aber es stimmt, ich möchte mich nur etwas, sagen wir mal, moderater ausdrücken: Man kann sogar in der Mittagszeit spielen. Es gibt sogenannte Silent-Systeme, mit denen man ein Klavier nachrüsten kann.«

»Sehr gut, sachlich bleiben und konstruktive Vorschläge machen, danke, Frau Dr. Lux!«

Werner schickte eine Applaushand zu der alten Dame und Thomas zeigte den vierten Zettel hoch. Auf Karopapier geschrieben:

»Bei Halloween sollten wir grundsätzlich niemanden hereinlassen. Die Jugendlichen sprühen mit Rasierschaum herum und malen mit Edding ihre ›Tags‹ an die Wand. Ich habe letztes Mal eine Stunde lang unser gemeinsames Klingelschild und die Klinken geputzt. Gedankt hat mir das keiner. Klaus Marks.«

»Danke!« – »Danke!« – »Danke!«, kam es von allen Seiten.

»Ich möchte nicht veräppelt werden«, sagte Herr Marks ernsthaft. »Man kriegt den Sch... nur schwer ab.«

»Ok, notiert, Sie waren auch der Einzige, der das aufgeschrieben bzw. sauber gemacht hat.«

Thomas machte einen letzten Haken in der Liste und meinte, dass das Wesentliche verlesen worden war.

»Keine Neuigkeiten, aber kleine Erinnerungshilfen bei der Bewältigung des Zusammenwohnens«, formulierte er als Schlusswort.

Weihnachten kam tatsächlich wieder sehr plötzlich und ging auch wieder ganz schnell...

Einige der 3,50 Meter hohen Tannenbäume säumten schon nach dem zweiten Weihnachtstag die Fußwege und warteten darauf, von der Müllabfuhr abgeholt zu werden. An manchem hingen vergessene Lametta-Reste, eine beschädigte Christbaumkugel oder eine Kerzenhalterung mit einem heruntergebrannten Wachsstummel. Letztere gab es weniger, weil man doch eher zu den praktischen elektrischen Kerzen gegriffen hatte.

Bräter wurden in die Kellerräume zurückgebracht, das Goldrand-Service nach vorsichtiger Handabwäsche wieder im obersten Regal des Geschirrschranks deponiert, wozu man die Trittleiter benutzte, und die guten Kristallgläser von Oma fanden in den Kartons Platz, die platzsparend über dem Bräter platziert wurden.

Sechs Wochen später schraubte Hausmeister Maschke ein neues Namensschild in der untersten Reihe des Klingelbretts an: Dr. Rena Engel.

Es gab keinen Zusatz und keinen weiteren Namen.

Das Haus war um eine Person reicher geworden und hatte einen Nachbarn verloren, bevor er eingezogen war. Dr. Somsinger hatte sich erfolgreich um den Umbau gekümmert und im Anschluss daran um die Bauherrin.

Und natürlich blieb der Deckenreiter dort, wo er seit über hundert Jahren den langen Flur harmonisch teilte.

Funkenflug und
Sternchenstaub

Das Jahr fing gut an. Im Keller gab es einen kleinen Schwelbrand, weil jemand die Glut seines Kamins nicht ordnungsgemäß entsorgt hatte und die hölzerne Wand von wunderbar duftenden Birken- und Nadelhölzern, die widerrechtlich im gemeinsamen Kellergang aufgeschichtet worden war, zu glühen begann.

Ein großer Zufall hatte Schlimmstes verhindern können, weil der unglückselige Kaminbenutzer ein zweites Mal in den Keller herabstieg, um seine Weihnachtskiste voller Kugeln und Nippes im eigenen Kellerverschlag zu verstauen. Dabei musste er erneut an dem Holzstapel vorbei und roch den Duft des Funkenflugs.

Herr Dr. Überschwang, der Übeltäter, konnte Schlimmstes verhindern. Sein neuer Feuerlöscher erwies ihm und der Gemeinschaft gute Dienste. Die alarmierte Feuerwehr hatte nur wenig auszurichten. Man dankte ihm, schlug ihm anerkennend auf die Schulter und malte sich aus, was um Gottes willen alles hätte geschehen können.

Aber es sollte noch viel schlimmer kommen!

Eines Tages waren die Glasbutzenscheiben der Eingangstür schwarz verkleidet, die Spiegel im Entrée mit dunklen Tüchern abgehängt und der rote Sisalläufer auf den Stufen bis zur ersten Etage durch einen schwarzen ersetzt.

»Was ist denn nun los???«

Die Bewohner blieben erschrocken und erstaunt unten stehen, suchten am schwarzen Brett nach einer Erklärung, warteten auf jemanden, der sich auskannte.

Es dauerte nicht lange und das Geheimnis war gelüftet. C3 hatten ihre zum Verkauf stehende Wohnung gewinnbringend an eine Filmproduktionsfirma vermietet. Ein Location-Scout hatte den Leerstand auf der Suche nach einem geeigneten Objekt entdeckt. Eine Vorabendserie hatte Bedarf an einer großen Patrizierwohnung angemeldet, die im ersten Jahrzehnt des 20. Jahrhunderts eine reiche Bankiersfamilie beherbergen sollte.

Die nächsten Wochen erwiesen sich als Reibungsfläche der real existierenden Hausfamilie mit den Mitgliedern der Fernsehschmonzette. An manchen Tagen freute man sich über die Abwechslung. Mehr oder weniger bekannte Schauspielerpersönlichkeiten aus dem Fernsehen kamen einem einfach so entgegen, hielten bisweilen die Haustür auf, wenn Hausbewohner bepackt nach Hause kamen, und hatten Zeit für ein paar nette Worte zur Begrüßung. Freunde bestellten Autogramme, die den Darstellern pflichtbewusst und mit gewisser Peinlichkeit überbracht wurden.

Aber auch das ärgerliche Gegenteil war der Fall. Eva hatte die Hefte mit den English-Conversations-Tests ihrer Abschlussklasse in einer Jutetasche, in einer weiteren Anschauungsmaterialien für Gipstiere, die eine untere Klasse anfertigen sollte. Außerdem schleppte sie ihre Schultertasche aus hellem Schweinsleder mit sich und einen aufgespannten Regenschirm, den sie mit angewinkeltem Arm festhielt.

Als sie die Haustür aufschloss, hinderte sie der Assistent der Filmgesellschaft am Weitergehen. »Sie müsse bitte ein paar Minuten warten. Innen läuft gerade eine Aufnahme.«

Eva stellte ihre Last auf den Treppenstufen vor der Haustür ab und hielt den Schirm darüber, um die Taschen und ihre Frisur vor dem Regen zu schützen. Nach zehn geduldigen Minuten öffnete sie vorsichtig die Tür und fragte freundlich, ob sie denn nun in ihre Wohnung gehen könne.

Der Assistent verschloss mit seinem Zeigefinger den Mund, schaute auf seine Armbanduhr und zischte leise: »Psst!«

Nach weiteren zehn Minuten wurde sie ärgerlich und bedeutete ihm, ganz leise zu sein, aber nicht mehr im Regen stehen zu wollen.

Er ließ sie rein, aber mit dem Fahrstuhl dürfte sie nicht fahren, der wäre zu laut. Also schleppte sie sich und die Taschen zu Fuß in den zweiten Stock.

So und ähnlich ging es zwei Wochen lang.

Die Straße hatte sich auch verändert. Es gab mehrere Caravans, den Maskenwagen, den Speisewagen und den persönlichen Wagen des Hauptdarstellers Mario Castello. All das schluckte die ohnehin mager gesäten Parkplätze. Am interessantesten aber war der Catering-Wagen, ein flexibles Würstchen- und Erbsensuppengefährt. Literweise wurde Kaffee ausgeschenkt, Kuchen abgeschnitten und Suppen ausgeschöpft.

Die Nachbarn waren über Nacht zu Liebhabern der dargebotenen Speisen geworden, schließlich war es dabei möglich, neben einem berühmten Schauspieler zu stehen und dann im besten Fall ein Wort mit ihm zu wechseln.

Mit etwas Glück bestand sogar die Möglichkeit, eine kleine Statistenrolle abzustauben.

Der Rentner von gegenüber aus Nr. 20 sollte im Regenmantel mit hochgeschlagenem Kragen einmal hin und her gehen, dann überrascht mitten auf dem Fußweg stehen bleiben und einen

Zettel vom Boden aufheben. Die Szene wurde gefühlte zehnmal wiederholt. Entweder war der Zettel zu zerknüllt oder der Rentner zu langsam oder ein Windstoß hielt sich nicht an das Drehbuch und ließ den Papierfetzen davonfliegen.

Es war von hohem Unterhaltungswert, wenn gut bekannte Nachbarn eine Mini-Sprechrolle kassiert hatten und damit tatsächlich den doppelten Mindestsatz von 50 Euro kassierten.

»Stopp!«, musste die zum Sprecher arrivierte Nr. 20 sagen – nein, rufen, befehlen!

Die Frau des beförderten Komparsen freute sich ebenfalls über ihren bezahlten Einsatz am Set. Ihre Aufgabe bestand darin, aus ihrem Fenster im zweiten Stock zu schauen, dabei war sie in einen wärmenden Schal gewickelt und hatte ein bequemes Kissen unter ihre Arme gelegt. Sie sollte den Gatten von oben beobachten und auf den Wink des Aufnahmeleiters hin einen vollen Wassereimer über dem Kopf des ehelichen Spielpartners ausschütten.

Sie machte sich akribisch ans Werk und schüttete den Inhalt mit Hingabe hinunter. Die Szene musste fünfmal wiederholt werden. (Leider wurde sie letztendlich aus dem Film herausgeschnitten.)

Nach vierzehn Tagen und vierzehn Nächten war der Spuk vorbei. Der Caterer war der letzte Wagen, der die Straße verließ. Die schwarzen Vorhänge vor dem Wohnzimmer von C3 waren abgenommen worden. Die Spiegel im Flur waren wieder bereit für das morgendliche Check-up der Bewohner, den letzten Blick, um ihr geordnetes Aussehen vor dem Verlassen des Hauses zu prüfen. Man war wieder unter sich.

Aber das sollte sich bald ändern.

Kurz vor Ostern machte ein Gerücht die Runde, C3 sollten nach zähen Verhandlungen verkauft haben. Der Hausmeister konnte dazu beitragen, er hätte gehört, dass sich der Hauptdarsteller bei den Dreharbeiten in die Hansestadt, das Haus und die Wohnung verliebt hätte und seinen Wohnsitz von Ascona in der Schweiz nach Eppendorf verlegen wollte.

Mario Castello wurde tatsächlich im nahe gelegenen Supermarkt gesehen, wo er zwei Orangen und ein Glas eingelegter Gurken gekauft haben sollte.

Die nette Verkäuferin hatte ihn erfolgreich um ein Autogramm gebeten.

Drohverhalten

Wieder Baustelle! – Dr. Überschwang, der schon Renas Umbau als Eingriff in seine Privatsphäre verstanden hatte, kochte. Schon wieder Schmutz, Staub und Lärm! Seine Mutter wäre Asthmatikerin und hätte sich von der letzten Renovierung noch nicht erholt, wobei Feinstaub durch jede Ritze gedrungen sei. Selbst die Bäder und Abstellkammern zum Innenschacht wären trotz verklebter Luken verdreckt gewesen. Er versprach, sich sofort mit seiner Mama in sein Ferienhaus in Spanien abzusetzen, sollte der Umbau beginnen, Mario Castello hin und Mario Castello her. Die Kosten für die Flüge an die Costa del Sol wollte er Castello in Rechnung stellen.

Das Haus bei Marbella war das einzige Band zu seiner früheren Ehefrau, der Spanierin Francesca. Alle hatten sie als energiegeladen und kapriziös in Erinnerung. Keiner hatte Überschwang eine solche Frau zugetraut, er sich selber schließlich auch nicht.

Wenn er morgens das Haus verließ, um sich in sein Büro fahren zu lassen, wartete der Chauffeur schon diskret an der Ecke.

Überschwang setzte sich, nachdem er die Wohnungstür rücksichtsvoll zugezogen hatte, im eleganten Armani-Anzug auf eine Treppenstufe und zog sich mit einem Schuhanzieher, der in der rechten Ecke vor seiner Wohnungstür deponiert war, seine blank geputzten Budapester an. Seine Ehefrau hatte ihn also gut im Griff.

Vor Jahren hatte ihr Temperament zu einem Eklat geführt, als sie den kläffenden Hund der längst ausgezogenen Henris im Garten der Erdgeschosswohnung rechts mit zwei Blumentöpfen beworfen und beim ersten Versuch schon getroffen hatte. Er störte nie mehr morgens um sieben Uhr die zum Garten schlummernden Anwohner und Anwohnerinnen.

Kurz nach der Tat war sie fort.

Aus

Rena und Dr. Somsinger waren ein Paar. Der rote Porsche ward nicht mehr gesehen, blonde Pferdeschwänze mit Modelfiguren auch nicht. Kurz und rot waren angesagt.

Als Eva in der illegalen Sperrmüllecke einen alten Wäscheständer ablegen wollte, wurde sie auf mehrere Alu-Bilderrahmen aufmerksam, die aus einem zerfledderten Umzugskarton herausragten.

Neugierig sah sie sich die Schwarz-Weiß-Fotos an: Mehrere der berühmten Bresson-Motive, professionell mit Passepartouts eingerahmt, waren abgelegt worden.

Das Motiv aus der Rue Mouffetard in Paris, das einen vielleicht zehnjährigen, verschmitzt lächelnden Jungen zeigte, der in beiden Armen stolz je eine Literflasche Rotwein trug, kannte sie gut. Es hing jahrelang im Lehrerzimmer, bis es jemand abhängt und durch ein pädagogisches Motivationsplakat ersetzt hatte.

Sie schaute auf die Rückseite des Rahmens und suchte nach Hinweisen, die zum Besitzer führten, ohne Erfolg. Es würde sehr gut in unsere Küche passen, dachte sie und nahm sich vor, am nächsten Tag noch einmal nach dem Foto zu sehen.

Als sie zurück ins Treppenhaus ging, war Rena gerade an ihrem Briefkasten. »Hast du schon den Bilderschatz in der Sperrmüllecke gesehen?«, fragte sie.

»Meine, genauer gesagt: seine…«, antwortete Rena lakonisch. »Relikte aus der Ulrich-Epoche. Nimm sie dir, wenn du möchtest.«

»Aber die sind doch gut?«

»Schlechter werden sie nicht, Alu.«

Eva verstand. Das Kapitel war abgeschlossen und sie jetzt die Nutznießerin der vergangenen Episode.

Breakdown

Donnerstagnachmittag, 15:15 Uhr. – Ruth kam schnellen Schrittes nach Hause, schmiss ihre Handtasche in die Ecke, wusch sich die Hände und zog Jeans und Bluse hastig aus. Die Sneaker warf sie gekonnt während des Laufens ab und erledigte alles Weitere barfuß.

»Jemand da?«, rief sie in die Wohnung.

Niemand antwortete, Werner war wohl noch unterwegs in Sachen Neuvermietung einer Immobilie.

»Gott sei Dank, endlich Wochenende!!«, jubelte sie laut.

Ihre Jogginghose mit dem T-Shirt lag quer auf dem Wäschekorb in der Abseite. Sie schlüpfte in ihre gemütliche Hose, man konnte sie auch als »ausgeleiert« bezeichnen, zog das Shirt über den Kopf und öffnete den Kühlschrank.

»Ich muss einkaufen«, stellte sie fest und spürte einen leichten Anflug schlechter Laune. Zwei Joghurts standen im Türfach des Kühlschranks. Mindesthaltbarkeit... bis gestern.

Mit dem Erdbeerjoghurt, einem Eierlöffel und der HAFENPOST marschierte sie schnurstracks auf ihre Dachterrasse, klappte die Sonnenliege in die richtige Relaxposition und streckte sich darauf aus.

»Aaaahhh, herrlich!«, seufzte sie wohlig und rekelte sich in der Sonne.

Endlich! Nach einer Woche Grau war die dicke Wolkendecke über Nacht aufgebrochen und der Himmel zeigte sich von seiner blauesten Seite. Sie riss den Foliendeckel vom Becher, rührte das cremige Weiß ins Rosa und wollte gerade den Löffel zum Mund führen, als das Telefon klingelte, das Funktelefon im Schlafzimmer nebenan.

Sie hatte überhaupt keine Lust, ranzugehen, sie erwartete auch keinen Anruf. Pflichtbewusst stand sie dennoch auf, ging zum Telefon und meldete sich mit »Stockhaus«, nicht mit Hallo oder Ruth, nein, ganz offiziell mit Stockhaus, weil sie die Nummer auf dem Display nicht kannte.

»Frau Stockhaus?«

»Ja, sagte ich eben.«

Sie begann, sich über die Störung zu ärgern und vermutete eine Meinungsumfrage zu den Radioanstalten Hamburgs oder die Frage nach ihrer Bestätigung, dass sie mit ihrer Autowerkstatt zufrieden sei.

»Guten Tag, Frau Stockhaus, Dr. Lambert hier, wir haben heute den histologischen Befund erhalten.«

»Ach ja, hab ich ganz vergessen«, erwiderte sie fröhlich.

Der nette Dermatologe rief sie höchstpersönlich an, wie zuvorkommend! Ihre gute Laune kam wieder.

»Es tut mir leid, aber Sie müssen morgen Vormittag zum Nachschneiden in unsere Praxis kommen, am linken Oberschenkel war ein malignes Melanom. Maximaler Tumordurchmesser 0,25 mm, Clark-Level 2.«

»Ein Melanom?!«

Ruth verstand zuerst gar nichts.

»Sie meinen, ich hätte ein Melanom, einen Hautkrebs, gehabt? Um Gottes willen – und nun?« Ihre Gedanken spielten Karussell. »Was machen Sie denn nun? Meinen Sie, dass ich Krebs habe?«, wiederholte sie, in der Hoffnung, irgendetwas falsch aufgefasst zu haben.

»Ja, leider, wie ich schon sagte, Sie haben Hautkrebs, den wir Ihnen erfolgreich herausgeschnitten haben. Aber um sicher zu gehen, dass wirklich alles weg ist, müssen wir großräumig um die Wunde herumschneiden. Wir schieben Sie wegen der Dringlichkeit morgen um zehn dazwischen. Passt das? Machen Sie sich nicht zu viele Sorgen, es ist offensichtlich alles noch rechtzeitig erkannt worden. Um ganz auszuschließen, dass irgendwo doch noch eine Metastase herumschwirrt, werden wir für Sie einen

Termin beim Radiologen hier bei uns im Haus ausmachen. CT der Nieren. Bringen Sie morgen genügend Zeit mit.«

»Wie lange dauert die OP denn?«, Ruth fragte ganz automatisch. »Metastasen? Was machen wir, wenn da welche sind?« Allmählich kroch pure Panik in ihr hoch.

»Das glaube ich nicht, aber wir wollen doch auf der sicheren Seite sein, nicht wahr, Frau Stockhaus?«

»Welche Stelle war es überhaupt? Sie hatten mir fünf dunkle Flecken herausgeschnitten.«

»Linker Oberschenkel, oben rechts.«

»Das war also der, den ich selbst entdeckt hatte? Da sieht man doch, dass ich recht hatte!« Letzteres sagte sie aber nur im Stillen zu sich. Er hatte die Stelle nicht sofort, sondern erst beim nächsten Hautcheck in einem halben Jahr herausschneiden wollen. Sie verabschiedete sich freundlich, legte den Hörer auf und blieb stumm und regungslos auf dem Stuhl sitzen. Ihre Gedanken kreisten, ihr Kopf brummte, sie fühlte sich wie gelähmt.

»Nein!!!«, schrie sie aus Leibeskräften heraus. Nie zuvor hatte sie ihre eigene Stimme so schrill gehört. »Nein!«

Dann begann sie zu schluchzen, zuerst leise, dann hemmungslos, schlug dabei mit der Faust auf die Tischplatte, immer und immer wieder.

Sie nahm den Hörer des Telefons in die Hand und tippte Werners Handy-Kurznummer ein. Sie wollte gerade auflegen, als er endlich abnahm.

»Warte eine Sekunde«, sagte er in seiner ruhigen Art, »gleich.« Sie hörte im Hintergrund Stimmen. Nach ein paar Sekunden dann: »Da bin ich wieder, sorry, bin grad beim Tanken und hab bezahlt. Na, was ist, Süße?«

So nannte er sie seit dreißig Jahren: Süße. Ihr war gleich wohler ums Herz, fühlte sich beschützt, als sie seine Stimme hörte: Süße.

»Ich habe Krebs.«

»Was?«

»Dr. Lambert hat gerade angerufen, ein malignes Melanom, Tumordurchmesser 0,25 mm, Clark-Level 2, linker Oberschenkel, oben rechts«.

Sie konnte gerade noch automatisch nacherzählen, was sie erfahren hatte, dann brach es aus ihr heraus und sie begann erneut zu weinen, schluchzen, konnte gar nicht mehr sprechen und hören, war wie in einer Hülle gefangen. Es gab kein Vorher, kein Jetzt und kein Nachher. Sie löste sich im Raum auf, schien einen Alptraum zu träumen ...

Bis sie ein lautes »Ruth!« wahrnahm.

»Ich komme gleich. Beruhige dich.«

Dann war er weg, hatte aufgelegt, war wohl losgefahren, würde bald kommen. Ruth krümmte sich auf dem Stuhl nach vorn, wollte nicht kippen, nur warm werden, sie schaukelte vor und zurück, umklammerte ihre Schultern, griff an ihre nackten Füße und massierte sie. Sie waren eiskalt.

Als er nach Hause kam, fand Werner seine Frau auf dem Sofa eingeschlafen, sie lag zusammengekauert unter ihrer Wolldecke und schlief. Ihre Wangen waren gerötet, ihr Gesicht glänzte. Er weckte sie nicht.

Werner war besorgt, so hatte er Ruth nie erlebt, so außer sich, so unbeherrscht und voller Angst. Sie, die eher zurückhaltend mit ihrer Meinung war, der Ruhepol der Familie, die Schlichterin, die einen Streit beendete, auch wenn sie den Kürzeren zog; sie, die Harmoniesüchtige, die nicht einschlafen konnte, bis sie sich vertrugen, oder die ihre Tochter besänftigte, wenn diese als fünfzehnjähriger Hitzkopf den Familienfrieden auf den Kopf stellte. Sie hatte so verzweifelt, hemmungslos, unglücklich geweint.

Alles war anders geworden. Ein Anruf hatte genügt, dass sich Angst festsetzte, immer da war, nach jedem Gedanken, jeder Ablenkung. Dachte sie an den geplanten Geburtstag der Freundin am Wochenende in Lübeck, war sie da, die Angst, erstickte jede Freude und Unbeschwertheit, grub sich tief in das Unterbewusstsein, schwelte dort, blieb im Untergrund, bis sie irgendein Ventil öffnete und alle Hoffnung mit einem Mal zudeckte.

Die angesagte OP steckte Ruth gut weg. Sie krabbelte bereitwillig auf den OP-Tisch, betrachtete misstrauisch, wie ihr Arzt mit einem Stift eine Ellipse um die vier Tage zuvor gestochene Wunde zeichnete.

»Ein Blatt«, sagte sie, »wie ein Blatt von unserem Oleander, nur etwas bauchiger. Ist das nicht zu viel, was Sie alles wegschneiden wollen?«

»Das muss so sein, wir wollen sicher gehen. Keine Sorge, Sie werden nichts merken. Danach erhalten Sie einen Druckverband.«

»Darf ich damit duschen?«, fragte Ruth vorsichtig.

»Nein, Sie kaufen sich am besten in der Apotheke einen Duschstrumpf, der Verband darf nicht nass werden, sonst könnten sich Keime einnisten und die Wundheilung stören.«

Er gab ihr eine Spritze, verließ den Raum und ließ sie mit ihren Gedanken allein, bis er zurückkam und die OP beginnen konnte.

»Mein Gott, Ruth, warum humpelst du so?«

Rena kam gerade schwerbeladen vom Supermarkt, als sie sich zufällig vor dem Haus trafen.

»Ich hatte eine Haut-OP«, entgegnete Ruth, scheinbar gelassen, »Oberschenkel links.«

»Dr. Lambert? Da bin ich auch, ein guter Arzt. Nett und kompetent. Da bist du in guten Händen.« Sie tätschelte Ruth Schulter. »Tut es weh?«

»Nein, eigentlich nicht. Ich habe ja noch die Betäubung, aber es spannt sehr, zumal er einen Druckverband angelegt hat.«

»Das hört sich ernsthaft an: Druckverband?«

Ruth zuckte mit der Schulter. »Ja, Druckverband, ich darf nicht duschen, muss mir einen Duschstrumpf holen. Ach, das hab ich vor lauter Aufregung ganz vergessen: Das Rezept hier in der Hand! So etwas Doofes.«

»Gib her, ich muss sowieso gleich noch mal los, habe übermorgen Gäste. Dann bringe ich dir deinen Strumpf mit.« Rena steckte das Rezept ein und öffnete Ruth die Haustür. »Wenn du noch etwas brauchst, sag Bescheid!«

»Danke, Werner ist ja da.«

»Aber irgendwie bist du bedrückt, willst du reden? Ich habe Zeit und koche uns einen Kaffee, wenn du möchtest. Mein Einkauf kann warten.« Rena schaute Ruth ermunternd an.

»Vielleicht später. Danke, ich bin jetzt einfach zu kaputt, werde mich ein bisschen hinlegen. Danke dir.« Sie ging zum Fahrstuhl und winkte Rena noch einmal zu.

Am nächsten Morgen wollte Werner die HAFENPOST von der Fußmatte sammeln, als er daneben ein kleines rosa Päckchen entdeckte: »Für Ruth«. Er legte es neben Ruths Frühstücksteller und kochte Kaffee.

Ruth war noch im Bad und nestelte an ihrem Plastikstrumpf herum.

Als sie in die Küche kam, wunderte sie sich über das rosafarbene Päckchen und wickelte es neugierig auf. Ein kleiner Schutzengel aus Holz flog ihr buchstäblich entgegen, eine Minikarte mit »Wird schon werden, Rena« gab der Absenderin ein Gesicht.

»Ach, wie lieb! Schau mal, Werner, von Rena!« Sie hielt ihm den Engel entgegen. Kaum hatte sie ihren Kaffee getrunken, als ein Bling! auf eine Handy-Nachricht aufmerksam machte: »Ich drücke alle Daumen! Smiley, Herz-Emoji. Eva. – Schau nachher in den Briefkasten.«

»Die Mädels verwöhnen mich«, freute sie sich und wurde gleich wieder traurig, als sie an den Anlass für die Aufmerksamkeiten dachte.

Bling! Wieder eine Nachricht: »Komm heute Nachmittag um 15 Uhr zum Kaffee zu mir: Café Trostpflaster. Die anderen kommen auch. Anna«.

»Ach je, ich soll wohl gar nicht ins Grübeln kommen. Vielleicht ganz gut so.« Ruth stand auf und setzte sich an den PC. Sie googelte weder Krebs noch Heilungschancen, sondern: »Wellnessurlaub für Frauengruppen«.

Sie hatte eine Idee.

Baustelle Castello

Der befürchtete Umbau ließ nicht lang auf sich warten. Mario Castello zog alle Register. Ein Stab von Handwerkern, die der deutschen Sprache nicht mächtig waren, aber willens, die letzten dreißig Jahre Raufasertapete von den über hundert Jahre alten Wänden zu reißen, zog ein.

Morgens um sieben wurde das Haus geweckt, nach zehn Minuten Bohren und Klopfen folgte die halbstündige Frühstückspause.

Nicht jeder freute sich, nach dem frühen Weckruf nun endlich etwas vom Tag zu haben.

Die Arbeiter trugen feste Arbeitsstiefel wie auf einer Großbaustelle sowie Helm und selten Mundschutz.

In den Wohnräumen wurden dicke Folien ausgelegt, um das Parkett vor möglichen Schäden zu schützen. Die Stuckateure waren mit langen gelben »Ostfriesennerzen« bekleidet und trugen Südwester, weil die Stuckdecken mit einem harten Wasserstrahl vom Gilb der Jahrzehnte befreit werden sollten. Dazu spritzte man sie mit Hilfe eines Schlauchs mit kaltem

Wasser ab, das von der Folienwanne aufgefangen wurde.

Vor den zahlreichen Türen auf dem langen Flur saßen russisch und polnisch sprechende Männer, die mit einem Föhn die alten Lackschichten wegbrannten. Braunes Holz mit Rillen und floralen Mustern kam zum Vorschein. Alles sollte auf Null gestellt werden.

Castello war gut im Geschäft und konnte sich den Aufwand finanziell leisten.

Notfallknopf
ohne Fernbedienung

Dr. Überschwang machte seine Drohung wahr und flog nach ein paar Tagen über der lärmenden Baustelle nach Marbella. Ohne seine Mutter. Die ließ er mit einem Notfallknopf des Grünen Kreuzes zu Hause. Angeblich hätte sie eine Pollenallergie gegenüber den nun in Spanien blühenden Platanen.

Nach vier Wochen musste er unfreiwillig nach Hamburg zurückkehren.

Die Wittmanns auf Überschwangs Etage waren nämlich überraschend aus Mallorca zurückgekommen, um an einer Beerdigung eines langjährigen Freundes teilzunehmen. Sie fanden, dass es auf der gemeinsamen Etage stark nach etwas Merkwürdigem roch. Niemand hatte einen Schlüssel, keiner wusste Näheres. Eva und Anna regten an, die Hausverwaltung zu benachrichtigen, die schickte den Hausmeister, dieser den Schlüsseldienst und der die Polizei. Die alte Dame lag im langen Flur, den Rollator hatte sie mit dem Notfallknopf in der Küche gelassen, die Fernbedienung des Fernsehers lag neben ihr. Sie hatte sie wohl mit dem schnurlosen Telefon verwechselt.

Die Polizei ermittelte und stellte fest, dass der von Dr. Überschwang bestellte Sozialdienst seine Arbeit nur für ein paar Tage ausgeübt hatte. Die Verstorbene hatte alsbald in der zuständigen Leitstelle angerufen und versichert, von ihrer angeblich gerade eingetroffenen Tochter versorgt zu werden und bat darum, die Versorgungskette zu schließen. Sie wollte sich später wieder melden.

Einer Freundin hatte sie am Telefon anvertraut, dass sie sich nicht länger bevormunden lassen wollte, weder vom Sohn noch von irgendwelchen Diensten.

Sie freute sich auf einen Urlaub ohne Aufsicht. Dieser endete dann ungeplant.

*

Überschwang verkroch sich in einem Hotel, während ein professioneller Reinigungsdienst die Wohnung gründlich säuberte. Dann kehrte er zurück, ließ die Budapester im Schuhschrank stehen und zog auf der Treppenstufe vor der Wohnung seine knallblauen Laufschuhe an.

Den Schuhlöffel benötigte er nicht. Er hatte sich wegen der Umstände eine berufliche Auszeit genommen und begann zu laufen.

Paparazzi

Kaum war Castello im Erdgeschoss eingezogen, lungerten junge und mittelalte Frauen vor dem Haus herum. Ein Reporter der HAFEN-POST hatte Wind davon bekommen, dass ein international bekannter Schauspieler seinen Hauptwohnsitz nach Eppendorf verlegt hatte und konnte mit gestochen scharfen Fotos die Headline illustrieren. Paparazzi wurden von anderen Locations berühmter A- und B-Promis abgezogen und standen mit ihren meterlangen Teleobjektiven vor der Haustür im Sternenweg 17 oder warteten in ihren Autos auf Bewegung hinter den Fenstern oder vor der Tür.

Als Dr. Überschwang eines Morgens mit seinen knallblauen Laufschuhen und tief ins Gesicht gezogener Baumwollmütze – wozu ihm der Personaltrainer geraten hatte, sie sollte den Schweiß gesund aufnehmen – aus der Tür trat, liefen aus allen Richtungen Fotografen herbei, um ihn, Castello, »abzuschießen«. Schnell erkannten sie an der Kleinwüchsigkeit des Sportlers die Verwechslung.

Die Frauen ließen sich nicht täuschen.

Eine klingelte, als Paketbote verkleidet, bei irgendeinem Bewohner und huschte, als der Türsummer betätigt wurde, schnell ins Treppenhaus. Vor Castellos Wohnungstür links klingelte sie dann direkt und klopfte so lange, bis ihr geöffnet wurde. Dann rannte sie an der überraschten Haushälterin vorbei und lief Castello direkt in die Arme. Dieser kam im selben Moment aus dem Bad, was die ungebetene Besucherin an der rauschenden Spülung hörte, und war gerade dabei, seinen Reißverschluss hochzuziehen, als der Handyblitz aufleuchtete und die Besucherin schnell das Weite suchte. Sie hatte ihn in voller Größe abgeschossen und freute sich darauf, dieses Bild einer intimen Situation bei Instagram zu posten. Sie überlegte, ihr Foto eventuell als »Alltagsreporterin« der HAFENPOST zukommen zu lassen.

Castello reagierte postwendend. Auf dem schwarzen Brett im Erdgeschoss lasen die Bewohner am selben Tag noch, dass aus »Gründen der Wahrung der Privatsphäre« des neuen prominenten Hausgenossen darum gebeten würde, doch bitte ab sofort nicht unkontrolliert die Haustür zu öffnen. Im Umlaufverfahren sollte eine Genehmigung von der Eigentümergemeinschaft eingeholt werden, um eine Videokamera mit einer Gegensprechanlage installieren zu lassen. Das sollte auf seine Kosten geschehen, niemand sollte sich daran beteiligen müssen.

Da man über diese Sicherheitsmaßnahme schon das eine und andere Mal auf vergangenen Eigentümerversammlungen gesprochen hatte, aber wegen der hohen Geldsumme bisher davon Abstand genommen worden war, stimmten alle ohne Einschränkung zu.

Natürlich ließ sich niemand die Freude anmerken. Man wollte eher den Eindruck erwecken, mit dieser Einwilligung Castello einen Gefallen getan zu haben.

Wellness-Bonbon

Ruth hatte sich erholt, die Wunde am Oberschenkel war geheilt. Die lange Narbe war zwar noch recht rot, die angrenzende Haut spannte und zeigte eine kleine Delle, schließlich fehlte ein Stück Gewebe, aber daran hatte sie sich schon gewöhnt. Unangenehm aber war, wenn ein kratziger Stoff direkt auf der Narbe lag, dann zog sie meist schon nach kurzer Zeit die Hose aus. Ihre geliebten Jeans trug sie momentan gar nicht mehr, sie schlüpfte gern in Jersey- oder leichte Baumwollhosen, aber am liebsten trug sie weite Röcke. Darin gefiel sie sich sogar und konnte gar nicht verstehen, warum sie so eine lange Zeit auf Röcke und Kleider verzichtet hatte. Sie hatte schöne Beine!

Dr. Lambert hatte alle Untersuchungsergebnisse mit ihr besprochen. Das CT wies eine kleine Zyste an der linken Niere auf, die aber harmlos war. Auch die Hautprobe des nachgeschnittenen Gewebeteils zeigte bei der histologischen Untersuchung keine Auffälligkeiten.

Ruth dachte nicht mehr jede Minute an den malignen Befund, konnte wieder lachen und sich sogar unbeschwert fühlen. Manchmal aber war die Angst sofort präsent, wenn zum Beispiel jemand ein Treffen im Jahr darauf vereinbaren wollte, ein Konzert, eine Kurzreise oder einfach einen besonderen Geburtstag, dann schob sich das Gefühl der Ohnmacht in den Vordergrund. Die »Leichtigkeit des Seins« war für immer verloren, schien es ihr. Auch die Sonne war nicht mehr ihre Freundin. Sie hatte es ihr ganzes Leben lang genossen, sich von ihr wärmen zu lassen, ein Päuschen zu machen, eingelullt in einen Schlaf, der die Außengeräusche still machte und ein schönes Farbenspiel in die geschlossenen Lider projizierte.

Ruth hatte gelernt, dass das sorglose Leben auf einmal vorbei sein konnte. Sie erinnerte andere sorgenvolle Lebensmomente, die durchaus von Verzweiflung und Trauer geprägt waren, meinte aber, dass das Ausgeliefertsein, das sie diesmal erleben musste, damals gefehlt hätte.

Die Mädels aus dem Haus waren ihr eine große Stütze gewesen. Ruth hatte anfangs gar nicht gewollt, dass jemand von ihrem Krebs erfuhr, aber bald war das Sprechen eine Befreiung geworden. Rena und die anderen ließen auch nicht locker, kümmerten sich, hatten sich in Foren im Internet belesen, brachten Kräuter für die Wundheilung mit, schenkten Schokolade mit einem roten Kreuz darauf und luden zu regelmäßigen Trostpflaster-Treffen ein.

Nun wollte Ruth ihnen etwas zurückgeben. Sie war vor vielen Jahren einmal in Schleswig-Holstein in einem Schlosshotel gewesen, einer Beauty- und Wellnessfarm, direkt an einem See gelegen. Nun hatte sie dort angerufen und nach möglichen Wochenendterminen für sich und ihre drei Freundinnen gefragt. Freitagmittag Anreise, Sonntagmittag Abreise. Sie wollte sie einladen. Heiße Schlammpackungen, Kosmetikbehandlungen, Massagen, Ölbäder, alles inklusive.

Das »Café Trostpflaster« sollte bei Ruth zum letzten Mal stattfinden. Sie lud zu Quiche und Roibuschtee in den fünften Stock ein. Nachdem sie über Gott und die Welt gesprochen hatten, das Thema Krebs ausgeklammert, stellte Ruth ihren Freundinnen ihren Plan vor. Alle waren begeistert und gemeinsam fanden sie ein Wochenende für den Besuch der Wellnessfarm.

»Ohne Männer, klasse, super Idee! Ich sehe uns schon in der Sauna sitzen und schwitzen. Aber ... das darfst du doch gar nicht oder?«

Eva schaute Ruth an.

»Stimmt, damit müsste ich warten. In ein Ölbad gehe ich auch nicht, aber alles andere ist ok. Wir lassen es uns richtig gut gehen. Ich glaube, dass Werner froh sein wird, dass er mal allein hierbleiben darf. Er schlich in den letzten Wochen ständig um mich herum, wollte es mir schön und bequem machen, das war bestimmt anstrengend für ihn.«

»So etwas schweißt zusammen«, sagte Anna. »Er hat es gern gemacht, das darfst du nicht vergessen.«

»Vielleicht treffen sich unsere Männer an unserem Wellness-Wochenende und machen etwas zusammen? Das wäre doch nett, oder?«, fragte Eva in die Runde.

»Wer soll das wohl organisieren? Wir sind doch weg!«, lachte Rena.

»Stimmt, aber bei uns wollen wir sie nicht haben, die können manchmal richtige Spaßbremsen sein. Wir machen eine reine Mädelsrunde«, meinte Anna und wandte sich an Ruth: »Das ist doch in deinem Sinn, oder?«

»Klar, nur wir!«, bestätigte Ruth. «In drei Wochen geht es los. Ich freu mich!«

Die Zeit verging schnell und bald lagen die vier Freundinnen, in weiße, flauschige Frotteemäntel gehüllt, auf bequemen Saunaliegen am Pool, glitten von Zeit zu Zeit ins warme Wasser, drehten geräuschlos ihre Runden oder laut kichernd, wenn sie die Poollandschaft allein für sich hatten. Mal hatte Ruth einen Kosmetiktermin und entschwand in die Behandlungskabine, dann war Rena mit einer Moorpackung und anschließender Ganzkörpermassage dran, Eva freute sich über ein Bodywrapping und Anna ließ sich ihre Hände und Füße schön machen.

Zum Abendessen trafen sie sich im kleinen blauen Rokoko-Speisesaal vor dem Kamin. Dem 600-kcal-Diätplan angepasst gab es Tortellini in einer köstlichen Bärlauchsauce, mit Rucola-Salatblättchen garniert.

Statt Prosecco oder einem Gläschen Grauburgunder konnte man sich aus der Teeküche ein heißes Getränk holen: Ingwertee, Roibuschtee, Zitronentee oder orientalische Mischungen. Alles sehr gesund und entschlackend.

Nach dem morgendlichen Sportprogramm folgten weite Spaziergänge um den See, Mittagsschlaf mit Wärmflasche oder einem Leberwickel. Gespräche am Kamin rundeten den Wohlfühltag ab.

Alle erreichten den Sternenweg am Sonntagabend erholt und gut gelaunt. Ihre Männer waren froh, dass sie wieder komplett waren.

Planquadrat 1

Der Alltag hatte sie wieder. Eva fuhr mit ihrer Klasse für ein paar Tage in ein Begegnungsheim im Kreis Segeberg zu einem Anti-Aggressionstraining für Jugendliche. Anna nahm an einer Fortbildung zum Thema »Controlling zur Unternehmensführung« in Stuttgart teil und Rena war mit Somsinger für ein verlängertes Wochenende nach Rom geflogen. Ruth blieb im Sternenweg, sie hatte ihre Schwester aus den USA zu Besuch.

Nach ihrer Rückkehr verabredeten sich die vier Freundinnen zum Kaffeeklatsch in dem kleinen gemütlichen Café Epp gleich um die Ecke, um ein wenig zu quatschen. Nacheinander trudelten sie ein, nur Ruth fehlte.

Eva hob die Hand. »Ich bin heute seit 30 Jahren verheiratet, stellt euch das vor! – Ich gebe eine Flasche Prosecco aus.«

»Wieso sitzt du nicht mit deinem Gatten in einem schönen Restaurant und trinkst Schampus?«, fragte Rena.

»Das machen wir am Wochenende. Heute ist Thomas in Berlin bei einer wichtigen Veranstaltung zum Thema Steuerrecht.«

»Sehr romantisch«, fand Anna. »Das würde ich mir nicht bieten lassen!«

»Wenn man so lange miteinander verheiratet ist, ist man schon etwas...« Eva rang nach Worten, »...lockerer«, fiel ihr dann ein.

»Abgestumpft passt vielleicht besser – oder eher abgetakelt?« Anna grinste und schob eine mildere Frage nach: »Wie habt ihr euch eigentlich kennen gelernt?«

Die Freundinnen schauten Eva gespannt an. Eine Flasche Prosecco wurde serviert und die Gläser gefüllt.

»Wo soll ich anfangen? Meine Zeit nach dem Abitur in Kiel Ende der Siebziger war ziemlich chaotisch«, begann Eva. »Ich hatte im Herbst einen Studienplatz in Hamburg und wollte bis dahin in einer Sportboutique in meiner Heimatstadt Kiel jobben. Aber dann lernte ich gleich in der ersten Arbeitswoche einen fünfzehn Jahre älteren Mann kennen, der mich heiraten wollte und...«

»Am ersten Arbeitstag? Oh, wie tragisch!«, meinte Rena mitfühlend.

»...und mir eine eigene kleine Wohnung mitten in Kiel anmietete.« Eva überhörte die Zwischenbemerkung. »Meine Eltern wohnten etwas außerhalb. Er stellte mir ein Auto vor die Tür, dabei hatte ich noch keinen Führerschein. Ich konnte ihn gerade noch davon abhalten, ein

Haus für uns bauen zu lassen. Meinen Eltern hatte er sich schon nach einer Woche vorgestellt.«

»So schnell? Bist du wirklich so naiv gewesen? Das kann ich mir bei dir gar nicht vorstellen«, warf Anna empört ein.

»Ich kam aus einer Welt, in der die Älteren Autorität besaßen, die man nicht einfach so infrage stellte. Ich dachte, das ist dann eben so, wenn man erwachsen wird. War das anders bei euch?« Sie schaute in die Runde.

Die Freundinnen zuckten mit den Schultern.

»Also ließ ich den Studienplatz in Hamburg seinetwegen sausen und begann auf seinen Wunsch hin bei Karstadt in Kiel als Praktikantin in der Kindermodenabteilung. Eigentlich wollten die mich zu den Miederwaren stecken, aber mit Schlüpfern konnte ich nichts anfangen. Mein angehender Verlobter hatte mein Verkaufstalent in der Sportboutique erkannt und meinte, dass ich nach einer soliden Ausbildung in seinem Neumünsteraner Bekleidungsgeschäft bei den Kunden gut ankäme.«

»Das glaub ich nicht! Wie konntest du nur!«, empörte sich Anna erneut. »Und was ist nun mit Thomas?«

»Der bekommt jetzt eine Hauptrolle: Bei den Kindermoden tauchte eines Tages ein junger, gut aussehender Mann auf, der für seinen Neffen ein T-Shirt suchte, Kleidergröße 122. Der Kunde war Thomas, der gerade in der Stadt war, um dort seinen älteren Cousin mit seiner Familie zu besuchen. Am nächsten Tag kam er wieder, um ein zweites Oberteil zu kaufen. Beim dritten nahm ich seine Einladung ins Eiscafé Venezia an.«

»Und dein Verlobter?« Rena täuschte Entsetzen vor und schüttelte den Kopf.

»Ich bin ja noch nicht fertig«, Eva trank einen Schluck. »Meine Kaufhaus-Karriere mit Kindermode dauerte exakt drei Monate. Ich spürte täglich, dass sich mein Leben falsch anfühlte. Also nahm ich meinen ganzen Mut zusammen und kündigte am letzten Tag der Probezeit schriftlich und heimlich, nahm vorher noch den Personalrabatt in Anspruch und kaufte mir eine Bratpfanne für meinen neu zu gründenden Haushalt in Hamburg.«

»Ganz schön plietsch«, grinste Rena, »hätte ich dir gar nicht zugetraut!«

»Siehste, hast du etwas dazugelernt!«, konterte Eva und fuhr fort: »Dann fuhr ich mit der Bahn zu meiner Freundin, die schon in Hamburg studierte, und kroch vorerst bei ihr unter. Übrigens, meine Eltern verstanden die Welt nicht mehr.«

»Also doch selbstbewusst und mutig! Das passt jetzt«, meinte Rena zufrieden.

»Ich hatte fast über Nacht meinen gesunden Menschenverstand wieder und war stolz auf mich. Allerdings war ich vom Kantinenessen und meiner Seelenpein circa fünf Kilo dicker und hatte überflüssige dunkle Röcke und weiße Blusen im Schrank hängen, mein selbst bezahltes Kaufhaus-Outfit. In Hamburg trug ich fortan nur noch Jeans und Klapperlatschen. Kennt ihr die noch? Holzpantoffeln mit einem Lederriemen.«

»Die hatten wir wohl alle damals«, meinten die beiden Freundinnen.

»Die offizielle Kaufhausuniform verkaufte ich im Second Hand. Den Fast-Verlobten mit den genannten Annehmlichkeiten war ich natürlich los. Ich fand ein neun Quadratmeter großes Zimmer in einer WG und begann sozusagen als Späteinsteigerin mit dem Studium der Kunstgeschichte an der Uni Hamburg. Thomas wurde mein ständiger Begleiter und vor 30 Jahren mein Ehemann. So, das wars.«

»Wie süß! Und der Andere? Was ist aus ihm geworden?«, fragte Rena.

»Er hat sich schnell getröstet und drei Jahre später kam er bei einem Autounfall ums Leben.«

»Wie tragisch! Bist du zur Beerdigung gegangen?«

»Nein, von seinem Tod hatte ich ganz zufällig Monate später erfahren. Jetzt kommt es mir so vor, als wäre mir das gerade eben passiert.« Eva seufzte. »Aber zurück ins Leben!« Sie hob ihr Glas, prostete den anderen zu und warf einen Blick über ihre Köpfe hinweg: »Auf die nächsten hundert Jahre, lieber Thomas!«

Kaum hatten sie angestoßen, als Ruth das »Café Epp« betrat. Eher zufällig, denn sie wollte ein Stück Kuchen kaufen und hatte die Verabredung völlig vergessen.

»Na, endlich, wo warst du so lange? Setz dich zu uns«, meinten die drei Lieblingsnachbarinnen wie aus einem Munde. »Eva feiert ihren 30. Hochzeitstag.«

»Glückwunsch«, meinte Ruth und ließ sich in den Plüschsessel fallen.

»Sorry, dass ich euch vergessen habe, aber ihr glaubt nicht, was bei uns los ist! Wir ziehen um!«

»Nein!«, entgegneten die drei. »Um Gottes willen, wohin denn? Mach es nicht so spannend!«

Ruth holte übertrieben tief Luft und grinste: »Dritter Stock rechts.«

Eva stutzte: »Da wohnen doch welche!«

»Die ziehen weg und wir haben die Schnauze voll von dem ewig kaputten Fahrstuhl. Wir verbessern uns um zwei Stockwerke. Auch wir werden älter.«

»Dann wirst du ja für uns *die von oben*«, freute sich Eva und blickte in Sekundenschnelle in eine ruhige Zukunft ohne Ballspiele auf dem

Parkett, ohne Schurren, Rumpeln und Rumsen am frühen Morgen. »Wann steht ihr morgens auf?«, entfuhr es ihr spontan.

»Um halb vier«, antwortete Ruth trocken, sie kannte Evas Sorge um den morgendlichen Schlaf. Alle lachten.

Als sie Cappuccino und Zitronentarte bestellt hatten, die Spezialität des Cafés, erzählte ihnen Ruth brühwarm, was die anderen offensichtlich nicht wussten.

»Er hat eine Neue, sie zieht mit den Kindern zu ihren Eltern nach Husum. Sie verkaufen um jeden Preis, nur weg von hier.«

»Ja, aber eure Wohnung? Die müsst ihr doch auch noch verkaufen oder?«

»Bei den Immobilienpreisen wären wir ja blöd, würden wir die Gunst der Stunde nicht nutzen. Wir haben schon zwei Interessenten, einen Nachtclubbesitzer aus der Neustadt und...«

Anna schrie auf: »Bist du verrückt, der wohnt doch dann über uns, geht um Mitternacht und kommt morgens polternd nach Hause!!«

»...ein schwules Pärchen. Beide peitschen die Preise hoch. Zurzeit steht das Pärchen oben. Sehr nette Leute, der Eine aus der Werbebranche, der Andere hat etwas mit Theater zu tun.«

»Und wenn wir zusammenlegten und uns die Wohnung schnappten?« Rena schaute triumphierend in die Runde.

Stille.

»Hä??? Hast du zu viel getrunken?« Annas Handy klingelte, sie kramte in ihrer Tasche und schaltete es aus, ohne es angesehen zu haben.

»Ich glaube, liebe Rena, das können wir uns nicht leisten. Meine Portokasse ließe gerade mal eine Abstellkammer im Dachgeschoss zu«, meinte Eva trocken.

»Meine das Vorhängeschloss dazu«, meinte Anna trocken.

»Na, zwei Zimmerchen wären wohl drin«, Ruth überlegte, »aber noch gehören sie mir sowieso. Ich weiß nicht, was wollen wir denn mit dem ganzen Dachgeschoss, liebe Rena?«

»Vom ganzen Geschoss ist nicht die Rede, ich meine nur die eine Wohnung, die ihr nun auf den Markt werft. Jetzt kann ich es euch ja sagen. Das Erdgeschoss hätte ich mir niemals leisten können ohne ein Aktienpaket, das mir von meiner Tante Trude aus Connecticut vor zwanzig Jahren vererbt worden war. Ich hatte überhaupt keine Ahnung, welcher Schatz vor Jahren beim Notar in meine Hände übergegangen war. Erst Ulrichs Wissen um Aktien, Geldanlagen und so weiter hat mir meinen unverhofften Reichtum bewusst gemacht. Ich habe noch ein wenig von dem Geld herumliegen und würde es, da es ja sowieso keine Zinsen mehr gibt, investieren.« Sie schaute von einer Freundin zur anderen.

»Wir könnten eine Immobiliengesellschaft gründen, ich hätte die Anteilsmehrheit und gemeinsam könnten wir das Dachgeschoss vermieten. Die Miete würde je nach Anteil verrechnet werden. Natürlich nur Zeitmietverträge, bis es so weit ist.«

»Was soll dann so weit sein?«

Eva, Anna und Ruth hörten Rena gebannt zu.

»Wir sind alle ungefähr im gleichen Alter, selbst Castello ist nicht mehr der Jüngste. Irgendwann werden wir alt und krank sein, können die Treppen nicht mehr laufen, sind auf Pflege angewiesen. Ich weiß, dass ich dieses Haus nicht freiwillig verlassen werde.«

»Du meinst, wir holen uns das Personal hierher – in unser Haus? Du bist ja verrückt! Was meinst du, was daran hängt: Bürokram ohne Ende, Organisation und und. Nee, wirklich, Rena, das traue ich mir nicht zu. Nicht böse sein, euch auch nicht.« Eva schüttelte zur Bekräftigung den Kopf.

»Glaubt ja nicht, dass mir das mal so eben eingefallen wäre«, entgegnete Rena bedeutungsschwer. »Nein, ich habe schon von Anfang an daran gedacht, eventuell bei Gelegenheit eine zweite Wohnung zu kaufen, um sie dann sozusagen im Alter in petto zu haben. Über das Rechtliche und Finanzielle habe ich noch keine Erkundigungen eingeholt. Aber das wird doch sicherlich nicht zu kompliziert sein. Wer wagt, gewinnt!«

Eva und die beiden anderen schnaubten: »Ach, du liebe Güte! Das kann ja was werden... Rena, du bist verrückt.«

Anna schluckte und sagte: »Aber die Idee ist wirklich toll. Wir haben doch schon früher davon geredet, hier ein Altenheim für uns zu gründen. Wenn ich an meine Spargroschen denke, die auf dem Konto herumliegen und nichts abwerfen...«

Sie orderten eine zweite Flasche Prosecco. »Aber die zahlst du!« Dabei schauten sie Rena an, die das alles ausgeheckt hatte.

»Solltest du noch ein paar Aktien übrighaben, sag Bescheid.« Ruth grinste.

Die vier Frauen prosteten sich zu, obwohl sie in dem Moment nicht so recht wussten, ob sie damit schon ihr Einverständnis zu dem Plan gegeben hatten.

Unternehmergeist

Es gibt die, die Geld haben und die, die keins haben, aber so tun, als hätten sie viel davon. Henris, die Vorgänger von Rena aus dem Erdgeschoss, gehörten zur zweiten Kategorie. Die Stockhausens zur ersten. Sie waren bescheiden, lebten zurückgezogen, waren aber nicht vom Mond, sondern spielten in der ersten Liga aktiv mit.

Sie waren Mitglieder diverser Hamburger Institutionen, dem Anglo-German-Club, dem Club an der Alster, dem Regattaclub an der Außenalster und dem Förderkreis der Elbphilharmonie.

Unter »Sehen und gesehen werden«, der wöchentlichen Rubrik in der HAFENPOST, suchte man sie vergeblich. Sie waren weder Gäste beim Presseball noch beim traditionellen Matthiae-Mahl im Rathaus.

Dabei waren sie nicht lichtscheu, nein, das in keiner Weise, aber sie wollten nicht mit dem Geldadel in einen Topf geworfen werden. Es war ihnen unangenehm, wurden sie bei bestimmten feierlichen Anlässen fotografiert oder um ein Statement gebeten. Sie hatten eine Meinung, wollten diese aber nicht in der Zeitung lesen. Sie gingen regelmäßig ins Theater und in Konzerte, wobei ihr Herz vor allem an den kleinen Bühnen und Konzertplätzen hing, wo sie die Darbietungen im Stillen genießen konnten.

Die Stockhausens waren von Beruf Erben, das heißt, Ruth kam aus eher einfachen Verhältnissen, während Werner aus einem vornehmen Haushalt an der Elbchaussee stammte. Seine Großeltern hatten es mit Wursthüllen, genauer mit natürlichen Därmen, zu gediegenem Wohlstand gebracht. Im Laufe der letzten vier Jahrzehnte aber schwächelte der Umsatz der natürlichen Därme; man wollte »saubere Verpackungen«. Plastik war die neue Losung. Seine Eltern erweiterten das Angebot für Wurstwaren, indem sie Kunstdärme und Pergamentwursthüllen und Wurstnetze aus Kunststofffäden herstellen ließen.

Als sich in den 80-iger Jahren »Öko« als neues Stempelbild für gesundes Essen etablierte, griff man wieder zurück auf die Produktion der seinerzeit bewährten Naturdärme und konnte den Absatz vermehrfachen, weil sich mit »Natur« neue Absatzmärkte eröffneten.

Werner hatte kein Interesse an Därmen jedweder Art. Er ging nach dem Abitur im Internat nahe der dänischen Grenze für ein Jahr nach Kopenhagen, wo er als Praktikant in einem Studio für Lichtdesign arbeitete. Nach nur wenigen

Monaten musste er nach Hamburg zurückkehren, weil sein Vater einen Schlaganfall erlitten hatte und kurz darauf verstarb. Werner fügte sich und übernahm die Därme. Nach ein paar Jahren wurde ihm ein exzellentes Kaufangebot unterbreitet, das er nicht ablehnen konnte. Der Verkauf war ein Akt der Befreiung für ihn.

Werner heiratete Ruth, zog von der Elbchaussee in das ausgebaute Dachgeschoss in Eppendorf und war endlich wurstfrei und sehr vermögend.

Im Familienbesitz befanden sich Eigentumswohnungen in den verschiedenen Stadtteilen Hamburgs, aber auch Mietshäuser, Gewerbeimmobilien und Ferienresorts an der Nordsee. Alles musste verwaltet werden, was Werner mit Freude übernahm, er konnte zu Hause arbeiten und seine kleine Tochter aufwachsen sehen.

Wie die Winkelmanns liebten beide Sylt. Sie kannten Morsum von ihren vielen Radtouren her, selbst wohnten sie in der Westerheide unter einem Reetdach.

Ihr Nachbar zur Linken war der berühmte Moderator einer Musiksendung, zur Rechten ein Schauspieler aus München. Das wussten sie, aber sie kümmerten sich nicht um die Prominenz, sondern genossen die Tage an der Nordsee mit ihrer kleinen Tochter.

Als ein altes Reetdachhaus in der Nähe verkauft werden sollte, schlugen beide zu. Sie wollten es nicht für sich haben, sondern eine Stiftung gründen für Kinder, denen das Schicksal nicht so hold war.

Das alte Haus wurde mit viel Liebe ausgebaut und bald zogen Betreuer ein, die mit den ersten Vierer-Kindergruppen Sylt unsicher machten.

Werner und Ruth erfreuten sich daran als Nachbarn. Keiner wusste, dass sie die Mäzene dieser Einrichtung waren.

Und das machte sie besonders glücklich.

Stolperstein
und Katzenstreu

Am Sperrmülltag traf man sich im Keller. Der Hausmeister hatte eine Liste ausgehängt, in die jeder sein Wegwerfteil säuberlich eingetragen hatte: Wäschespinne, Metall, Kunststoff, ausgeklappt cirka 1,20 Meter, Kinderroller aus Holz, Teppichrest, Kunststoff 3,50 Meter und so weiter.

Frau Wittmann aus dem Ersten, die einige Tage zuvor aus Mallorca zurückgekehrt war, kam gerade aus dem Fahrradkeller, als sie die Nachbarn beim Sortieren und Bündeln des Mülls antraf.

»Entschuldigung«, sagte sie schüchtern leise, wie es ihre Art war, »haben Sie irgendeine Ahnung, wer oben im Dachgeschoss rechts wohnt? Letzte Woche traf ich beim Eingang sechs junge Männer, die mit Koffern und Taschen bepackt waren und den Fahrstuhl stürmen wollten. Vier quetschten sich letztendlich hinein. Die waren ›wie auf Droge‹, so sagt man doch? Gestern wollte ich in den Fahrstuhl steigen, als die Tür aufging und zwei junge Pärchen ausstiegen. Erst beim Anfahren sah ich in der Kabine schwarze Initialen, mit einem Herz umrahmt. Edding... Also, sowas!«

Frau Wittmann war außer sich. Das war ungewöhnlich. Normalerweise hielt sie sich immer sehr zurück, wenn es um Geselligkeit oder nur Tratsch im Treppenhaus ging. Selbst auf den Eigentümerversammlungen ließ sich das Ehepaar meist von der Verwaltung oder von Thomas vertreten.

Man hatte den Eindruck, dass beide keine Spuren hinterlassen wollten, sich nie einmischten, für sich blieben. Ihre Fußmatte war peinlichst sauber, die Fenster glänzten, das Messing des Türknaufs und des Namensschildes waren stets poliert. Trotz ihrer langen Abwesenheit in den Wintermonaten kam regelmäßig einmal die Woche die Putzfrau, die drei Stunden blieb. Man fragte sich, was sie dort die ganze Zeit machte.

Nur in einer Angelegenheit hoben sie sich hervor: Sie hatten die Patenschaft für einen »Stolperstein« der Familie Stern vor dem Haus übernommen. In regelmäßigen Abständen wurde die Messingplatte mit einer Pflegemilch geputzt, bis sie so sehr glänzte, dass niemand es wagte, den Stein mit den Füßen zu betreten.

Frau Wittmanns Eltern leiteten vor dem Krieg in Barmbek das »Bettengeschäft Meimer«, ein alteingesessenes Familienunternehmen in der Hufnerstraße, wo sie auch oberhalb der Geschäftsräume wohnten. Als Hamburg 1943 in der Aktion »Gomorrha« bombardiert worden war und die alliierten Fliegerstaffeln den Stadtteil nur noch als Trümmerhaufen hinterlassen hatten, kam das kinderlose Ehepaar bei den Eltern im Sternenweg unter, wo die Familie eine Jugendstil-Wohnung im ersten Stock rechts besaß. Sie sollte nur als Übergangslösung dienen. Die jungen Leute wollten schnell wieder unter sich sein, was aber in jenen Jahren nahezu unmöglich erschien, der Mangel an Wohnraum war einfach zu groß.

Es fügte sich, dass der Vater, Namensgeber und Gründer des »Bettenhauses Meimer«, nach dem Zusammenbruch des Dritten Reiches ins Gefängnis kam. »Entnazifizierung« war das Stichwort. Meimer, der sich schon 1933 der NSDAP mit großem Enthusiasmus verschrieben hatte, haderte mit seinem, wie er glaubte, ungerechten Schicksal und erlitt schon nach den ersten Tagen der Vernehmungen durch die britischen Militärbehörden 1947 einen Herzinfarkt und verstarb. Man hatte am Tag zuvor auf seine Wohnungstür mit roter Farbe »Nazi« geschrieben, weil man sich sicher war, dass Meimer damit zu tun gehabt hatte, als die Sterns aus dem Vierten nachts von der Gestapo abgeholt worden waren und nie mehr zurückkehrten.

Seine Ehefrau half sich daraufhin selbst aus dem Leben, indem sie die Schlaftabletten, die sie in weiser Voraussicht schon seit Jahren gesammelt hatte, auf einmal herunterschluckte.

Nach dem tragischen Tod der Meimers führten Tochter und Schwiegersohn das Geschäft weiter und blieben in dem schönen Jugendstilhaus wohnen. Ende 1948 wurde die heutige Frau Wittmann geboren. Das Mädchen wuchs in der geräumigen Wohnung im Sternenweg auf, dessen Viertel kaum von Bomben in Mitleidenschaft gezogen worden war. Man hatte im größten Unglück ein kleines Glück bewahren können. Sie besuchte das Hegegymnasium um die Ecke, ließ sich nach dem Abitur zur Kauffrau ausbilden und lernte bald ihren späteren Ehemann kennen, mit dem sie das Familienunternehmen weiterführte und später auch die Wohnung im Sternenweg 17 übernahm.

Frau Wittmann hatte es in den letzten Jahren nicht leicht gehabt. Ihr Mann hatte das Bettengeschäft, mit dem er zum Millenium in die City gezogen war, erfolgreich weitergeführt. Als die skandinavischen Bettenhäuser mit immer billigeren Angeboten sein Geschäft bedrängten, gab er auf. Da war er Ende fünfzig und fiel in ein schwarzes Loch. Er begann zu trinken.

Anfangs fiel es seiner Frau kaum auf, er war eigentlich wie immer, nur ein wenig forscher, fröhlicher, fast albern. Irgendwann roch sie seinen Atem, er hätte nur »ein Bierchen« mit einem Freund getrunken. Seine Tennisabende mit seiner Herrenrunde im Doppel wurden zunehmend abendfüllend.

Sie stand dann im Nachthemd mit nackten Füßen am Fenster und wartete auf seine Rückkehr. Sobald sich ein Lichtkegel der Straße näherte, trat sie nah ans Fenster, voller Hoffnung, heute ihren Mann erhobenen Hauptes, mit leichtem federnden Schritt der Haustür nähern zu sehen. Zunehmend wurde sie enttäuscht, von ihrer Hoffnung und dem Ehemann, der sich mit spastischen Bewegungen aus dem Taxi quälte, den Weg zum Haus an den parkenden Autodächern entlang hangelnd, immer kurz davor, das Gleichgewicht zu verlieren.

Sie suchte das Gespräch mit ihm, hielt sich anfangs mit Vorhaltungen zurück, zeigte Verständnis für seine Situation, riet ihm zu einer Therapie, die sie begleiten wollte.

Er stellte sich zunehmend taub, leugnete seinen übermäßigen Alkoholkonsum und gab ihr die Schuld an den täglichen Streitereien.

Es wurde immer schlimmer. Eines Tages konnte sie nicht mehr. Sie war es leid, die Abende in gute ohne Alkohol und schlechte mit Alkohol einzuteilen. Sie war es leid, ihren Mann in unwürdigen Situationen erleben zu müssen.

Sie zog in das gemeinsame Ferienhaus auf Mallorca.

Er blieb im Sternenweg zurück und hatte bald gänzlich die Kontrolle über sich verloren. Als man ihn im Treppenhaus schlafend fand, kam er zur Ausnüchterung ins Krankenhaus. Man informierte seine Ehefrau. Sie besuchte ihn nicht.

Dann begann er eine Therapie und sie kam nach Hamburg zurück. Die Peinlichkeit der Vorfälle steckte tief. Sie hielten sich aus allem heraus, waren freundlich zu jedermann und machten sich durchsichtig.

Ruth räusperte sich.

»Vielleicht…, Frau Wittmann, Airbnb vielleicht – Vermietung an Urlauber?«

Ruth zuckte mit den Schultern: »Der Eigentümer hat sich noch nie blicken lassen, auf den Eigentümerversammlungen hat er sich immer von der Verwaltung vertreten lassen, auch als noch die junge Familie dort wohnte.«

Ruth hätte die Bewohner als unmittelbare Nachbarin kennen und hören müssen. Frau Dr. Lux, die unter dem rechten Dachgeschoss wohnte, war etwas schwerhörig, so dass sie kaum registrierte, dass seit einem Jahr ständig wildfremde Menschen ein- und ausgingen. Nachts war es meistens ruhig im Haus bis auf den Fahrstuhl, der nun regelmäßig auch zwischen 24 und vier Uhr ging, wenn die Gäste – Nachbarn konnte man sie nicht nennen – vom ausgiebigen Kiezbummel zurückkehrten.

»Ich werde morgen die Hausverwaltung anrufen, das Geschmiere muss schließlich weg und um die merkwürdige Vermietung sollte sich jemand kümmern, hier ist kein Hotel.« Sie blieb stehen: »Ach! Was ist das eigentlich für eine Katze, die durch das Treppenhaus streunt? Irgendwohin muss sie ja gehören!«

Die anwesenden Nachbarn wussten nicht, ob sie empört oder erstaunt reagieren sollten. Sie waren sich nämlich alle insgeheim einig darüber, dass Mieze, wie sie genannt wurde, mittlerweile allen gehörte und alle um ihre Zuwendung buhlten. Der eine oder andere hatte sogar heimlich ein Katzenklo mit Streu in einer Ecke seiner Wohnung deponiert, damit Katze sich bei ihm oder ihr zu Hause fühlen sollte. Katzenleckerli standen ebenfalls in ausreichender Menge in der Vorratskammer.

Legitim zu Hause war Mieze eigentlich bei Dr. Johann Überschwang im Ersten. Der hatte sich das schwarze Kätzchen angeschafft, als er nach seiner Auszeit in seine Wohnung zurückgekehrt war und sehr schnell einen Ansprechpartner vermisst hatte. Seine Frau und seine Mutter hatten ihn verlassen, er fühlte sich allein.

Da war es eine Fügung, dass die Tochter seines Chauffeurs ihre fünf Jahre alte Katze, die schwarze Mieze, wegen einer Allergie in gute Hände abgeben musste.

Überschwang ging frühmorgens zum Sport, dann war er eine dreiviertel Stunde zu Hause, duschte sich, kleidete sich an und frühstückte im Stehen. Im Keller hatte er sein neues ultraleichtes Rennrad deponiert, mit dem er nun regelmäßig ins Rathaus fuhr. Sein letzter Blick morgens in den großen Spiegel im Treppenhaus, bevor in den Fahrradkeller hinabstieg, zeigte ihm einen dunklen Anzug, spitze teure Schuhe und einen Helm, denn Überschwang verhielt sich vorbildhaft im Straßenverkehr.

Als Katzenhalter aber war er untauglich. Seine Mieze war allein zu Hause, bis er endlich kurz vor der Tagesschau den Schlüssel in seiner Wohnungstür umdrehte, das Zeichen für Mieze, dass Herrchen zurückkam.

Aber die kurzen Momente der Zweisamkeit reichten ihr nicht. Sie bekam Durchfall. Sie kotzte auf den alten Perser. Sie hatte Seelenschmerz.

Als Überschwang eines Morgens nicht rechtzeitig genug die Wohnungstür hinter sich ins Schloss zog, war Mieze weg. Sie hatte die Nase voll von einem Herrchen, das egoistisch seiner Wege ging und sie zwar mit dem Notwendigsten versorgte, sie aber mit erwarteter Zuneigung im Stich ließ. Sie suchte sich andere Streichelpartner. Davon gab es genug im Haus. Schon bald kriegte sie ihr Katzenklein bei Eva, Ruth, Rena, Anna, Frau Dr. Lux, *denen von oben*, Doris, Mario und Wieland. Alle waren für sie da, überall hatte sie ihr Plätzchen.

Nur Überschwang konnte bald sein Katzenklo in die Sperrmüllecke stellen. Es blieb stets sauber.

Frau Wittmann verabschiedete sich, ohne eine Antwort erhalten zu haben und bedauerte es sehr, nur kurze Zeit in Hamburg bleiben zu können, bevor sie wieder nach Mallorca in ihr Haus zu ihrem Mann fliegen würde.

Das Kätzchen hätte sie gern in ihre Wohnung gelockt, das würde niemandem auffallen, dachte sie. Und ein altes Katzenklo hatte sie noch im Keller stehen ...

Planquadrat 2

Als sich die Lieblingsnachbarinnen in der darauffolgenden Woche zur Jour fixe am späten Donnerstagnachmittag im Café Epp trafen, war Rena total aufgeregt:

»Alle, wirklich alle sind an unserem Projekt interessiert. Selbst Frau Dr. Lux, die im Herbst ihren Achtzigsten feiern wird, ist davon begeistert. Sie befürchtet zwar, dass sie nicht mehr in den Genuss der Wohnung kommen könnte, sieht aber die Investition als Spardose für die Erben an.«

»Und Castello? Der hat doch noch einen Zweitwohnsitz in Ascona«, überlegte Eva und spürte, dass sie der Mut verließ. Sie hatte Thomas gar nicht in den Plan eingeweiht, weil sie davon ausgegangen war, dass es sich um Renas Hirngespinste handelte.

»Der ist total begeistert! Angesichts der miesen Verzinsung seiner Gagen und der drohenden Negativzinsen sieht er eine willkommene Möglichkeit, sein Geld sicher anzulegen.«

»Ach, du liebe Güte, du machst ernst?« Ruth seufzte. »Wir haben jetzt aber ein kleines Problem: Wie soll ich denn die zwei Interessenten wieder loswerden? Der Nachtclubbesitzer ist gut im Rennen und das Pärchen hat gerade ein Gebot abgegeben, das wir kaum ablehnen können.«

Als sie die Summe nannte, bekam nicht nur Anna kalte Füße. »Es wird verdammt ernst, oh, mir wird ganz schlecht! Andreas weiß noch von gar nichts.«

»Thomas auch nicht«, sagte Eva kleinlaut. »Ich brauch jetzt einen Schnaps«, sie winkte der Bedienung. »Eine Runde Bommerlunder! Geht auf mich.«

»Igitt, danke, ich passe. Für mich einen Prosecco, ich lade euch ein.« Rena hielt an ihrem Vorhaben fest. Das war spätestens jetzt allen sonnenklar. Sie zückte ihr Handy und öffnete den Taschenrechner: »Ich übernehme circa die Hälfte der Gesamtsumme, ihr teilt die andere Hälfte unter allen Bewerbern auf. Jeder Anteilseigner bietet den Betrag, den er investieren kann. Wer hat denn schon ein Gebot? Nichts Verbindliches«, beruhigte sie die Freundinnen.

Sie addierten und subtrahierten, waren ganz erhitzt vom Rechnen, als die Bedienung die zweite und dritte Runde brachte, eine mit Bommerlunder, die andere mit Prosecco.

»Das ist ja alles schön und gut, aber wie soll ich denn nun die Bieter loswerden und gleichzeitig sicher sein, den Kaufpreis für *die da oben* im Dritten zu finanzieren? Wenn ich die Vertragsverhandlungen cancel, könnte ich wegen Betrugs oder so ins Gefängnis kommen.« Ruth war ganz aufgelöst.

»Wir besuchen dich«, grinste Rena. »Nein, im Ernst, so weit darf es nicht kommen. Wir müssen Ruth gegenüber in der Pflicht stehen und gleichzeitig die einzigen Bewerber sein. Das letzte Gebot ist unser Ausgangspunkt. Die Finanzierung kriegen wir hin, wenn die anderen aus dem Haus so mitmachen, wie sie versprochen haben.«

»Wenn Werner das erfährt, wird er mich erst für verrückt erklären und dann die Scheidung einreichen. Er hat mir heute früh noch gesagt, dass er das Pärchen sehr sympathisch fände und sie gut in unser Haus passten. Im Klartext: Ihr Gebot ist beinahe unanständig, wenn ich überlege, wie viel wir vor vielen Jahren beim Kauf auf den Tisch gelegt haben. Irgendwann wird diese Immobilienblase sowieso platzen. Seine Worte...« Ruth schaute die anderen verzweifelt an.

»Also müssen wir etwas planen, was unter uns bleibt: Erstens den Nachtclubbesitzer loswerden und zweitens das Männerpaar nicht vor den Kopf stoßen.« Rena überlegte laut: »Könnten wir den Wirt nicht irgendwie vergraulen, ohne dass es auffällt?«

»Wir könnten mit dem Pärchen Klartext reden und ihm die Wohnung zur Miete anbieten.« Eva schaute erwartungsvoll in die Runde.

»Das darf aber keiner erfahren, sonst säßen wir alle im Gefängnis wegen unlauteren Wettbewerbs und Betrugs.«

»Vergraulen sagst du?« Eva holte tief Luft: »Wir hatten doch mal Kakerlaken im Haus ...«

Weiter kam sie nicht, Rena unterbrach sie mit einem lauten »Iiiiih! Davon weiß ich ja gar nichts!«

»Das ist schon über fünfzehn Jahre her. Thomas und ich saßen vor dem Fernseher und schauten gemütlich Tatort, als ein Krabbeltier vor der Glotze von rechts nach links lief. Intuitiv stülpte Thomas sein leeres Glas darüber. Wir hatten beide gleich eine Vermutung, recherchierten im Internet und wälzten alte Bio-Bücher. Dann haben wir das Untier in eine Plastiktüte getan, diese fest verknotet und ich habe sie am nächsten Tag meinem Bio-Kollegen gezeigt. Der sagte nur trocken: Kakerlake, deutsche Schabe. Er würde sie töten.«

»Genau, ich erinnere mich. Da waren Doris und Klaus noch nicht eingezogen, nicht wahr? Wohnten nicht noch die ›Alternativen‹ neben euch?« Anna erinnerte sich.

»Richtig.« Eva kam in Fahrt. »Wir haben bei den ›Alternativen‹ geklingelt und gefragt, ob ihnen so etwas schon aufgefallen sei. Natürlich nicht. Also sind wir jeden Abend bei Dunkelheit mit der Stirnlampe über den Flur gelaufen, immer in Hab-Acht-Stellung, mit einem leeren Glas zum Drüberstülpen bewaffnet. Nach zwei Tagen wurden wir wieder fündig. Nahe der Wohnungstür kamen zwei aus den breiten Fugen der Dielenbretter gekrochen, unter der Heizung saß eine und eine in der Verkleidung der Schiebetür zwischen Wohn- und Esszimmer. Ekelhaft! Ich habe jede Nacht vor dem Schlafengehen mein Bett auseinandergenommen und alles abgesucht. Aber bis in die hinteren Räume sind sie wohl nicht gekommen. Dafür hatten wir dann täglich die kleinen Gäste im vorderen Bereich sitzen, beziehungsweise krabbeln.«

»Das ist ja der blanke Horror!« Rena konnte sich gar nicht wieder einkriegen. Sie schüttelte sich.

»Es geht noch weiter. Die Verwaltung hatte einen Kammerjäger beauftragt, der monatelang mit einer sauerstoffähnlichen Flasche auf dem Rücken das Gift unter die Heizkörper sprühte. Da die Nachbarn häufig in Asien weilten, bekamen wir ihren Wohnungsschlüssel, um den Kakerlaken-Vernichter bei Bedarf reinzulassen. In deren Küche sprühte er eines Tages hinter den Kühlschrank und...«, sie machte eine theatralische Pause, »eine schwarze Wolke stürmte der

Decke entgegen, Hunderte von Kakerlaken, die es sich hinter der Gefrierkombination gemütlich gemacht hatten. Thomas hatte den Kammerjäger begleitet und war von dem Anblick so überrumpelt worden, dass er fluchtartig die Wohnung verließ. Gott sei Dank war bei uns der Befall nicht so schlimm.«

»Ja, und woher kam das Krabbelvieh?« Rena schluckte. »Es ist doch weg, oder?«

»Keine Sorge, nach anderthalb Jahren waren wir Kakerlaken-frei. Wir vermuten, dass die Krabbler in der Speisekammer in dem dort abgestellten Reissack saßen.« Eva trank ihren Bommi mit einem Zug aus.

»Was willst du uns mit deiner Gruselgeschichte sagen?«, fragte Anna.

»Könnt ihr es euch nicht denken?« Eva machte eine Kunstpause, beugte sich nach vorn und sprach verschwörerisch leise: »Wir hängen ein Plakat an das schwarze Brett im Eingang: Kammerjäger XY kommt am soundsovielten wieder in unser Haus. Falls Sie noch Kakerlaken in Ihrer Wohnung gesehen haben sollten, melden Sie sich bitte um sechzehn Uhr bei ihm. – Oder so ähnlich.«

Sie schaute die anderen erwartungsvoll an. »Na, was sagt ihr?«

»Wenn wir nicht gerade ein Problem hätten, würde ich lachen. Das kriegt der doch mit.«

Ruth kippte nun ihren Bommi in einem Zug herunter: »Er kommt übermorgen um neunzehn Uhr.«

»Gut, kurz vorher werde ich das Plakat anhängen und in der Nähe bleiben. Sollte ein Nachbar aufkreuzen, nehme ich es schnell ab, ansonsten tue ich so, als hätte ich am Briefkasten zu tun.« Eva schaute stolz von einer zur anderen.

Ruth verdrehte die Augen.

»Ogottogott, mir ist ganz übel.«

Der von oben

Der von oben grüßte Eva knapp, als sie sich am folgenden Vormittag zufällig im Treppenhaus begegneten. Alle mussten wieder einmal zu Fuß die Treppen hoch- und runtergehen. Der Fahrstuhl steckte zwischen dem ersten und zweiten Stock fest, die innere Falttür klemmte.

»Entschuldigung, Frau Winkelmann, dass ich Sie aufhalte. Sie haben es sicher schon gehört: Wir werden demnächst ausziehen.«

Eva tat so, als wüsste sie von nichts. Ansonsten blieb sie stumm, sie wollte sich keinesfalls Freude oder Erleichterung anmerken lassen.

»Ja, äh.« Er kam ins Stocken, hatte wohl damit gerechnet, sie würde einen Freudentanz aufführen, was ein Grund dafür wäre, sie in ihre Schranken zu verweisen.

»Ja, äh«, begann er neu mit schräg verzogenem Mund, »dann haben Sie ja endlich Ihre verdiente Ruhe.« Sein Lachen klang unbeholfen.

Eva drehte sich zum Gehen um. »Viel Glück im neuen Heim!«

»Er hätte sich ja entschuldigen können für sein Anschreien vor vielen Jahren«, erzählte Eva wenig später, als sie zufällig im Waschkeller mit Ruth zusammen traf.

»Damals schloss ich gerade unsere Tür ab, als ich den Fahrstuhl kommen hörte und die Gunst der Stunde nutzen wollte. Ich rief ihm von halber Treppe ganz freundlich zu, doch mal kurz runterzukommen, um selbst zu hören, wie laut bei uns das Rumpeln und Quietschen der neuen Tretroller ankäme. Ich weiß noch ganz genau, wie er aus dem Fahrstuhl stieg, mich auf dem Treppenabsatz von oben herab ansah, innehielt, seine Einkäufe absetzte und mich wütend anschrie, was mir einfiele, ständig herumzumeckern. – Sein Ton verschlug mir die Sprache. Ich war vollkommen perplex. Musste ich mich so anschreien lassen? Die Leidtragende bin doch ich, und ich hätte eher eine Entschuldigung oder Erklärung erwartet! – Jeder Rums, jedes Klacken, wenn etwas auf den Holzfußboden knallt, kommt ungefiltert durch die dünne Balkendecke zu uns. Dämm-Material: Fehlanzeige. Lehm und Stroh, das war die Dämmung vor hundert Jahren! Trittschall und Schallschutz gab es noch nicht. Leider sehen wir die niedlichen Kinder nicht, sondern hören nur sinnentleerten Krach. Gern am frühen Morgen, und zwar täglich. Am Wochenende etwas später. Keine Mittagspause. Wir hätten so gern einen verlässlichen Ruhe-Pol, um wenigstens in einem Raum

Ruhe zu haben. Njet.« Eva hatte sich in Rage geredet und schnappte kurz nach Luft.

Gemäßigter fuhr sie fort: »Wenn Wittmanns da sind, achte ich peinlichst darauf, ihnen nicht auf den Geist zu gehen. Thomas raunze ich an, wenn er mit seinen Lederschuhen durch die Gegend läuft. In unseren Schlafzimmern haben wir Teppiche ausgelegt, obwohl ich sie hasse und den honigfarbenen Holzfußboden liebe«, schloss sie ihre Tirade mit dem persönlichen Beispiel des geräuscharmen Wohnens.

»Aber in einer Gemeinschaft muss man doch Rücksicht nehmen!«, warf Ruth ein. »Schade eigentlich. Kinder machen Krach, das weiß ich logischerweise selbst, aber es gibt Lärm, den man vermeiden kann, und solchen, den man ertragen muss. Frage: Müssen Kinder in einer Wohnung Ball spielen?«

Eva zuckte mit den Schultern.

»Nein, Eva, natürlich nicht. Wir haben außerdem zwei Spielplätze vor der Tür.«

»Themenwechsel: Hast du schon mit Rena wegen morgen gesprochen?« Eva schaute Ruth gespannt an.

»Nein, ich mag gar nicht daran denken. Als ich Werner von unserem Immobilienprojekt erzählte, wollte er sich scheiden lassen, dann aber lenkte er ein. Er traut Rena nicht über den Weg.

›Wir kennen sie doch kaum‹, war sein Statement. Damit hat er ja recht.«

»Hast du ihm etwa von dem Killer erzählt?« Eva war ganz aufgeregt.

»Nein, natürlich nicht. Ich habe ihm nur erzählt, dass Rena diese verrückte Idee hat und wir darüber nachdenken, irgendwie eine akzeptable Lösung dafür zu finden. Wir sähen eine Chance, etwas Sinnvolles mit unseren Ersparnissen zu machen.« Sie seufzte. »Möge es kein Desaster geben!« Sie schickte einen Blick zum Himmel.

»Mein Plakat habe ich fast fertig. Als Briefkopf habe ich eine riesige Kakerlake genommen. So richtig eklig. Wenn ich mir vorstelle, dass der Nightclub-Typ womöglich schon einmal Besuch vom Gesundheitsamt gehabt hat, wird er fluchtartig unser Haus verlassen. Wetten? Der wird klein beigeben, schließlich möchte er kein Ungeziefer in sein Etablissement einschleppen«.

Eva holte ihr Handy heraus und zeigte der zukünftigen Mitgesellschafterin ihren Plakatentwurf.

»Wow, sieht ja total echt aus! Schön eklig!«, lobte Ruth, obwohl sie sich schüttelte. Sie packte ihre trockene Wäsche in den mitgebrachten Korb und wollte sich verabschieden, als Mieze um ihre Beine schlich. Eben hatte sie noch vor einem Kellerverschlag gespannt auf etwas gewartet. Wahrscheinlich hatte sie wieder eine Maus bemerkt und in konzentrierter Körperspannung darauf gewartet, sich im geeigneten Moment auf sie zu stürzen.

»Na, Miezi, kommst du mit?«, lockte Ruth. »Ich hab ein lecker Fresschen für dich. Komm, Miezi, komm!«

Mieze ließ sich nie lange bitten.

Der Cabrio-Mann

Am Samstagabend um 18:45 Uhr betrat Eva mit der Plakatrolle unter dem Arm das Erdgeschoss. Sie öffnete ihren Briefkasten und ließ den Schlüssel darin stecken, um den Eindruck zu erwecken, dort gerade nach Wichtigem zu schauen. Dann befestigte sie das Plakat zur Sicherheit nur mit zwei Pins, um es gegebenenfalls schnell abnehmen zu können.

Es war übliche Wochenendruhe im Haus. Von irgendwoher hörte sie Kindergeschrei, ein Radio wurde aufgedreht und Rena telefonierte hinter ihrer Wohnungstür offensichtlich mit Wieland Somsinger im Dritten, jedenfalls sprach sie mit gedämpfter Stimme und lachte glucksend in den Hörer.

Plötzlich sah Eva aus den Augenwinkeln, dass jemand vor den Milchglasscheiben der Haustür stand und irgendwo klingelte. Der Summer wurde betätigt und dann kam er: groß und braungebrannt, mit nach hinten zu einem Zopf gebundenen Haaren, bekleidet mit optisch veredelten Jeans, in diesem Fall mit Löchern am Knie, einer schwarzen Cabrio-Lederjacke und Schlangenlederstiefeln.

»Sorry«, sagte er nur, als er an Eva vorbei zum Fahrstuhl ging. Sie nickte kurz und tat so, als studierte sie das von ihr so abstoßend gestaltete Plakat. Er warf einen kurzen Seitenblick darauf, ging weiter, stockte, kam zurück und schaute Eva über die Schulter.

»Kakerlaken?!«, rief er angeekelt aus. »Wo? Hier im Haus?«

»Ja, das ist leider ein altes Problem, sie wurden vor kurzem wieder gesichtet, dabei hatten wir angenommen, sie ausgerottet zu haben. Ist eben ein altes Haus...«

Eva fühlte, wie ihr die Röte ins Gesicht schoss und sich kalte Schweißperlen auf der Stirn sammelten.

»Geht es Ihnen nicht gut?«, fragte der Mann mit einem kurzen Seitenblick.

»Danke, alles gut, Wechseljahre.«

»Kennen Sie die Wohnung oben im Dachgeschoss?«, fragte er.

»Eher am Rande, die hatte in der letzten Zeit Probleme mit dem Flachdach. Durchfeuchtung.«

Eva hörte sich selbst zu und staunte über ihre Dreistigkeit, die ja keineswegs abgesprochen gewesen war.

»Feuchtigkeit?«, der Cabrio-Mann schluckte.

»Ja, nicht so schlimm. In einem hundert Jahre alten Gemäuer muss man ja mit allem rechnen. Ich fahre jetzt hoch, kommen Sie mit?«, Eva sah

ihn erwartungsvoll an und machte eine Geste
nach oben.

Der Cabrio-Mann winkte ab:

»Danke, ich habs mir anders überlegt.«

Er drehte auf dem Absatz um, vergaß den
Gruß – und weg war er.

Eva schloss ihren Briefkasten, nahm das Plakat
vom schwarzen Brett und rollte es wieder auf.
Lächelnd ging sie zum Fahrstuhl.

Männer mit schnellen Entschlüssen waren
ihr schon immer sympathisch.

Planquadrat 3

»Da waren's nur noch zwei«, begann Eva ihren Report. Sie hatte die drei anderen Freundinnen spontan zu sich eingeladen und goss Ingwer-Tee ein.

»Der ist weg. Bleibt das Bieterpärchen noch bei seinem Gebot?« Sie sah Ruth fragend an.

»Weiß ich nicht. Werner hat einen Auswärtstermin irgendwo bei Berlin, er ist noch auf der Autobahn. Soviel ich weiß, haben sie aber vorgehabt, heute zu telefonieren. Hoffentlich geht alles nach Plan.«

»Keine Sorge, es kommt noch besser! Ich habe eine Neuigkeit!« Rena schaute in die Runde. »Der Airbnb-Vermieter will verkaufen!«

»Woher weißt du das?«

Sie wurde mit Fragen bombardiert.

»Hört einfach zu, so schlimm ist das gar nicht. Im Gegenteil. Erstens: Den Nightclub-Mann sind wir los, wollten wir sowieso nicht.«

»Wir?«, fragte Ruth etwas lauter. Ihre Stimme zitterte. »Noch ist Werner Miteigentümer und ihm ist egal, was der neue Eigentümer beruflich macht. Ihm ist nur das wichtig: Er zahlt die Kaufsumme.«

»Zweitens ...«, fuhr Rena unerschrocken fort, »bleibt das sympathische Männerpaar im Spiel, das unseren Club-Besitzer eh schon überboten hat. Drittens: Es bleibt alles beim Alten! Das Bieter-Pärchen eröffnet Ruth und Werner sein letztes Gebot, ihr nehmt an und wir kümmern uns mit Wielands Hilfe um die rechte Dachwohnung.« Rena prostete mit ihrem Teebecher den anderen zu.

»Du meinst, wir beginnen von vorn? Keine Altlasten, keine Kakerlaken, einfach nur ein Dachgeschoss, das wir für uns aufteilen und für später reservieren?«

Anna sah zu Rena, die aufstand.

»Der Wieland«, die anderen registrierten, wie verliebt sie Dr. Somsinger beim Vornamen nannte. »Der Wieland«, wiederholte sie, »hat die Neuigkeit höchstpersönlich von dem Besitzer. Die kennen sich aus der Wirtschaftslounge in der Hafen City. Er will keine Probleme, scheut jede Auseinandersetzung, will das Dachgeschoss einfach nur loswerden, natürlich nicht zum Nulltarif, aber schnell, zügig. Also?«

»Ja, wenn das so ist, muss ich Werner erst gar nichts von dem Kakerlaken-Befall erzählen. Sollte der Nachtclubbesitzer nochmal anrufen, wissen wir von gar nichts oder?«, fragte Ruth.

»Genau so. Muss ein schlechter Scherz gewesen sein oder so. Wir wissen, was wir wissen, aber die anderen wissen gar nichts. Also, auf zum neuen Gefecht! Ich schlage vor, dass wir Wieland als Berater nehmen. Soll er die Verhandlungen führen. Gegenstimmen?«

Rena setzte sich wieder hin, goss sich Tee nach und lehnte sich entspannt zurück.

»Und was ist, wenn das Pärchen absagt?« Ruth war noch unsicher.

»Dann öffnet ihr eine neue Bewerberrunde. Du kannst sicher davon ausgehen, dass der Cabrio-Mann nicht bieten wird. Der ist kuriert. Auf ein Neues!!«

»Auf ein Neues!«

Razzia

Es war Punkt vier Uhr früh, als Thomas aufstand, um sich mit dem Handelsblatt von gestern ins Esszimmer zu setzen. Er hatte schon zwei Stunden lang wach gelegen und sich sinnlos im Bett gewälzt, die zweite Nacht in Folge, in der er wegen des neuen Mandats nicht schlafen konnte. Im Gegensatz zu seiner Frau Eva hatte er sonst immer einen verlässlich tiefen Schlaf, auch wenn es mal im Büro hoch herging. Ihn konnte in der Regel nichts aus der Ruhe bringen. Diesmal jedoch waren die Bedingungen anders: Seine langjährige erste Kraft, Frau Solms, hatte überraschend fristlos gekündigt. Sie hatte über eine Annonce einen netten Mann kennen gelernt, der sie davon überzeugt hatte, mit ihm ein neues Leben zu zweit in Südfrankreich zu beginnen. Sie wollte das Schicksal nicht verprellen und zugreifen, die Chance auf eine Liebe im Alter festhalten. Sie war 64.

»Kommst du übern Hund, kommst du übern Schwanz«, nach seinem Lebensmotto ermunterte Thomas Frau Solms, alles zurückzulassen und einen Neuanfang zu wagen. Sie sollte seinetwegen kein schlechtes Gewissen haben, schließlich war er ihr zu Dank verpflichtet, weil sie ihm seit über 25 Jahren als zuverlässige Bürovorsteherin zur Seite gestanden hatte.

Seine Personaldecke war momentan recht dünn. Neben Frau Solms musste er Frau Niederbach, die an Krebs erkrankt war, und Frau Wege, die eine Risikoschwangerschaft hatte und sofort zu arbeiten aufhören musste, ersetzen. Und das war ein Problem. Es gab zurzeit kaum Steuerfachgehilfen auf dem Stellenmarkt und er hatte kurzfristig drei Stellen zu besetzen. Es schien ihm ein großer Fehler gewesen zu sein, das umfangreiche Mandat überhaupt angenommen zu haben.

Thomas hatte sich aus der Küche ein Glas Wasser geholt und trat im Esszimmer ans Fenster, um einen Blick auf die Straße zu werfen.

Komisch, was ist denn da los?, dachte er, als er drei dunkle Kleinbusse kommen sah, die direkt vor seiner Haustür stehen blieben. Niemand stieg aus, obwohl das Fahrlicht ausgestellt worden war. Als ein Polizeiauto um die Ecke bog und oben an der Ecke stoppte und somit die Straße sperrte, war er hellwach. Instinktiv trat er ein wenig vom Fenster zurück, um nicht gesehen zu werden. Drei Beamte stiegen aus und gingen schnellen Schrittes an den wartenden Bussen vorbei, wobei sie kurz nach rechts schauten und ein Handzeichen gaben. Sekunden später hörte

Thomas, wie irgendwo unten eine Türklingel schellte. Rena war bestimmt oben bei Somsinger, Castello hatte einen Dreh in der Schweiz, Wittmanns waren zur Kur, Überschwang..., es klingelte wiederholt ausdauernd. Überschwang! Thomas war sich nun sicher, dass nur Überschwang in Frage kommen konnte.

Neugierig ging er zur Wohnungstür und lauschte ins Treppenhaus. Miezi lag in ihrem Körbchen und beobachtete ihn mit aufgestellten Ohren. Der Summer wurde betätigt und stampfende Schritte bewegten sich nach oben in den ersten Stock.

Thomas kam sich vor wie in einem Krimi, Mord, Überfall, Fahrerflucht, James Bond...

Er holte sich seine Puschen, ihm war es zu kühl auf dem nackten Boden. Es war ungewöhnlich kalt und regnerisch. Alle sprachen vom Klimawandel.

Nun kam Bewegung in die wartenden Fahrzeuge, je vier Personen stiegen aus, hatten Umzugskartons unter ihre Arme geklemmt und betraten das Haus. Nur im ersten Bus blieb jemand am Steuer sitzen. Steuerfahndung! Na, klar, Überschwang hatte Steuern hinterzogen. Thomas erinnerte sich an sein Studium. Professor Senft hatte immer wieder gepredigt, dass die Steuerfahndung »zuschlägt«, ohne Ankündigung, unmittelbar und überraschend. Also,

Überschwang, Staatsrat und potenzieller Nachfolger des Hamburger Wirtschaftssenators, stand im Visier des Polizeiapparates.

Na, den Posten bist du jetzt schon los, dachte Thomas, legte das Handelsblatt ungelesen auf den Esstisch und schlurfte ins Bett. Dort überkam ihn ein unruhiger Schlaf, er musste zahllose Kartons mit Akten füllen, sie stapeln und in einen riesigen Bus schleppen. Überschwang saß in gestreifter Sträflingskleidung mit Hand- und Fußfesseln auf dem Holzsitz neben dem Fahrstuhl und rief nach seiner Mutter. Gerade, als der letzte Karton eingeladen worden war, sprang sie im Nachthemd herbei und schlug Thomas wie eine Wahnsinnige auf den Kopf.

»Willst du nicht endlich aufstehen? Es ist sieben, du wolltest um halb sieben aus dem Bett«, Eva rüttelte an seiner Schulter.

»Wenn du wüsstest, was mir heute Nacht passiert ist.« Thomas gähnte und sah Evas skeptischen Blick.

»Wenn du mir Frühstück machst, erzähl ich es dir ... vielleicht.«

Er wusste, dass sie schon jetzt vor Neugier platzte.

Verlockung

Thomas' nächtliche Vermutung erwies sich als Realität. Überschwang war tatsächlich vorläufig festgenommen worden. Man hatte einen Durchsuchungsbefehl und den Auftrag, mögliches Beweismaterial wie Akten und PC zu beschlagnahmen.

Was Thomas nicht mehr beobachten konnte, war später anderen Bewohnern aufgefallen. Um sieben Uhr am Morgen waren Haus und Straße erwacht, man schmierte Schulbrote, duschte, holte Brötchen vom Bäcker oder die Zeitung, die unten im Briefkasten wartete. Überschwang konnte nicht diskret ins Präsidium gebracht werden, im Gegenteil, die Journaille war bereits informiert worden. Im Handyzeitalter blieb sowieso nie etwas lange geheim. Allein die Vielzahl der Busse mit getönten Scheiben hatte die Aufmerksamkeit der Nachbarn im Haus gegenüber, rechts und links erregt. Unter dem Vorwand allgemeiner Besorgnis hatte man bei der Polizei, den Nachbarn und der HAFENPOST, häufig in umgekehrter Reihenfolge, angerufen. Terrorismus? Drogenkartell? Man lebte im Sternenweg schließlich nicht hinterm Mond.

Im Internet waren bereits Gerüchte in Umlauf gebracht worden: Überschwang wurde wahlweise als russischer Agent gehandelt, als Mitglied eines kolumbianischen Drogenkartells enttarnt, als Betreiber eines Bordells mit minderjährigen rumänischen Mädchen aufgedeckt.

Seine ehemalige Putzfrau, Frau Meier, wusste vor laufender Kamera zu berichten, dass Überschwangs Mutter vor kurzem verhungert aufgefunden worden war. Frau Meier hatte vom Staatsrat nach dem Tod der Mutter kurzerhand die Kündigung erfahren, weil seine Mutter sie hatte schwarz arbeiten lassen und er wegen seines politischen Engagements eine lupenreine Weste haben wollte. Er gab ihr seine Auszeit als Begründung an und legte zum Abschied ein paar Scheine mehr auf den Küchentisch. Das hatte sie jedoch nicht besänftigt, weil sie ihn jahrelang als arrogant und selbstherrlich erlebt hatte.

Auch dem Hausmeister wurde das Mikrofon unter die Nase gehalten. Der war auf Überschwang nie gut zu sprechen gewesen, weil der ihn von oben herab behandelt hatte. Deshalb erzählte er dem Reporter der HAFENPOST brühwarm, dass Überschwang seine Katze, die allseits beliebte Mieze, vernachlässigt hätte. Sie sei maunzend und klagend durchs Treppenhaus, nein, durch den ganzen Sternenweg gestreunt, hätte vor lauter Kummer ihr Fell verloren und auch einen Zahn.

Die Headline am nächsten Morgen zeigte Mieze im Großformat, dahinter Überschwang als Montage in gebeugter Haltung aus dem Haus laufend.

Die Realität sah ganz anders aus:

Bevor sich Überschwang auf seine politische Karriere konzentrierte, war er vor Jahren als Vorstand der Petro-Gesellschaft spezialisiert auf Unterhandlungen mit dem russischen Betreiber von Ölraffinerien in Sibirien. Er war zu Schulzeiten dem Rat seines Onkels, eines ehemaligen Ostfront-Offiziers, gefolgt und hatte neben dem Schulfach Englisch das Fach Russisch als zweite Fremdsprache gewählt. Das hatte ihm in Studienzeiten den Namen »Oleg« eingebrockt, was ein ehemaliger Schulfreund im Zusammenhang mit einer Feier zum 100-jährigen Schuljubiläum dem Internet anvertraut hatte.

Das Gerücht um ein kolumbianisches Drogenkartell als Sündenpfuhl war dadurch entstanden, dass er einer Stiftung für Kinder in Südamerika einen von seiner Mutter festgelegten Betrag nach ihrem Tode in deren Sinne vermacht hatte. Die Stiftung hatte die beachtliche finanzielle Zuwendung im Web publik gemacht.

Mit den rumänischen Prostituierten hatte er nichts zu tun.

Realität war, dass Überschwang als Staatsrat in der Wirtschaftsbehörde einen Anruf aus dem Vorstand der Petro-Gesellschaft, kurz PTG, erhalten hatte. Die neue Vorstandsvorsitzende, Frau Dr. Linda Klemm, die aufgrund der Erfüllung der Frauenquote den leider zu früh verstorbenen Dr. Müllerheinrich in seinem Amt beerbt hatte, wollte ihm die Vorzüge des Frackings erläutern. Sie fand schnell heraus, dass Überschwang durchaus offen war für ihre weiblichen Reize und nutzte diese Erkenntnis aus.

Nicht nur Herr und Frau Wittmann, als sie gerade in Hamburg weilten, hörten die Resonanz auf die weiblichen Vorzüge durch die Wand, auch die vom Nachbarhaus, der Nr. 15, nahmen ungewohnte nächtliche Laute wahr. Die hinteren Schlafzimmer der Wohnungen rechts und links waren in Nr. 17 nur durch einen halben Stein getrennt, zwischen den Häusern 15 und 17 stand hingegen eine tragende Brandmauer.

Anfangs glaubten Wittmanns noch, dass Mieze sich einen Kater eingeschmuggelt hätte, dann aber brach bei einer Übung das Bett zusammen. Überschwang fiel unglücklich unter den Rahmen, der sich trotz der harten Bedingungen einer Qualitätsprüfung eines bekannten skandinavischen Möbelriesen gelockert hatte und aufgrund der Anforderungen in sich zusammenbrach und Überschwang unter sich begrub.

Sein gutes Stück trug eine schwere Quetschung davon, eine Amputation konnte in letzter Sekunde verhindert werden. Der herbeigerufene Notarzt durfte unter den gegebenen Umständen nur notdürftig kühlen. Frau Dr. Linda Klemm hingegen hatte professionelle Erste Hilfe geleistet und Überschwang erfolgreich aus der misslichen Lage befreit.

Der erotische Unfall schien beide zusammengeschweißt zu haben. Mehr noch, er beflügelte Klemm geradezu, Überschwang immer häufiger zu treffen. Sie lud ihn zu sich ein, sie besuchte mit ihm Konzerte und begehrte Theaterpremieren, bis sie ihn eines Tages fragte, ob er ihr und dem Werk behilflich sein könnte.

Sie wusste von seinen Beziehungen zu Wirtschaft und Politik, von seinem Engagement in Sachen Umweltschutz. Überschwang war gut im Rennen. Er wollte der neue Wirtschaftssenator werden.

Sie erzählte ihm von Fracking, von den Vorteilen für die Region, von der Neuschaffung von Arbeitsplätzen in einem infrastrukturarmen Landstrich gleich hinter der Staatsgrenze Hamburgs zu Niedersachsen. Sie verschwieg ihm nicht die Gefahren des Frackings. Die kannte er selbst zu gut. Aber sie machte ihm auf ihre Weise schmackhaft, was die Zulassung zum Fracking für ihn persönlich noch bedeuten könnte. Er ließ sich überzeugen und brachte einen Entwurf mit in die Bürgerschaft, den sie, Linda, ihm so fantasievoll ausgemalt hatte. Einen braunen Umschlag im DIN-A4-Format hatte sie beim letzten Treffen diskret auf dem Nachttisch liegen lassen.

Kaum hatte sich die Mineralölgesellschaft mit den Fracking-Plänen in der politischen Landschaft mit Überschwangs Hilfe etabliert und die alleinige Nutzung der in den Granitböden vorkommenden Gase zugesprochen bekommen, war von Fantasie und Zuwendung nicht mehr die Rede. Überschwang hatte verloren, seine politische Karriere als künftiger Wirtschaftssenator Hamburgs und seine Reputation. Als rational denkender Mensch konnte er damit umgehen. Dass nun aber seine vierte Frauenbeziehung zu Ende war, damit haderte er. Zuerst Francesca, dann seine Mutter, gefolgt von Mieze und zuletzt Linda. Das war zu viel für ihn.

Vorteilsnahme im Amt war nur ein Vorwurf, dem sich Überschwang stellen musste. Jemand hatte geplaudert. Seine politische Karriere war zu Ende, bevor sie richtig begonnen hatte.

Im Haus tat man so, als wäre nichts geschehen. Man grüßte sich, hielt ein Schwätzchen und suchte täglich nach Informationen im Kleingedruckten der HAFENPOST.

Nach einem halben Jahr stand auf der Hamburg-Seite die Kurzmeldung, dass Dr. J. Ü., ehemals Kandidat für den Posten des Wirtschaftssenators, nunmehr als Kulturdezernent gehandelt würde. Seine Vorwürfe der Vorteilsnahme in seiner Funktion als Staatsrat in der »Fracking-Affäre« hätten sich als haltlos erwiesen.

Rote Rosen

Es war heiß draußen. Die Anlieger des Sternenwegs bekamen Mitleid mit den Straßenbäumen und gossen Wasser auf die Wurzeln. Diejenigen, die in ausgebauten Dachwohnungen lebten, fanden keinen Schlaf mehr. Sie wickelten sich in angefeuchteten Bettlaken ein, hatten alle Fenster in der Hoffnung auf Durchzug geöffnet und stellten Sprühflaschen mit Eiswasser gefüllt neben ihr Bett. Auch das half kaum. Die Hitzewelle sollte noch mehrere Tage andauern.

Richtig kühl war es nur im Treppenhaus. Als langjährige Bewohnerin wusste Eva, dass die Wärme ausgeschlossen werden musste, sie hielt alle Fenster geschlossen und zog sogar die Gardinen vor.

Rena hatte Anfang Juli ihren 50. Geburtstag und lud ein paar Freunde und Nachbarn zu sich in den Garten. Die Luft war zwar stickig, aber die hohen Linden ließen nicht einen Sonnenstrahl durch, weshalb die Wärme erträglich war. So konnte man es auszuhalten. Die Kellertür blieb offenstehen, damit die Freunde direkt in den Garten treten konnten.

Ruth und Werner hatten die Verkaufsverhandlungen um die Dachgeschosswohnung abgeschlossen. Das Männer-Paar hatte den Zuschlag erhalten, es war konkurrenzlos geblieben. Beide Paare warteten sehnsüchtig auf den Tag des Umzugs. Bald würden Ruth und Werner in wohltemperierten hohen Räumen leben können. Noch mussten sie die Hitze unter dem Dach ertragen, von der die Neuen nichts ahnten. Selbst Mieze hatte sich nicht mehr hier oben blicken lassen, es war ihr viel zu heiß unter dem Dach und sie hielt sich mit Vorliebe in den unteren kühlen Wohnungen auf.

Rena hatte einen Catering-Service beauftragt, der sich auf Sushi und andere asiatische Köstlichkeiten spezialisiert hatte. Die Töchter von Freunden waren als Kellnerinnen engagiert worden.

Bierzeltgarnituren, Stehtische, Besteck, Teller, Gläser und Getränke im Überfluss waren bereits am Nachmittag geliefert worden. Auf einen DJ hatte Rena verzichtet, weil im Innenhof noch viele Ohren ungewollt mithören müssten. Sie wusste nicht, dass Somsinger als Überraschung die »Rollende Disco« bestellt hatte, die sie mit Sicherheit selbst nie engagiert hätte. So gut kannten sie sich eben nun doch noch nicht.

Rena hatte sich zur Feier des Tages ein langes Sommerkleid angezogen, an den Füßen trug sie bequeme, gartentaugliche Birkenstocks. Die anderen kamen zum Teil mit Flip-Flops, Bermudas und freiem Bauchnabel, ob sie es sich leisten konnten oder auch nicht.

Die meisten waren seit Jahren untereinander befreundet und kannten alle Marotten der Gäste. Rena war erleichtert, dass sie keine Sitzordnung hatte aufstellen müssen, alles regelte sich von allein. Im Nu fanden sich die üblichen Verdächtigen an den fünf Stehtischen zusammen, woran sie bis tief in die Nacht festklebten. Diejenigen, die neu dazugekommen waren, bemühten sich um Plätze an den Bierzeltgarnituren. Man rückte enger zusammen und lernte den Duft des Nachbarn kennen, worauf mancher gern verzichtet hätte.

Rena war nun ein wenig aufgeregt, weil die Freunde Wieland noch nicht kannten. Sie wollte ihn offiziell als Lebenspartner vorstellen. Aber Wieland ließ sich nicht blicken. Sie versuchte ihn auf dem Handy zu erreichen. Erfolglos.

Plötzlich erklang Stevie Wonders »Happy Birthday«, nein, wie ein furioses Klanggewitter brüllte es aus den Lautsprecherboxen. Alle drehten sich erschrocken um. Auf der Terrasse hatte sich unbemerkt die »Rollende Disco« mit DJ Mash etabliert, der mit seiner 6-Kanal-Lichtorgel rhythmische Lichteffekte in den Garten zauberte. Dazu tanzten rote Rosenblüten durch die Luft, sie landeten auf der Festgesellschaft. Alle Augen waren nun nach oben gerichtet, wo Somsinger auf seinem Balkon im dritten Stock stand und unentwegt Rosenköpfe und -blätter herunterstreute.

»Ach, du liebe Güte!« Eva tippte sich an die Stirn. »Der ist wohl von allen guten Geistern verlassen. Das hat er bei Gunter Sachs und Brigitte Bardot abgeguckt«, kicherte sie, »so ein Kitsch!«

Insgeheim war sie neidisch, weil sie sich an den fantasielosen Gutschein für eine teure Küchenmaschine erinnerte, den ihr Thomas seinerzeit zu ihrem runden Geburtstag geschenkt hatte.

Rena war sauer, so überrumpelt worden zu sein. Die Rosen fand sie schön, nicht aber die »Rollende Disco«.

»Um Himmels willen, bist du verrückt geworden?«, zischte sie ihn an, als er im weißen Anzug, T-Shirt und Flip-Flops vor ihr stand, eine rote Rose in der Hand.

»Nun sei doch nicht gleich so unromantisch.«

Er nahm sie in die Arme: »Herzlichen Glückwunsch, altes Geburtstagskind!«

Rena ließ sich unwillig umarmen, wobei sie krampfhaft überlegte, wie sie diese Disco wieder loswerden könnte.

Es dauerte nicht lang, als ihr die Polizei die Entscheidung abnahm. Zwei Beamte hatten bei

Dr. Überschwang geklingelt, der als Einziger zu Hause geblieben war und sie reinlassen konnte. Er hatte eine fette Sommergrippe und musste das Bett hüten. Die Klingel war nirgendwo zu hören, zum Einen, weil niemand zu Hause war, und zum Anderen, weil es ohrenbetäubend laut war. Selbst auf der Straße waren Leute stehen geblieben und schauten in den hell erleuchteten bunten Nachthimmel.

Rena entschuldigte sich mehrmals, bot den Beamten etwas zu trinken und zu essen an, was diese in ihrer Funktion als Staatsdiener freundlich ablehnten. Sie baten um eine gemäßigte Lautstärke, weil sich diverse Nachbarn aus den umliegenden Häusern beschwert hätten. Der DJ hatte die Regler zu Renas Erleichterung schon heruntergefahren, als er die Uniformträger erblickt hatte. Sie konnte sich nun entspannen und stellte Dr. Wieland Somsinger vor.

Die Damenwelt musterte ihn unverhohlen und neidete der Freundin diesen großen Wurf, wie man annahm.

Mieze

»Sag mal, hast du Mieze in letzter Zeit gesehen?« Anna schaute Eva fragend an.

»Nein, schon lange nicht mehr, ich hab sie schon vermisst. Hast du sie gesehen?«

»Nein, eben nicht, sonst würde ich ja nicht fragen.« Anna schüttelte den Kopf. »Wo die sich wieder herumtreibt?!«

»Na, bei Castello kann sie nicht sein«, meinte Eva, »der ist zum Dreh in München, ›Weißwurstkrimi‹ oder so.«

»Stimmt und Rena ist mit Somsinger irgendwo in Südtirol unterwegs«, ergänzte Anna. »Die sind mit E-Bikes gerade in Verona, danach Venedig.«

»In Verona? Romeo und Julia…, das passt.« Eva grinste. »Tatsächlich mit E-Bikes?«, fragte sie nach. »Der Somsinger ist doch eigentlich sportlich?!«

»Ja, aber der hats mit dem Knie, er soll nur pedalieren und sich auf keinen Fall überanstrengen.«

»Was du alles weißt, Anna! Aber zu Mieze, wo könnte sie denn sein?« Eva dachte laut nach. »Bei Wittmanns kann sie nicht sein, die kühlen sich in Norwegen ab, Überschwang trainiert für Olympia und...«

»Olympia?«, Anna lachte laut auf. »Aber im Ernst, er hat wirklich einen sexy athletischen Body bekommen, seit er so ... so«, sie suchte nach dem passenden Wort.

»...verbissen...«, ergänzte Eva,

»...mein ich doch, seit er so verbissen trainiert«, führte Anna den Satz zu Ende. »Ist überhaupt zurzeit jemand hier im Haus?«

Eva zählte nochmal auf: »Somsinger, Rena, Castello sind im Süden, Überschwang trainiert für Olympia. Wittmanns frieren in Norwegen. Bleiben noch ihr und wir, Dr. Lux, Stockhausens, Marksens und *die von oben*. Punkt.«

»Halt!« Anna hatte mit den Fingern mitgezählt und war nur auf elf Parteien gekommen. »Das Dachgeschoss rechts fehlt.«

»Ja, aber da ist doch keiner zurzeit – oder?«, fragte Eva.

»Momentan wohl nicht. Letzte Woche habe ich wieder fünf Leute mit Koffern gesehen, die ausgezogen sind.«

Anna schaute Eva an. »Du meinst, unsere Mieze ist dort eingeschlossen?«

Beide holten umgehend den Fahrstuhl, der sie bebend nach oben ins Dachgeschoss ruckelte. Vor der rechten Wohnungstür riefen beide nach Mieze.

»Mieze, komm! Komm, Mieze! Miez, Miez!«, lockten sie.

Ruth öffnete nebenan ihre Tür. »Was ist los? Ist Miezi auf Trebe?«

»Das glaub ich nicht, sie ist ja schon eine ältere Dame, die keine Abenteuer mehr sucht, die ist zu bequem dazu«. Anna lachte.

»Aus Mangel an Gelegenheit wohl eher«, grinste Eva.

»Hast du etwas gehört?« Eva und Anna schauten Ruth erwartungsvoll an.

»Nein, nichts, ich war aber auch viel unterwegs. Habt ihr bei den anderen gefragt? Mieze sitzt bestimmt gerade irgendwo mit dickem Bauch auf dem Sofa und wird gekrault. Macht euch keine Sorgen, die taucht wieder auf! Sorry, ihr zwei, ich muss wieder rein, ich buche gerade eine Bahnfahrt im Internet.« Ruth winkte den beiden Nachbarinnen zu und schloss ihre Tür.

»Vielleicht hat sie recht. Mieze kann auf sich aufpassen. Wir hören rum und wenn sie morgen nicht aufgetaucht ist, können wir immer noch suchen.«

Eva brachte Anna in den vierten Stock.

»Ok, dann geh ich jetzt an den Schreibtisch, hab noch sechs Stunden für morgen vorzubereiten. Tschüss, Anna!«, rief sie und lief die letzten Stufen runter in den zweiten.

*

Am nächsten Morgen war der Sternenweg voller Blaulicht. Eine kleine Menschentraube hatte sich vor Castellos kleinem Vorgarten versammelt.

Im Fünften hatte Werner Stockhaus gerade seine dreißig Liegestütze vor dem offenen Fenster beendet und holte schweißnass Luft, als sich das blaue Licht in den Scheiben spiegelte. Neugierig schaute er runter auf die Straße.

Nanu, was ist denn wieder bei Castello los? Jetzt holt der Mario sein Publikum schon um halb sieben aus den Federn, dachte er und konnte ein wenig Neid nicht verhehlen. Im selben Moment klingelte Ruths Handy.

»Komm schnell runter!«

Anna schrie panisch in den Hörer und hatte gleich aufgelegt.

Ruth und Werner zögerten nicht lange, sprangen in ihre Jogginganzüge und rasten auf Socken die Treppen herunter. Aus jeder Etage schlossen sich andere an. Unten angekommen bot sich ihnen ein Bild des Grauens.

Mieze.

Mieze, das süße, schmusige Kätzchen steckte auf dem Zaun fest.

Ein Alptraum.

Jemand von gegenüber hatte auf dem Balkon seine erste Zigarette geraucht, als etwas von ganz oben nach ganz unten fiel. Der Nachbar

dachte, ein Vogel hätte sich auf ein Tier im Vorgarten gestürzt, eine Maus vielleicht. Er wollte
gerade reingehen, als ein Jammern anhob, ein
klägliches Maunzen und Fiepen, ein Miauen,
das ihm in Mark und Bein ging.

Er griff aufgeregt nach seinem Fernglas auf
der Fensterbank, suchte die paar Meter vor ihm
ab und blieb an einem dicken dunklen Fleck auf
dem Zaun hängen.

Ein Plastiksack? Ein Paket?

Ein Tier!

Eine Katze!

Er rief 112 und lief mit einer Wolldecke über
die Straße, wo schon eine Radfahrerin angehal-
ten hatte und mit den Händen vor dem Mund
stocksteif vor dem Zaun stehen geblieben war.
Geistesgegenwärtig warf er die Decke über das
sich quälende Tier und wusste dann auch nicht
weiter.

Die Menschen, die aus Nr. 17 und anderswo her-
beigelaufen waren, verstummten, wandten sich
ab und weinten. Keiner wusste, was er tun sollte.
Man sah sich lediglich in der Lage, Kinder ins
Haus zu scheuchen, und war selber froh, hinter-
herlaufen zu können, um von dem Unglücksort
verschwinden zu dürfen.

Die Feuerwehr half. Keiner wusste, wie – und
keiner wollte es wissen.

Mieze gab keinen Laut mehr.

Miezi musste in der Airbnb-Wohnung aus Versehen eingeschlossen worden sein. Die Gäste hatten die Katze vielleicht in die Wohnung gelockt und mit ihr gespielt, so, wie es alle im Haus seit Jahren getan hatten. Vielleicht hatte sie auch wieder auf der Matte vor der Wohnungstür gelegen und geschlafen, war irgendwann aufgewacht und hatte miauend um Einlass gebettelt. Sie konnte sehr hartnäckig sein, wenn es darum ging, Asyl zu bekommen, eine warme Ecke oder ein Schälchen Milchwasser. Als die Touristen abreisten, hatte sich Mieze wohl versteckt oder sie war einfach vergessen worden.

Das Fenster war nur angelehnt gewesen und nach drei Tagen hatte Mieze wohl keine Lust mehr gehabt, in der fremden Wohnung mutterseelenallein zu bleiben. Sie war allem Anschein nach auf das Fensterbrett gesprungen und wollte wohl einen Ausweg aus der misslichen Lage finden. Dabei musste sie ausgerutscht sein und fiel fünf Stockwerke tief. Der schwarzlackierte Zaun mit den Bajonettspitzen hielt sie auf.

Man war sich einig darüber, dass alles nur ein schreckliches Versehen gewesen sein musste, kein böser Wille.

Nr. 17 trug Trauer.

Jemand befestigte am schwarzen Brett ein Foto von Mieze, das sie auf irgendeiner Matte vor irgendeiner Tür zeigte, zusammengerollt und wohl leise schnarchend. Manch einer überlegte ernsthaft, vor dem Unglücksort auf dem Gehweg eine Grabkerze aufzustellen. Aber Miezi war kein Mensch, nur eine Katze.

Man trauerte leise und zündete zu Hause eine Kerze an.

Für die Menschenfreundin Mieze.

Sternenfest

Die vier Freundinnen hatten sich zum Klönen im Café Epp eingefunden.

»Sooooo traurig! Wie konnte das nur mit Mieze geschehen? Das hat sie nicht verdient, die gute alte-junge Mieze, gerade mal um die sieben Jahre alt, was hätte sie noch für ein schönes Leben vor sich gehabt!«

Rena war gerührt und suchte in ihrer Tasche nach einem Taschentuch.

Ruth, Eva und Anna stand auch das Wasser in den Augen, als sie sich reihum Anekdoten von Mieze erzählten.

»Stellt euch vor, einmal ist sie unbemerkt in die Wohnung geschlichen, wahrscheinlich hatte ich einen kurzen Moment die Tür offen, um irgendetwas rein- oder rauszubringen. Jedenfalls war ich gut beschäftigt und ließ mich nach meinem Putzen kurz auf meinem Sessel im Wohnzimmer nieder, wollte verschnaufen und blätterte in einer Illustrierten, als etwas im Esszimmer kratzte. Ich erstarrte zur Salzsäule, hielt die Luft an und versuchte zu orten, woher das Kratzen kam. Vor meinem Auge lief ein Horrorstreifen ab – mit Ratten und Mäusen in den Hauptrollen. Ich überlegte schon, wie ich das Nagetier dingfest machen konnte, als ein schwarzer Buckel hinter dem Tisch auftauchte und ich Gott sei Dank Mieze erkannte. Sie hatte am Rattan-Geflecht der Stühle gekratzt, ihre Maniküre beendet und schien auf ein Leckerli zu warten.« Anna seufzte.

»Ach, lasst uns von etwas Anderem reden, Miezes Unfall ist einfach noch zu frisch«, schlug Ruth vor.

Eva schaute in die Runde: »Gut, Themenwechsel. Ihr wisst, dass wir letztes Jahr einen Schnapszahl-Geburtstag verschlafen haben?«

»Wieso, wer hatte denn Geburtstag?«, fragte Anna, »44 oder 55 oder 66? Ich kann mich nicht erinnern. Im letzten Jahr sind mein Schwager 60, meine Cousine 75 und meine Kollegin junge 50 geworden. No party at all. Keiner feiert mehr, sondern man verreist.«

»Solange man noch kann«, ergänzte Rena verschmitzt, »und man noch bei anderen eingeladen wird...«

»Wir werden alt«, konstatierte Anna.

»Stimmt, früher hat man jeden Geburtstag gefeiert, ein bisschen Nudelsalat, Chili con Carne und viel Baguette, das war's«, antwortete Eva. Sie konnte sich gut an die zahlreichen Studentenfeten erinnern, bei denen der Salat in der Plastikschüssel herumgereicht wurde.

»Stimmt und Lambrusco und Valpolicella aus bag-in-the-box, nur damals kannte man den Namen noch nicht«, sagte Ruth etwas wehmütig.

»Du meinst den Plastikkanister mit dem Zapfhahn? Den habe ich in Flensburg allein bis in den fünften Stock geschleppt, ohne Fahrstuhl, aber mit Rückenschmerzen.« Anna verzog das Gesicht schmerzhaft.

»Dann hast du dir deinen Ischias damals angezüchtet! War wohl ein bisschen viel Party gewesen – oder?«, neckte sie Eva und hob die Hand, um die Bedienung an den Tisch zu holen. Das junge Mädchen war neu und noch etwas unbeholfen.

»Für mich einen Cappuccino und eine Spinatquiche bitte«, sie schaute in die Runde.

Die anderen Freundinnen gaben ihre Bestellungen auf, dann kam Anna auf die Schnapszahl zurück.

»Sag mal, was meinst du denn mit dem verpassten Geburtstag? Wer muss sich entschuldigen, mich nicht eingeladen zu haben?«

Eva: »... wir.«

Anna: »... wir?«

Eva: »WIR hätten UNS einladen sollen. Zum 110.«

»Quatsch, ich kenne niemanden, der so alt ist.., Moment!... UNS? Wie meinst du das denn?«, fragte Rena.

Eva erzählte von ihrer Idee, die sie schon seit langem mit sich herumschleppte: »Unser Haus! Letztes Jahr ist es 110 Jahre alt geworden. Elf Jahrzehnte! In diesem ...«

»111 ..., sozusagen kurz vorm Notruf«, ergänzte Rena lakonisch.

»Sollten wir nicht ein kleines Fest feiern, ehe wir und das Haus vor Altersschwäche in uns zusammenfallen?«, fragte Eva. »Ich habe vor Jahren, das muss zum 100. gewesen sein, mit Caro darüber gesprochen. Meine Idee war, ein Straßenfest zu feiern mit Essen, Trinken und Musik. Straßensperrung, keine Autos, nur ein paar Tische und Stühle draußen.«

Das Mädchen kam mit den gut gefüllten Kaffeetassen, die bei jedem Schritt leerer wurden.

»Oh, nasse Füße! Entschuldigung!«, rief sie und war schon wieder verschwunden, wohl, um Servietten zum Aufwischen zu holen.

»Na, jeder fängt einmal an«, sagte Anna versöhnlich.

»Caro hatte gleich die Idee vor Augen, eine Art ›White Dinner‹ zu veranstalten«, fuhr Eva fort. »Ihr wisst, jeder bringt Essen und Trinken mit, ist weiß gekleidet und sitzt an weiß gedeckten Tischen.«

»Ja, das kenne ich! Gibt es jedes Jahr im Sommer in Kampen am Strand. Werner und ich haben zwar nicht mitgemacht, aber es sah toll aus, als unzählige Menschen, es sollten 500 gewesen sein, direkt auf dem Sand an der Wasserkante saßen an einer festlich dekorierten riesig langen Tafel.«

Ruths Ferienhaus war nicht weit entfernt vom Strand der »Schönen und Reichen«, sie ging gern dorthin zum Baden und Sonnen.

»Das hatte wohl Caro im Sinn. Irgendwie sind wir aber davon abgekommen. Letztes Jahr erinnerte ich mich kurz wieder daran, dann stand wieder viel Anderes auf dem Zettel, na und nun dachte ich, wir könnten etwas zusammen auf die Beine stellen. Was meint ihr?«

Mit Appetit schob sie sich einen Happen der inzwischen servierten Quiche auf die Gabel.

»Prinzipiell eine nette Idee«, meinte Anna. »Nur viel Arbeit. Du musst die Straße sperren lassen, Tische und Sitzmöglichkeiten organisieren und und und. Ach ja, Multiplikatoren rekrutieren usw.«

»Wow, das hört sich schon professionell an«, sagten Ruth und Rena gleichzeitig.

Ehe sich die vier Freundinnen versahen, waren sie voller Eifer beim Brainstorming. Die Zeit verging wie im Fluge, bis Eva ihr Handy auf den Tisch legte und in der Rubrik »Notizen« eine Memo-Liste tippte. Unter Zurufen der anderen entstand eine To-do-Aufstellung, wobei sie mit dem Tippen kaum nachkam.

»Okay«, fasste sie zusammen: »Rena fragt Frau Himmel aus Nr. 20, ob sie daran interessiert wäre, bei der Planung mitzumachen.«

»Ich rufe morgen die Krankengymnastin aus Nr. 10 an. Die ist nett«, meinte Ruth.

»Anna, kannst du die Frau mit dem Hund aus Nr. 8 ansprechen? Ich klingel morgen bei dem netten Gartenbesitzer von gegenüber.«

Eva steckte das Handy zurück in die Tasche.

»Prima, Mädels, jetzt müssen wir nur noch einen Ort festlegen, wo wir mit den Externen zusammen planen können.«

»Ihr kommt zu mir.« Anna legte ihr Portemonnaie zum Bezahlen auf den Tisch. »Ich mach euch Chili con Carne und schenke Lambrusco aus. Wie in alten Zeiten. Lasst uns wegen des Termins morgen telefonieren, ich muss Andreas fragen.«

»Ich Thomas.«

»Ich Werner.«

»Und du fragst den Somsinger.«

Chili con Carne und Lambrusco standen auf Annas Esstisch, als die an dem Sternenfest Interessierten nacheinander eintrafen: Neben Ruth, Rena und Eva erschienen die Damen aus Nr. 20, Nr. 10, Nr. 8 und der Gartenfreund aus Nr. 22. Die Pudeldame aus Nr. 18 war neugierig mitgekommen.

Eva hielt eine kleine Begrüßungsrede und fasste zusammen, was die vier Freundinnen im Café Epp im Brainstroming gesammelt hatten.

»Alles Weitere ist eigentlich ganz einfach. Wir sind die Pressure-Group, sozusagen die Leitung des Ganzen. Jede von uns, sorry, Herr Talbach, Sie sind natürlich auch gemeint, wir alle, also jede und jeder, ... oje, wie war das noch gleich mit den Gender-korrekten Bezeichnungen? ... egal, also weiter: Jede oder jeder übernimmt je ein Aufgabengebiet, recherchiert dazu und klärt Einzelheiten. Beim nächsten Treffen sammeln wir die Ergebnisse und delegieren an Untergruppen.«

Eva war ganz in ihrem Element. Sie liebte es, zu organisieren und hatte in der Vergangenheit nicht nur Festlichkeiten in ihrer Schule ausgerichtet, sondern auch im privaten Rahmen die eine und andere Feierlichkeit federführend aus der Taufe gehoben. So war ihr größter Coup und ganzer Stolz die Organisation eines Sport-Balles im Alster-Hotel mit über 300 Gästen gewesen.

»Und wer ist in der Untergruppe?«, fragte Ruth.

»Jemand sprach doch schon letztes Mal von Multiplikatoren«, fuhr Eva fort. »Wir finden jemanden aus den einzelnen Häusern, den wir informieren. Dieser übernimmt die Weitergabe der Infos an seine Mitbewohner im Haus.«

»Gute Idee«, warf Rena ein, »der Multiplikator schreibt alles schön auf, gibt Auskunft über die Idee, dann über geplante Aktionen usw. Am Ende seiner Mitteilung können sich alle, die am Fest teilnehmen wollen, in eine Liste eintragen. Weitere Ideen können angefügt werden.«

»Perfekt! So soll es sein!«

Eva tippte in ihr Handy:

Sternenweg 1, wer übernimmt?

Sternenweg 2 ...

Jede Anwesende und Herr Talbach kannten jemanden aus den anderen Häusern der Straße. Die Pudeldame kannte die meisten, weil sie beim Gassigehen so ungefähr schon mit jedem Hundebesitzer ins Gespräch gekommen war. Auch Herr Talbach hatte beim Unkrautjäten oder Pflanzen in seinem Vorgärtchen das eine und andere Schwätzchen mit vorbeigehenden Nachbarn gehalten. Die Physiotherapeutin aus Nr. 20 war schon von Berufs wegen mit vielen aus dem Sternenweg bekannt. Bald war Evas Liste mit den Zuordnungen voll. Man einigte sich auf einen neuen Termin und freute sich, dass Herr Talbach spontan alle zu sich einlud. Er wollte einen großen Salat vorbereiten und dazu einen leichten Weißwein aus der Pfalz, seiner Heimat, servieren. Sie gingen fröhlich auseinander und freuten sich auf das nächste Treffen. Beinahe hätten sie vergessen, ein Datum für das geplante Fest abzumachen. Es sollte ein Samstag in der zweiten September-Woche sein.

Acht Tage später fanden sich fast alle bei Herrn Talbach ein. Die Pudeldame hatte sich entschuldigt, ihr wäre das alles zu viel geworden und sie wollte sich deshalb aus der Planungsgruppe zurückziehen, aber bei Not am Mann unterstützend einspringen. Dafür war der Milchmann aus dem Souterrain von Nr. 8 hinzugekommen. Er hatte dort früher einmal ein Geschäft mit Molkereiprodukten geführt, es aber aus gesundheitlichen Gründen vor dreißig Jahren aufgeben müssen. Nun war er schon achtzig, aber trotz seines Herzleidens sehr an seiner Umwelt interessiert.

Es wurden neue Ideen entwickelt, verworfen, ergänzt und wieder verworfen:

Was sollte jeder Anlieger in die Kasse einzahlen? Wer sammelt ein? Wer bestellt die Halteverbotsschilder? Soll im Stadtteil-Blättchen Werbung gemacht werden? Benötigen wir als Veranstalter eine Haftpflichtversicherung? Wer ist überhaupt der Veranstalter?

Die Stimmung war gut, sie lachten viel und mussten sich gegenseitig daran erinnern, dass sie mit einem konstruktiven Ergebnis den Abend abschließen sollten. Als die letzte Flasche Wein geleert war, verabredeten sie einen

Termin in der darauffolgenden Woche, wo sie sich bei Rena treffen wollten. Die Physiotherapeutin hatte vorgeschlagen, eine Bekannte mitzubringen, die schon häufiger Nachbarschaftsbegegnungen organisiert hatte.

Das Treffen verlief anders als geplant. Die Neue, die gleich zu Beginn von ihren Erfolgen bei vergangenen Events berichtet hatte, machte den Eindruck, als wären die anderen allein beziehungsweise ohne sie nicht in der Lage, ein Fest zu organisieren.

Als Herr Talbach seine Recherche zum Thema »Bühnenbau« vorstellte, den logistischen Aufwand konkret machte und das Finanzielle erläuterte, schob Eva ein, dass das ihrer Meinung nach eine Nummer zu groß für die Gruppe wäre und dafür ein immenses finanzielles Polster benötigt würde. Sie meinte, dass man auf eine musikalische Darbietung verzichten könnte, auch wenn ein Bandmitglied in der Straße wohnte und mit seiner Gruppe umsonst auftreten wollte.

Die Nachbarschaftsexpertin fiel ihr ins Wort und sagte, dass Eva viel zu pessimistisch sei. Das sei alles kein Problem, sie, die Expertin, hätte Erfahrung in solcher Organisation, Eva müsste ja nicht mitmachen.

Das brachte bei Eva das Fass zum Überlaufen. Sie erinnerte daran, dass sie, Eva, die Idee zum

Fest gehabt hätte und dass sie sich durchaus in der Lage sähe, mit dieser Gruppe dieses Event zu meistern.

»Kein Zickenkrieg«, mischte sich Rena ein. »Wir rechnen alles noch einmal durch. Meiner Meinung brauchen wir keine Bühne. Die Jungs können auch auf der Straße spielen. Im Übrigen können wir uns umhören, ob es Sponsoren gibt, was meint ihr dazu?«

Nun ging es hin und her, man hob die Vorteile einer Bühne hervor, sah aber auch die Nachteile. Die Straße war eng, hatte Bäume auf beiden Seiten, Laternen, Bügel für Fahrräder, alles Hindernisse für einen Bühnenbau. Die Haltestelle hingegen war aus Betriebsgründen längst verlegt worden. Außerdem müsste auch eine Stromzufuhr möglich sein und und und. Man wollte bis zum nächsten Mal weitere Infos einholen und mehrere Kostenvoranschläge kommen lassen.

Die Nachbarschaftsexpertin blieb beim nächsten Treffen weg und Rena konnte mit einer Neuigkeit aufwarten:

Castello wollte die Bühne sponsern.

Eva schlief vor lauter Aufregung die ganze Nacht vor dem Fest so gut wie gar nicht. Dabei sollte alles »eingetütet« worden sein, wie der Milchmann sagte. Nun mussten nur noch das Wetter und die lieben Nachbarn mitmachen.

Der Himmel sah am Morgen bestens aus, erst gegen späten Abend sollte er sich beziehen und eventuell ein paar Tröpfchen regnen lassen.

Auf die Straßenanlieger war Verlass. Als Eva gegen sieben aus dem Fenster im zweiten Stock auf die Straße blickte, standen tatsächlich nur noch wenige Autos in den Parkbuchten. Die Halteverbotsschilder und die kopierten Zettel an den Windschutzscheiben mit der Bitte, wegen des Straßenfestes das Auto ab acht Uhr wegzufahren, hatten Wirkung gezeigt. Zu ihrer Überraschung konnte sie die unzähligen Fahrräder, die gestern noch an den Zäunen angeschlossen waren, jetzt beinahe einzeln zählen. Auch hier hatten alle ganze Arbeit geleistet.

Die Bühne wurde gerade aufgebaut und schien in ihrer abgespeckten kleineren Version gut zu passen. Den Stromanschluss bekamen sie über den kleinen Blumenladen an der Ecke, der sich als Sponsor zur Verfügung gestellt hatte. »Akquise machen«, der Milchmann erwies sich als Marketingprofi.

Eva hatte sich schon fast von der Straße abgewandt, als sie Dr. Überschwang sah. Er fegte die Straße! Gerade wollte sie Thomas zum Fenster rufen, damit er dieses einzigartige Bild fotografisch festhalten konnte, als der Komparse von gegenüber anfing, seine Gehwegseite mit einem Gebläse zu säubern, und entsprechend lärmte.

»Toll! Das hätte ich nicht gedacht, Thomas, schau mal!«, rief sie. »Schnell! Das darfst du nicht verpassen!«

Im Laufe des Vormittags folgten weitere Aktionen, die wie selbstverständlich erledigt wurden. Die Nachbarn schmückten ihre Balkone und auch die Zäune mit bunten Luftballons. Es wurden Pavillons auf der Straße aufgebaut, zahlreiche Bierzeltgarnituren aufgestellt, Gartentische und -stühle am Rand gestapelt, ein Eiswagen postiert. Die Kinderecke bekam kleine Stühlchen mit Eimern voller Pflasterkreide hingestellt. Das Spielareal wurde mit Flatterband abgesteckt und mit bunten Wimpeln bestückt. Im weißen Pavillon daneben hatte man eine Schminkecke für die Kleinen vorbereitet, Nachbarskinder wollten Nachbarskinder schminken. Softbälle und eine Torwand mit Löchern standen bereit.

Um 15 Uhr fand die offizielle Eröffnung von »111 Jahre Sternenweg« statt. Jemand von gegenüber zählte per Mikrofonanlage den Countdown und ließ in voller Lautstärke »We are the champions« von Queen laufen.

Eine Riesenparty begann.

»Daran werden wir uns noch jahrelang erinnern und darüber sprechen«, freute sich Eva.

Dachgeschoss links

Das Pärchen Peter Glanz und Volker ten Hoff hatte nur wenig zu erneuern, weil Ruth und Werner ihre Wohnung im Dachgeschoss links in den vergangenen zwanzig Jahren sukzessive renoviert hatten. Es war von ihnen alles auf den technisch neuesten Stand gebracht worden. Lediglich die Raufasertapeten hatten ausgedient und die Bäder bekamen ein neues Outfit. Nach sechs Wochen waren sie eingezogen.

Peter Glanz war um die vierzig und arbeitete als Art Director bei den »Sieben Wölfen«, einer angesagten Werbeagentur in der City. Volker ten Hoff war Mitte fünfzig und Inspizient bei der Großen Bühne an der Alster.

Sie waren seit zwei Jahren miteinander verheiratet. Vorher waren sie auch verheiratet, aber nicht miteinander.

Peter hatte mit einer Französin zusammengelebt, die ihm innerhalb von zehn Ehejahren vier Kinder geschenkt hatte. Martine war in all den Jahren davon überzeugt, mit Peter in einer modernen Partnerschaft zu leben, in der man sich auch die eine und andere Freiheit zugestand.

Eines Tages bat Peter sie um ein Gespräch. Auch das war nicht ungewöhnlich, weil der Alltag den beiden innerhalb der Woche wenig Spielraum für eine gemeinsame Zeit ließ. Die Kinder mussten in die Kita, Schule, zum Sportverein, Malkurs und Ponyreiten gebracht werden. Sie arbeitete zwar nur halbtags in einem Architekturbüro, war dann aber nachmittags bis in den späten Abend mit ihren Kindern und dem Haushalt beschäftigt. Da blieben ihr als Seelenbalsam nur ein paar bewundernde Blicke und kleine Flirts im Büro oder auf der Straße. Die Freiheit hatte er, ohne Zweifel.

Nach den Tagesthemen setzte sich Peter an den Esstisch und bat Martine, sich neben ihn zu setzen. Sie lachte über die Förmlichkeit und wuschelte durch sein Haar, als sie Platz nahm.

»Ich werde dich verlassen«, sagte er. »Es tut mir leid. Ich musste eine Entscheidung fällen. Es soll dir und den Kindern an nichts fehlen. Ich übernehme alle Kosten, nehme alle Schuld auf mich.« Dann fing er an zu weinen.

Martine glaubte an einen Scherz, ein Spiel, einen Witz. Aber es war ernst.

Er hatte sich verliebt – in einen Mann.

Volker ten Hoff erging es ähnlich. Er hatte zwar keine Kinder mit seiner Ehefrau, war aber über zwanzig Jahre mit Ümit verheiratet, die als freie

Maskenbildnerin für Fernseh- und Filmproduktionen arbeitete und auch an der Großen Bühne tätig war. Die gebürtige Türkin wurde gern für internationale Projekte gebucht und war mindestens viermal im Jahr bei Dreharbeiten im Ausland. Beide waren in ihrem beruflichen Umfeld beliebt und als geselliges Paar bekannt.

Ümit lernte auf ihren Produktionsreisen einen Kameramann kennen und lieben. Sie verheimlichte ihrem Ehemann nichts und stellte keine Ansprüche. Sie lebten weiterhin nach außen als Paar zusammen, hatten aber keine Liebesbeziehung mehr.

Als Peter seinen späteren Ehemann über eine gemeinsame Bekannte kennenlernte, war er innerlich frei für eine neue Beziehung. Sie verliebten sich. An ihrer Hochzeit nahmen auch die verlassenen Ehepartner teil. Ümit kam mit ihrem Kameramann und Martine mit ihren vier Kindern, zwei Jungen und zwei Mädchen, die ihren Vater auch später jedes zweite Wochenende im Sternenweg besuchten.

Ruth und Werner waren zwei Stockwerke tiefer gezogen. Innerhalb von acht Wochen hatten sie die gepflegte Wohnung der Vorgänger nach ihren Vorstellungen mit neuen Küchenelementen und Sanitärobjekten ausgestattet und die Wände streichen lassen.

Die von oben hatten ihnen Platz gemacht. Er war nach Othmarschen gezogen und sie mit den Zwillingen und Benjamin nach Husum. Damit wurden Ruth und Werner *die von oben*.

Eva und Thomas freuten sich, weil *die Neuen von oben* im Schlafzimmer und im Flur Teppiche auslegen ließen. Endlich konnten beide ausschlafen und in Ruhe am Schreibtisch arbeiten – ganz ohne Trampeln, Hämmern, Rumpeln, Quietschen und Schurren.

Parallel zu den Um- und Einbauten der neuen und alten Bewohner führte Somsinger die Verhandlungen mit dem Freund aus der Lounge, der Miezis Blut an den Fingern hatte. Er konnte im Auftrag der Interessengemeinschaft einen guten Preis für das Dachgeschoss rechts aushandeln. Aus den Teilhabern wurde eine Gesellschaft des Privatrechts, sie bekamen einen Grundbucheintrag und die acht Parteien wurden frisch gebackene Besitzer der Dachwohnung.

Thomas Winkelmann, Steuerberater und Wirtschaftsprüfer, hatte sich auf Drängen seiner Frau dazu bereit erklärt, zukünftig die Verwaltung der Gesellschaftswohnung zu übernehmen. Er handelte bei Somsinger eine Probezeit von zwei Jahren aus, in denen er die Verwaltung kostenlos übernehmen wollte. Danach würde man weitersehen.

Frau Dr. Lux hatte kurzfristig ihr Interesse verloren, sie war schwer erkrankt und wollte sich nicht mit möglichen Problemen belasten. Binnen drei Wochen war sie verstorben.

Geschäftsessen

Das Planquadrat – sprich Anna, Eva, Rena und Ruth, in alphabetischer Reihenfolge – hatte Grund zu feiern. Allerdings warteten die vier Neueigentümerinnen einen Monat ab, sie wollten nach der Beerdigung von Frau Dr. Lux ein wenig Zeit vergehen lassen.

Sie waren stolz auf ihren Deal, den gemeinsamen Kauf des rechten Dachgeschosses, obwohl außer Rena den anderen teilweise gar nicht bewusst war, was sie mit ihren Kakerlaken-Geschichten und Feuchtgebieten gewagt hatten. Es hätte schiefgehen können.

Wäre der Schwindel durch eine Betrugsanzeige aufgeflogen, hätte es Konsequenzen gegeben. Zum Beispiel wäre Evas Beamtenlaufbahn in arge Schwierigkeiten geraten. Nicht auszudenken: Karrierestopp durch Kakerlaken, die es gar nicht gab!

Aber gut gelungen waren mir die Krabbler auf dem Papier, dachte sie im Stillen.

Gott sei Dank brauchte es bei der kurzfristigen Übernahme der rechten Wohnung weder Ungeziefer- noch Lügengeschichten. Die Besitzer des linken Geschosses hätten kein Sterbenswörtchen über den unfairen Rausschmiss ihres Mitbewerbers verlauten lassen. Dessen waren sie sich sicher.

Zur Feier des Tages trafen sich die Freundinnen beim Edel-Italiener in Pöseldorf. Giovanni, der Patrone, begrüßte Rena mit Handschlag und geübter liebkosender Umarmung. Die Freundinnen ließen sich ebenfalls herzen und zu ihrem Tisch führen.

»Der Abend geht auf meine Rechnung! Ich schlage vor, mit gemischten Antipasti zu starten, dazu ein Gläschen französischen Schaumwein.« Rena setzte ihre Brille für die Speisekarte gar nicht erst auf, es war ihr Stammitaliener für besondere Gelegenheiten. Und die gab es in ihrem Leben genug.

»Danach schlage ich eine Dorade in Salzkruste vor. Dazu gibt es immer Rosmarinkartoffeln und gedünstetes Gemüse. Oberlecker. Einverstanden? Soll ich vier Doraden bestellen?«

Die Freundinnen nahmen ihren Vorschlag begeistert auf.

»Molto bene, Dottore Engel, subito!« Giovanni gab einem Kellner ein Handzeichen und nach ein paar Minuten standen Wasser, Prosecco und Gläser auf dem Tisch.

»Auf uns!« – »Auf uns!«

»So, nun erzählt mal, wie unser Deal eure Ehe aufgefrischt hat.« Rena war bester Laune.

»Haha und du? Habt ihr euch etwa heimlich das Ja-Wort gegeben, Frau Dr. Dr. Somsinger?« Anna schaute Rena spöttisch an.

»Gut Ding will Weile haben«, konterte Rena. »Jetzt sagt schon, wie schief hing der Haussegen in den vergangenen Tagen?«

»Wenn ich ehrlich bin, hat sich Werner alles in Ruhe angehört und sich nur noch gewundert. Bisher hatte er solche Geldgeschäfte allein erledigt, ich hatte doch von nichts eine Ahnung«, begann Ruth.

»Aber jetzt lässt er sich von seinem Weib beraten, stimmts?« Rena wirkte total gelöst und war bester Stimmung.

»Und bei dir, Eva, sag schon! Wie hat Thomas reagiert?«

»Ich muss euch etwas gestehen, aber ihr dürft es nicht weitererzählen – versprochen?«

»Ja, ja, wir schweigen wie die Goldfische.«

Eva fuhr fort: »Ich habe Thomas etwas vorgeschwindelt. Er weiß nichts von unseren wilden Intrigen und den Kakerlaken und so. Ich habe immer vom seriösen Somsinger erzählt, dass der es für ein zukunftsweisendes Projekt hielt. Deshalb sei ich bewusst ein Risiko eingegangen. Er sieht mich nämlich immer als Angsthasen. So ganz geheuer ist mir ja wirklich nicht. Die Dreißigtausend habe ich gespart. Wenn unsere Rechnung floppt, ist mein schönes Geld futsch.«

Sie trank einen Schluck Wasser.

»Anna? Bei dir?«

»Alles gut. Andreas findet, dass wir ein tolles Projekt aus der Taufe gehoben haben, er meint, das hätte von ihm sein können – typisch! Meine Dreißigtausend habe ich übrigens zur Hälfte im Lotto gewonnen.«

»Wie gewonnen, so zerronnen«, ulkte Rena. »Im Lotto! Wie spannend. Hast du noch die Zahlenfolge?«

»Na klar, spiele ich seit dreißig Jahren. Aber du, liebe Rena, hast ja einen Riesenbatzen auf den Tisch gelegt. Nicht schlecht! So eine reiche Erbtante in Amerika hätte ich auch gern.«

»Wer nicht? Die 200 000 Dollar sind gut angelegt, sie hätte sich gefreut.« Rena zeigte ein kleines Schwarz-Weiß-Foto von Tante Trude aus Connecticut.

»Schade, dass Dr. Lux nicht mehr mit von der Partie sein konnte. Seht mal, ich bin jetzt bald sechzig, in zwanzig Jahren bin ich so alt wie Gertrude war«, sagte Eva. »Ich sehe schon so aus. Meine Gesichtserkennung im Handy funktioniert morgens nicht mehr. Bis neun Uhr muss ich den Zahlencode eingeben. Selbst auf eine Maschine ist kein Verlass mehr.«

Sie seufzte.

»Sehr witzig, Eva, muss ich auch mal testen. Ich bin in dreißig Jahren achtzig, also übermorgen ...« Rena hob ihr Glas: »Bis dahin wollen wir fröhlich sein, bis der Pflegedienst kommt.«

Die Antipasti-Platten wurden auf den Tisch gestellt und der Abend gehörte den vier Gründerinnen einer gemeinsamen Wohnung mit Altersperspektive.

Überschwang, Marksens und Somsinger waren Anteilseigner mit je 40 000 Euro, Castello hatte 100 000 Euro in den Topf geworfen, Eva, Ruth und Anna je 30 000 und Rena 200 000. Wittmanns und die neuen Eigentümer hatten kein Interesse.

Nun musste nur noch ein Mieter gefunden werden, der mit einem Zeitmietvertrag einverstanden war. Was in dreißig Jahren oder zwanzig Jahren sein würde, wusste keiner. Eine gute halbe Million Euro sollte sicher angelegt sein!

Alles ging schneller, als sie dachten: Ende der Woche warteten Ruth und Werner mit einer Neuigkeit auf. Ihre Tochter, eine angehende Orthopädin, die mit einem künftigen Internisten liiert war, suchte händeringend eine Wohnung. Bei einer kürzlich stattgefundenen Routinebegehung ihres Mietshauses in Altona war der Schrecken aller Altbauten festgestellt worden: Hausschwamm. Ausgerechnet ihre Wohnung war von dem Pilz schwer befallen und eine Sanierung unausweichlich. Da sich beide noch in ihrer Facharztausbildung befanden und weder Baulärm noch Unordnung ertragen konnten, stellte sich die Dachgeschoss-Wohnung als eine wunderbare Zwischenlösung dar. Sie hatten bereits eine größere Wohnung nahe der Klinik in Aussicht, die aber erst in circa zwei Jahren verfügbar sein sollte. Also schlugen Ruth und Werner das Paar der Interessengemeinschaft als erste Mieter mit einem entsprechenden Zeitmietvertrag vor.

Julia Stockhaus und Bob Johnson wurden ganz oben auf die frisch angefertigte Liste der Bewerber um das zu vermietende Dachgeschoss rechts gesetzt.

Nach ausführlicher Beratung und engagierter Überzeugungsarbeit von Julias Eltern waren die Miteigentümer davon überzeugt, die passenden Mieter gefunden zu haben.

Die jungen Ärzte wollten demnächst heiraten und nach Ablauf des Mietvertrags aus dem Sternenweg in ihre neue Wohnung in der Geschwister-Scholl-Straße umziehen.

Perfekt!

Der Gesellschaft des Privatrechts war der erste Coup gelungen. Alle waren erleichtert: Die Eigentümergemeinschaft hatte zahlende Mieter gefunden und das junge Paar ein hochherrschaftliches Zuhause – ganz oben unterm Sternenhimmel. Im Sternenweg 17.

Thomas Winkelmann, der sich als sachkundiger Steuerberater und Wirtschaftsprüfer bereit erklärt hatte, für zwei Jahre die Verwaltung dieser neu gegründeten Gesellschafterwohnung kostenlos zu übernehmen, nahm die Eigentümerinnen und Eigentümer in die Pflicht. Man saß bei Rena zusammen, um die erste Vermietung zu feiern.

Der ehrenamtliche Verwalter dämpfte die Begeisterung. »Glaubt jetzt nicht, dass ihr eure Wohnung zukünftig ohne persönlichen Einsatz gewinnbringend vermieten werdet. Wie wollt ihr es schaffen, keinen Leerstand zu haben? Keine Mieter, keine Einnahmen. Glück ist per se nicht von Dauer. Und dieser Glücksfall wird sich so schnell nicht wiederholen.«

»Da hast du recht, lieber Thomas«, stimmte ihm Rena bei. »Wir brauchen ein Konzept.«

»Aber wir haben doch vor, uns mit Zeitmietverträgen durchzuhangeln, bis tatsächlich bei einem von uns Bedarf besteht! Die Pflegerin wird schon rechtzeitig gefunden werden«, entgegnete ihr Anna etwas kleinlaut.

»Du solltest bei uns acht eher an ein Pflegeteam denken, liebe Anna! Nichts für ungut, aber es ist schon ein wenig naiv, ohne jede Planung eine Immobilie zu verwalten.«

»Aber dafür haben wir ja dich.« Eva schaute ihren Mann lächelnd an.

»Ich werde mit Sicherheit keine Anzeigen schalten, Bewerberlisten führen und auch keine tropfenden Wasserhähne reparieren. Ich werde die Abrechnungen machen, eure Anteile ausrechnen und den Geldverkehr überprüfen. Nach einem Jahr schauen wir, ob es irgendwo gehakt hat und überlegen gemeinsam, was verbessert werden könnte. Nach dem zweiten Jahr bin ich raus und bis dahin habt ihr Ersatz für mich gefunden.«

Thomas biss herzhaft in ein Schnittchen. Für ihn war für heute der Fall erledigt. Auf seinem Schreibtisch wartete jede Menge Akten von Mandanten, die seine Professionalität schätzten.

Rena fühlte sich als Initiatorin angesprochen: »Ich schlage vor, dass wir uns als Gruppe mit der Verwaltung von Immobilien und deren Vermietung vertraut machen. Das Internet ist voll von Kursen und jede Sparkasse bietet Workshops an. Also werde ich mich schlau machen und euch per Rundmail Bescheid geben, welche Informationsveranstaltung etwas für uns wäre.«

»Gute Idee, Rena, ich bin dabei!« Eva schaute in die Runde: »Wer noch?«

Überschwang meldete sich und hob zwei Hände, eine für sich und eine für Familie Marks, die sich entschuldigt hatte. Eva hielt ebenfalls zwei Hände hoch für sich und Castello, der zu Filmaufnahmen unterwegs war, und Rena ver-

trat Somsinger. Ruth und Anna waren auch einverstanden.

Eine Glaskugel für ihre Zukunft hatten sie nicht,
aber an einer profitablen Zukunftsperspektive
konnten sie basteln.

Der Stalker

Rena war glücklich. – Somsinger meinte es ernst: keine Blondinen mehr und schon erst recht keine mehr mit Pferdeschwanz. Er war aufmerksam, überschwänglich, wenn er mit etwas Schönem überraschen wollte, kreativ in der Auswahl von Geschenken und außerordentlich großzügig.

Sie musste ihn bremsen: »Bitte keine Blumen mitbringen, ich habe keine Vase mehr.«

Er brachte eine Vase und Blumen.

Sie beschwor ihn: »Ich brauche wirklich keinen Schmuck mehr.«

Er schenkte Halbedelsteine und Edelsteine: »Die kannst du dir fassen lassen, wenn dir danach ist.«

Sie lebten abwechselnd im dritten Stock und im Erdgeschoss. Sie waren sich einig darüber, dass jeder seine eigene Wohnung behalten sollte.

»Auch Nadja Tiller und Walter Giller haben es so gehandhabt, jeder behält sein eigenes Reich, das Geheimnis für eine lange Ehe«, witzelte Somsinger.

Irgendwann fiel Eva im Zweiten auf, als sie mit ihrem Handy am Fenster zur Straße telefonierte, dass unten im Sternenweg ein Mann hin- und herging, vor dem Erdgeschoss langsamer wurde, um dann stehen zu bleiben und dabei so zu tun, als machte er gerade in diesem Moment etwas Notwendiges. Mal band er sich die Schnürsenkel fester, mal krempelte er die Hosenbeine höher, dann wieder suchte er mit der Handy-Taschenlampe das Pflaster ab, als suchte er etwas.

Als sie den Mann am dritten Tag vor dem Haus bei Einbruch der Dunkelheit beobachtete, rief sie Rena an.

»Schau mal unauffällig aus dem Fenster. Da läuft ein Mann vor deinem Fenster herum. Kennst du den?«

Rena löschte das Licht und schob vorsichtig die Gardine im Esszimmer zur Seite. Sie suchte die Straße ab. Nichts.

»Da ist keiner«, teilte sie Eva mit. »Du siehst Gespenster.«

»Eben war er noch da.«

Eva kontrollierte die Schatten und wollte gerade ihren Spähplatz verlassen, als sich ein dunkler Fleck neben einem parkenden Auto bewegte. Renas Auto.

Sofort wählte sie erneut Renas Nummer.

»Du parkst doch gegenüber bei den Mülltonnen?«, fragte sie die Freundin aufgeregt. »Guck doch mal, was macht der da?«

Rena konnte nichts erkennen und verließ, ohne im Hausflur Licht zu machen, ihre Wohnung, um bei Eva einen besseren Beobachtungs-posten einzunehmen.

»Jetzt ist er weg.« Eva klang enttäuscht. War das Abendprogramm doch gerade eben noch spannend. »Vielleicht solltest du morgen dein Auto genau kontrollieren, bevor du losfährst«, riet sie der Freundin.

»Gute Idee, morgen muss ich erst um elf los, das passt gut. Meinst du, er hat die Radmuttern gelöst – wie im Krimi? Warum denn nur?«

Somsinger war gerade ins Ausland geflogen, sie war allein zu Hause. Irgendwie war ihr mulmig zumute.

Am nächsten Morgen stand Rena schon früh auf und ging gespannt zu ihrem Auto. Nichts. Sie lief mehrfach um den Wagen herum, suchte nach einem Indiz, einem Zettel, einer Botschaft, einer Drohung. Als sie erleichtert ins Haus zurückgehen wollte, entdeckte sie an der Windschutzscheibe einen getrockneten Lavendelstrauß, der in einer Plastiktüte vor Regen geschützt und von den Scheibenwischern festgehalten wurde.

Ulrich!

Nach so langer Zeit ein so merkwürdiges Zeichen der Erinnerung. Sie klingelte bei Eva, die aber schon in der Schule war.

Sollte sie ihn anrufen? Warum hat er nicht bei ihr geklingelt, sie nicht angerufen, sondern ist um ihr Auto herumgekrochen? Rena war verunsichert.

Sie fuhr mit dem Schnellbus in die Praxis.

Am Abend verabredeten sich die Freundinnen. Sie wollten die Straße beobachten. Um halb elf kam er wieder zurück an den Tatort. Er lief wieder hin und her, wechselte die Straßenseite, blieb in Höhe von Renas Terrassenfenster stehen, schaute neugierig, blieb stehen.

»Oje, was soll denn das? Was hat er vor?« Rena war hin- und hergerissen, sollte sie die Polizei anrufen, zu ihm runtergehen, ihn anrufen?

Die Frauen sahen, wie etwas Weißes unten auf die Terrasse geworfen wurde.

»Eine Bombe! Er schickt mir eine Bombe.«

»Quatsch, wir schauen nachher nach. Lass ihn erst einmal verschwunden sein.«

Eva holte ihre Taschenlampe aus der Kammer und zog ihre Schuhe an.

Unten angekommen fanden sie in einem weißen Papierkarton getrocknete Rosen. Am nächsten Tag lagen weiße Seidenblumen vor der Terrassentür, sie schienen sorgfältig hingelegt worden zu sein.

Bald darauf wurde ein riesiger Blumenstrauß für Rena bei Überschwang abgegeben – er war zu der Zeit der einzige anwesende Bewohner – und danach noch einmal zwanzig langstielige rote Rosen. Das war zuviel des Guten. Rena hatte die Nase voll und jede Angst verloren.

»Der spinnt! Er scheint sich einzubilden, mich so zurückzugewinnen. Ein Stalker!« Rena war außer sich und schäumte vor Wut.

»Wahrscheinlich hat er erfahren, dass Somsinger nicht da ist, und nun nutzt er dein Single-Dasein aus. Ruf ihn an!«, riet Eva der Freundin.

Nun erzählte Rena in aller Ausführlichkeit von den Macken ihres Verflossenen, seiner Zwanghaftigkeit, seinem Kontrollwahn, seiner Erbsenzählerei als Summe dessen, das zur Trennung geführt hatte. Bislang hatte Rena dieses Kapitel unter Verschluss gehalten.

Sie traf ihn an der Alster, überreichte ihm die Tüte mit den vertrockneten Geschenken und erzählte ihm, mit Somsinger verheiratet zu sein.

Ulrich ließ sich nie wieder sehen.

Feldforschung

Dr. Wieland Somsinger trug Rena auf Händen, bis sie sich in ihrem alljährlichen Wellness- und Skiurlaub in Lech am Arlberg in einen Hamburger Immobilienmakler verliebte und sich von Somsinger eine Auszeit erbat. Er blieb nicht lange allein, bald stand wieder das rote Porsche-Cabrio vor der Tür.

Dann hing ein Brief am schwarzen Brett:

Liebe Nachbarinnen und Nachbarn,

wie Sie sicherlich erfahren haben, hat sich meine Lebenssituation verändert. Aus diesem Grund habe ich mich dazu entschlossen, den Sternenweg zu verlassen, um im Karolinenviertel einen Neuanfang zu wagen.

Ich werde in eine neu gegründete Wohngemeinschaft ziehen, die ein neues Wohnkonzept mit Leben füllen will.

Alles Weitere möchte ich Ihnen am übernächsten Freitagabend mitteilen, wenn Sie hoffentlich zahlreich um 19 Uhr zu meiner Abschiedsparty kommen werden.

Ihr Wieland Somsinger
U.A.w.g. bitte bis zum Wochenende.

P.S. Möglicherweise werde ich Ihnen meine Anteile an unserem DG-Projekt bei Interesse verkaufen bzw. anbieten. Allerdings werde ich mir vorbehalten, meine Wohnung in anderer Nutzung für ein Jahr zu vermieten. Alles Weitere später.

Der Brief schlug ein wie eine Bombe. Rena las ihn als erste, als sie frühmorgens ihre Tür abschloss und aus dem Augenwinkel links einen roten Zettel am schwarzen Brett hängen sah. Sie blieb wie angewurzelt stehen. Beide hatten sich zwar getrennt, aber noch immer eine freundschaftliche Beziehung gepflegt.

Ihre Lebensvorstellungen waren zu unterschiedlich. Rena, die ein Heim und Ruhe suchte, und Wieland, der als Tausendsassa durch die Welt flog und in Hamburg selten einen Abend zu Hause verbrachte, passten einfach nicht zusammen. Abgesehen davon hatte sich Rena ja Hals über Kopf in ihren Makler verliebt.

Sie fragte sich, warum ihr Wieland nichts von seinen Plänen erzählt hatte, obwohl sie sich noch vor ein paar Tagen auf einen Drink in der Phönix-Bar getroffen hatten, in alter Freundschaft. Alle anderen waren überrascht, erschrocken, aber auch erfreut.

»Endlich mal wieder eine Hausparty«, freute sich Thomas aus dem Zweiten.

Eva hingegen sah das frisch notariell beglaubigte Dachgeschoss-Konstrukt in Gefahr, ließ sich aber von den anderen beruhigen.

Als die mit Spannung erwartete Party bei Somsinger begann, waren bis auf Wittmanns und Castello alle zugegen. Nach förmlichen, aber auch ehrlich gemeinten Worten des Bedauerns der Gäste hielt Somsinger eine kurze Rede. Er meinte, dass der Abschied keineswegs ein Abschied für immer bedeuten müsste. Schließlich sei er sich noch nicht ganz sicher, ob die neue Wohnform im Karoviertel für ihn ein Zukunftsgedanke sei. Er wolle nur noch einmal etwas ausprobieren, das er als junger Mann in seiner Studentenzeit geliebt hätte: Teil einer Wohngruppe zu sein mit Rechten und Pflichten. So sähe er es als vollkommen ausreichend an, in sechzig Quadratmetern zu leben, und als überflüssig, als einzelne Person mehr als das Doppelte zur Verfügung zu haben.

Sein Blick sei seit seinem Engagement in Indonesien geschärft worden. Er wolle etwas Sinnvolles hinterlassen, einen Fußabdruck, um der Oberflächlichkeit der heutigen Welt etwas entgegenzusetzen, und er habe deshalb vor, seine Wohnung hier im Sternenweg einer von ihm gerade gegründeten Wohngruppe für unbegleitete Flüchtlingskinder für die Dauer von einem Jahr zu öffnen.

»Um Gottes willen, Herr Somsinger, äh, Wieland!«, entfuhr es Werner. »Sie können doch nicht, du kannst doch nicht Kinder hier allein leben lassen. Das endet ja mit Mord und Totschlag!«

Beide duzten sich seit Renas Geburtstagsparty, noch fehlte ihnen die Übung.

»Nein, Werner, sie sollen nicht allein leben. Mein Neffe schreibt gerade seine Doktorarbeit in Soziologie und will sozusagen als Feldforschung dieses Projekt leiten. Es sollen nur zwei Jugendliche aufgenommen werden, die täglich zur Schule gehen werden und hier ein Zuhause finden sollen. Ich würde mich sehr freuen, wenn Sie alle, wenn ihr«, – dabei sah er einige der Nachbarn, mit denen er sich duzte, direkt an – »wenn alle hier im Haus einen Beitrag leisteten gegen Fremdenhass und für Integration.«

Er hob sein Glas: »Auf mein, nein, auf unser Projekt!«

Rena zischte Anna zu, dass da doch bestimmt noch etwas anderes dahinterstecken würde. So selbstlos wäre Wieland nicht. Sie witterte Promotion im werblichen Sinne, nicht die Promotion seines studierenden Neffen.

»Ihr werdet sehen, der Frauenschwarm wird bald wieder in jeder Talkshow sitzen. Wetten?«, zischte sie ihren Freundinnen Anna, Ruth und Eva zu.

Rena sollte teilweise recht behalten. Kaum war Wieland mit wenigen Möbeln in seine alternative Wohngruppe der Best Agers gezogen und der Neffe Lukas mit zwei dunkelhäutigen jungen Männern aus Eritrea eingezogen, hatten die Medien schon Wind davon erhalten. Der Sternenweg 17 bot wieder etwas. Journalisten seriöser Zeitungen und Magazine wechselten sich mit Fernsehteams jedweder Couleur ab.

Die Hausbewohner freuten sich, dass sie dank Castellos Videotechnik den Überblick behalten konnten und Fremde wenig Chance hatten, unbemerkt ein- und auszugehen. Lukas, Somsingers Neffe, hatte auch alles im Blickfeld, vergab Interview-Termine und ließ sie sich bezahlen. Das Geld floss in das Projekt und finanzierte den beiden Jugendlichen mehr als nur ein ausreichendes Taschengeld. Sie konnten Kleidung, Sportvereine, Klassenreisen und Privatunterricht in Deutsch finanzieren.

Somsinger hatte nicht zu viel versprochen, die beiden Jugendlichen, Kidane und Ali, waren freundliche und hilfsbereite junge Männer. Bald wurden sie von den anderen Bewohnern mal zum Kaffee oder zum Abendessen eingeladen. Eva gab ihnen Einzelunterricht in Deutsch, Thomas kochte mit ihnen, Werner und Ruth machten zusammen Ausflüge mit ihnen und Andreas organisierte alte Fahrräder, die er mit ihnen auf Vordermann brachte. Bald luden Anna und er die zwei Jugendlichen ins Wendland ein, wo sie am Wochenende gemeinsam radelten.

Kidane und Ali fuhren mit Eva und Thomas nach Sylt und lernten dort schwimmen und surfen. Castello durften sie am Filmset besuchen und Volker ten Hoff hatte regelmäßig Freikarten für die Oper organisiert.

Lukas schrieb seine Doktorarbeit, die er mit »summa cum laude« abschloss. Kidane hatte die deutsche Sprache so gut gelernt, dass er ein Gymnasium besuchen konnte, und Ali, der praktisch begabt war, begann eine Lehre als Automechaniker. Nach einem Jahr verließen sie den Sternenweg und wohnten dann in einer Einrichtung für junge Erwachsene in Altona.

Somsinger, der sich zwölf Monate lang im Hintergrund gehalten hatte, war in regem Austausch mit seinem Neffen geblieben und hatte ein Buch über dieses Projekt geschrieben, das nun von höchstem Medieninteresse war. Er wurde zu Talkshows eingeladen und war gern gesehener Gast auf Symposien zum Thema »Integration von jugendlichen Geflüchteten«.

Die Auszeit war vorbei und Wieland zurück. Der rote Porsche parkte ab und an vor dem Haus, schließlich stand Rena wieder im Mittelpunkt. Die Distanz hatte ihnen gutgetan.

Zuwachs

Der Sternenweg wurde international. Zu Kidane und Ali kam eines Tages Kanita hinzu. Doris und Klaus Marks hatten das Mädchen aus Thailand adoptiert. Es war schon acht Jahre alt und galt als schwer vermittelbar. Doris verzichtete auf ihre Karriere bei der Blarge-Bank und blieb als Hausfrau und Mutter zu Hause.

Die Kleine hatte in ihrem kurzen Leben viel erlebt, Dinge, die ihre Adoptiveltern nur aus kurzen Notizen erfahren hatten. Ihre Mutter war schwer drogensüchtig gewesen und hatte als Prostituierte gearbeitet, als man ihr die kleine Kanita wegnahm und sie im Kinderheim unterbrachte. Dort verlebte sie fünf lange Jahre, bis Ehepaar Marks zufällig auf einer Rundreise ein direkt neben dem Heim gelegenes Hotel bezog. Doris erkrankte an einem Virus und wurde in einer Klinik von einem Arzt behandelt, der auch im Kinderheim arbeitete.

Als sie nach zwei Wochen genesen war, wollten sich beide bei Dr. Ho bedanken. Am Telefon erfuhren sie, dass er gerade nebenan zu tun hatte. Also gingen sie auf die genannte Station und erblickten dort auf dem Korridor ein entzückendes kleines Mädchen, das sie mit seinen großen Augen neugierig ansah. Es hatte seine Puppe neben sich auf dem nackten Betonboden sitzen und flocht ihr Zöpfe. Der Anblick brannte sich in Doris' Herz.

Sie, die besonnene Mathematikerin der Blarge-Bank, verliebte sich Hals über Kopf in die kleine Kanita und setzte alles daran, das Mädchen zu sich und Klaus in den Sternenweg zu holen. Nach zähen Verhandlungen und langwieriger Bürokratie hatten sie Erfolg und Doris kündigte ihren gut dotierten Posten bei der Bank.

Kanita wurde bald der Liebling aller Hausbewohner.

Tatort Sternenweg

Mario Castello lebte bereits seit einem Jahr im vierten Stock rechts. Er hatte sich unmittelbar nach dem Tod von Frau Dr. Lux bei der Erbin der Lux'schen Wohnung, Frau Theresa Lay, um den Kauf der Immobilie beworben. Er hatte die Nase voll von Paparazzi und neugierigen Fans. Deshalb wollte er schweren Herzens auf die Gartenfreuden verzichten und setzte alles daran, in das obere Stockwerk umzuziehen.

Frau Lay wollte keinesfalls selbst die Wohnung beziehen, um keine Erinnerungen an schöne gemeinsame Jahre mit der Verstorbenen aufkommen zu lassen. Sie meinte, es wäre im Sinne von Frau Dr. Lux gewesen, die Wohnung innerhalb des Hauses weiterzugeben und machte Castello einen guten Preis.

So war Castello in den vierten Stock rechts gezogen. Seine Wohnung im Erdgeschoss links vermietete er langfristig an ein Professoren-Ehepaar des nahen Universitätsklinikums Hamburg-Eppendorf – allgemein bekannt als UKE. Die Hausbewohner lagen nun in sicheren medizinischen Händen. Nach C3 und Mario Castello waren Professor Dr. Leopold und Professor Dr.

Fanny Stadlwirt nebst Franziska, Leander, Anselm und Paula die Bewohner des Erdgeschosses links. Schoki, die kleine braune Pudelmischung, wäre sicherlich Miezes liebster Feind geworden. Aber Miezi war ja im Katzenhimmel.

Mario Castello hatte in Hamburg Fuß gefasst, nicht nur im Sternenweg. Nach umständlichen Verhandlungen mit einer Hamburger Filmgesellschaft übernahm er die Hauptrolle als Kapitän einer bekannten Fernsehserie, die zwischen den Kontinenten und in Hamburg spielte. Er verkaufte seine Villa in seinem Zweitwohnsitz Ascona, wurde Mitglied eines der angesagten Fitnessclubs der Hansestadt und ließ sich einen Bart wachsen. Bald war sein dezenter Bauchansatz verschwunden und seine einsneunzig steckten während der Dreharbeiten in einer blütenweißen Kapitänsuniform, die ihm wie angegossen saß. Sein Traditionssegelschiff »Seute Deern« lag am liebsten im Heimathafen Hamburg vor Anker.

Castello hatte sich daran gewöhnt, dass in regelmäßigen Abständen angebliche Fensterputzer in fahrbaren Kabinen von außen in seine Wohnung schauten, um ihn abzulichten. Sein neuer Mitbewohner, ein Dalmatiner, schlug an, so dass er sich vor den Paparazzi rechtzeitig in Sicherheit bringen konnte.

Trotz aller Vorkehrungen und Vorsichtsmaß-
nahmen wurde er eines Tages kalt erwischt. Er
hatte eine junge, sehr bekannte Schauspielerin
nach dem Dreh zuerst zum Essen in ein ange-
sagtes Restaurant in der Hafen-City eingeladen
und anschließend auf einen Drink zu sich nach
Hause in Eppendorf. Eddy, der Dalmatiner, sollte sie als Anstandswauwau begleiten.

Die seute Deern kannte Hamburg nicht und
nahm seine Einladung gern an. Für sie gab es
kein #MeToo. Castello hatte sich stets als Grand-
seigneur verhalten, war zuvorkommend und lie-
benswürdig.

Kaum hatten sie das Haus im Sternenweg
mit dem Taxi erreicht, als das Licht im Treppenhaus ausfiel. Castello hatte schnell sein Handy
zur Hand und öffnete die Taschenlampen-App.
Vorsichtshalber gingen sie zu Fuß in den vierten
Stock, da sie nicht sicher waren, ob vielleicht
ein totaler Stromausfall auch den Fahrstuhl be-
triebsunfähig gemacht hatte. Oben angekommen, wollte Castello seine Haustür aufschließen.
Sie fiel mit einem lauten Knall nach innen. Die
Schauspielerin schrie erschrocken auf, Castello
stolperte über das Türblatt in seinen Flur und innerhalb weniger Sekunden eilten die Nachbarn,
vom nächtlichen Krach aufgeschreckt, herbei.
Die Polizei wurde alarmiert, ein Krankenwagen
sicherheitshalber herbeigerufen.

Castellos Wohnung war Einbrechern zum Opfer gefallen. Schränke und Schubläden waren aufgerissen, der Inhalt lag verstreut auf dem Boden herum, das Leder der Couch war aufgeschnitten, Bilder von der Wand genommen, die Leinwand aus dem Rahmen geschnitten, die Flaschen der Hausbar über die kostbaren Teppiche ausgeschüttet.

»Vandalismus«, sagte der zuständige Polizist, »wie gut, dass Sie nicht zu Hause waren, Herr Castello.« Er ließ sich nach den Ermittlungen diskret ein Autogramm für seine Frau mitgeben.

Man hatte wohl vergebens einen Safe gesucht, Bargeld und Schmuck. Castello aber hatte alle Wertgegenstände in einem Schließfach bei seiner Bank aufbewahrt.

Die Spusi in weißen Einmalanzügen war herbeigeeilt und suchte nach Spuren, Schuh- und Fingerabdrücken, Hautpartikeln und Speichel. Castello blieb gefasst und zeigte weder Panik noch Verzweiflung.

Die junge Schauspielerin aber hatte genug von Eppendorf und wollte auf schnellstem Wege in ihr Hotel. Als sie auf dem vorderen Balkon zur Straße in ihrem Handy nach ihrer Taxi-App suchte, wurde es gleißend hell. Im Baum vor dem Balkon hing ein Reporter mit einem Tele und lichtete die Genervte ab. Sie schrie aus Leibeskräften.

Der Reporter verlor erschrocken das Gleichgewicht, ließ seine Kamera fallen und stürzte mit einem Schrei hinterher. Er durchschlug die Zelthaube des neben dem Zaun parkenden 4-sitzigen Lastenfahrrads, was sein Aufschlagen zwar dämpfte, aber mit 5200 Euro seiner HAFENPOST in Rechnung gestellt wurde.

Die vier Kinder einer Familie vom Haus nebenan waren ohne Fortbewegungsmittel und mussten eine Zeit lang zu Fuß in die Kita gehen.

Das Foto der berühmten Jungschauspielerin war unglücklicherweise dem Sturz zum Opfer gefallen. Sie sah zukünftig davon ab, Herrn Castello nach Hause zu begleiten. Der Sternenweg war ihr zu kriminell.

Beauty-Alarm

Ich sehe richtig scheiße aus, dachte Eva, als sie vom Friseur kam. Sie hatte Stefano extra gebeten, die Haare hinten länger zu lassen, denn sie war der Meinung, einen zu kräftigen Nacken verstecken zu müssen.

Sie hatte es geahnt. Während sie sich unter Stefanos Händen mit dem Studium einer im Salon ausgelegten Hochglanzillustrierten auf den neuesten gesellschaftlichen Stand gebracht und News von ihr unbekannten exotischen A-B-C-Promis und Influencerinnen beim Strähnen in sich aufgesogen hatte, klapperte ihr Friseur eifrig mit der Schere und hatte ganze Arbeit geleistet: Der Nacken war frei.

Eva hielt den Handspiegel hoch und wendete sich vor ihrem großen Badezimmerspiegel hin und her. Es nützte nichts, sie musste den Kopf unter den Wasserhahn halten und danach selber föhnen. Vielleicht könnte sie etwas retten.

Überhaupt gefiel sie sich in letzter Zeit kaum noch. Die Gesichtserkennung ihres Handys erkannte sie nun gar nicht mehr. Sie konnte es tatsächlich nur noch mit der Eingabe des Zahlencodes in Betrieb nehmen.

Sollte ich mal wieder eine Diät einlegen?, grübelte Eva. Freundinnen erzählten begeistert von sensationellen Ergebnissen des Intervall-Fastens, von Eiweiß-Pülverchen und Wiege-Ab-speckkuren. Sie betrachtete sich genau, nahm den kleinen Handspiegel mit der 15-fachen Vergrößerung in die Hand und knetete ihre Wangen. Schlaff. Ihre Haut war ohne Spannung, sie hatte wieder zu wenig getrunken. Der Latte Macchiato bei Stefano war zwar lecker, aber eigentlich eine kleine Zwischenmahlzeit. Wasser! Die Lösung.

Eva goss sich ein großes Glas Wasser ein. Vor kurzem hatte sie sich noch vor Leitungswasser geekelt und grundsätzlich Mineralwasser aus der Glasflasche getrunken. Grund dafür war ein Besuch mit ihrer Schulklasse im Hamburger Sielmuseum gewesen und die Vorstellung, dass das Trinkwasser auf dem Weg in ihre Küche durch endlose Leitungen und Schächte floss, hatte ihre Fantasie dermaßen befeuert, dass sie sich weigerte, fließendes Wasser aus dem Hahn zu trinken. Trotz der Zusicherung, dass das Hamburger Wasser von guter Qualität sei und umfassend kontrolliert werde, ließen sich Thomas und Eva in regelmäßigen Abständen Wasserkisten ins Haus liefern, bis sich irgendwann die praktischen Plastikflaschen aus dem Getränkemarkt durchsetzten. Die Vorteile lagen auf der Hand: Ein Sixpack war leicht, das Leergut wurde problemlos in der kleinen Abstellkammer gesammelt und dann bei Edeka um die Ecke in den Rückgabeautomaten gesteckt, der Bon bei der Kasse abgegeben und auf die Einkaufssumme angerechnet.

Perfekt, Herr T..., wie heißt er noch gleich, der lange grüne Umweltminister mit T? Eva fiel der Name nicht ein. Ich werde auch immer vergesslicher. Na, das kommt später, wenn ich nicht mehr daran denke, beruhigte sie sich selbst.

Lang ist's her!, dachte Eva und goss sich ein frisches Glas aus dem Wasserspender ein. Wie von Geisterhand wurde Leitungswasser in prickelndes Tafelwasser verwandelt, Kosten eingespart und die Umwelt geschont. Sie war nicht »öko«, ging aber mit dem Zeitgeist und war nun überzeugte Verfechterin von Hamburger Leitungswasser geworden. Anstelle der Plastiktüte, früher schnell an der Kasse im Supermarkt gekauft, nahm sie jetzt zum Einkaufen Baumwollsäckchen, Netzbeutel oder Jutetaschen mit. Für ihre Materialsammlungen zu Schulzwecken hatte sie sich extra einen XL-Shopper aus Sackleinen zugelegt, der sie wegen des aufgedruckten grünen Baums als Umweltschützerin auswies. Die Schülerschaft fand das gut.

Gerade wollte Eva ihren Haarschopf unter den Wasserhahn halten, da klingelte ihr Telefon.

»Eva, ist dein Vokabeltest zu Unit acht auch so schlecht ausgefallen?«

Ihre Kollegin Mareike schien außer sich zu sein: »Stell dir vor, die Hälfte meiner 8b hat eine Fünf und schlechter.«

Eva trennte sich ungern von ihrem Spiegelbild und dem Waschbecken, ging aber mit dem schnurlosen Telefon an ihren Schreibtisch und suchte mit einer Hand nach dem Vokabeltest. Sie hatte am nächsten Tag laut Plan frei und liebte den langen Dienstagnachmittag zuvor, weil sie am folgenden arbeitsfreien Tag sowieso immer am Schreibtisch sitzen musste, um sich auf den nächsten Schultag vorzubereiten bzw. etwas nachzuarbeiten. Ihre Stundenreduzierung schaffte etwas Luft. Sie konnte am freien Tag Dinge erledigen, die sie an Unterrichtstagen kaum schaffte. Pech war, wenn an ihrem heiligen freien Tag eine Konferenz stattfand, dann musste sie auf die Annehmlichkeiten verzichten. Aber momentan war die Schule sowieso ganz fern.

»Mareike, ich habe den Test noch nicht ganz fertig, ich rufe dich morgen an, ok?«

Eva hatte lieblos in den verschiedenen Stapeln von Heften und Materialien auf ihrem Tisch herumgeblättert und sofort ein schlechtes Gewissen bekommen, weil sie heute nach der Schule zum Friseur gegangen war und die Geduld der Hefte wieder einmal strapaziert hatte. Morgen ist auch noch ein Tag, sagte sie sich und verabschiedete sich mit einem Ausdruck des Bedauerns von Mareike.

Im Bad begann sie mit ihrer Föhnkorrektur. Es nutzte nichts, ihr Nacken war für die nächsten fünf Wochen freigelegt. Aber wozu gab es Tücher und Blusen mit Kragen? Sie machte ein Selfie, um den Schaden aus einem anderen Blickwinkel betrachten zu können. Das erste Foto löschte sie sofort, das zweite wollte sie für Studienzwecke speichern, beim dritten drückte sie auf der Bedienungsleiste des Handys den Button »bearbeiten« und schnitt ihr Gesicht komplett aus dem Bild, sodass das rechte Ohr mit dem schmalen Haarstreifen am Hals stehen blieb.

»Ich bin kurz vor sechzig, wo soll das noch hinführen?« Ihre Laune war fast auf dem Nullpunkt angekommen.

Ihre Augen, wasserblau mit langen Wimpern, hatten ihr so manches Kompliment eingebracht. Die 15-fache Vergrößerung brauchte sie nicht zu bemühen, ihre Augen waren zu Sehschlitzen mutiert. Frau Kröger aus dem Tennisclub hatte sich im letzten Jahr die Schlupflider korrigieren lassen und sah seitdem frischer und jünger aus. Vielleicht sollte sie sich auch bei einem plastischen Chirurgen vorstellen? Eva klemmte einen

Q-Tipp in ihre Augenfalte und hob so ihr schweres Lid hoch. Warum nicht? Nach einem Wimpernschlag wiederholte sie die Prozedur und starrte auf ihr Spiegelbild.

Es klingelte an der Tür, Rena wollte ihr nur schnell den geliehenen Balsamico zurückgeben.

»Komm mal mit!« Eva schob ihre Freundin vor sich her ins Bad.

Sie klemmte sich geübt den Q-Tipp in die Lidfalte: »Wie sehe ich aus?«

»Im Ernst?«, Rena tippte sich an die Stirn. »Wenn das jetzt Mode wird, mache ich die auf keinen Fall mit«, antwortete sie trocken.

»Scherzkeks. Rena, im Ernst, schau mal: Mit gestrafften Lidern hätte ich doch einen viel offeneren Blick, findest du nicht?«

Eva hielt das Wattestäbchen fest und unterdrückte den Wimpernschlag.

»Um Gottes Willen, nachher hast du so aufgerissene Augen wie die Promis in Stefanos Zeitschriften.«

»Da komme ich gerade her, schau mal meinen Nacken an.« Eva gab nicht auf.

»Soll der auch unters Messer? Du spinnst! Warum lässt du dir die Haare so kurz schneiden, wenn du ihn eigentlich verstecken willst?«

»Haha, das ist es doch! Ich habe während des Schnitts die Klatschblättern studiert und schon waren die Haare ab.«

»Und warum hat Stefano nicht auch noch die Lider gestutzt? Dann hättest du Ruhe.« Rena grinste sie an.

»Ach, du verstehst mich nicht, du Küken. Uns trennen zehn Jahre, werde erstmal so alt wie ich.« Eva hatte keine Lust mehr an dem Gespräch, sie fühlte sich nicht ernst genommen.

»Apropos zehn Jahre, bist du nicht Schütze? Ich habe gerade gelesen, dass sich der Schütze gern in neue Abenteuer stürzt und stets gut gelaunt ist. Aber er soll sich auch an einem Ziel verbeißen.«

»Die Bisswunden lecke ich gerade, schön, dass du mich aufmunterst, wahre Freundin, du! Willst du einen Tee?«, fragte Eva und warf die Wattestäbchen in den Müll.

»Diese Stäbchen verpesten die Umwelt, weißt du das? Sie verrotten nicht, sind lebensgefährlich für Tiere und landen über die Nahrungskette als Mikroplastik wieder auf unseren Tellern. Aber die Produktion soll bald gestoppt werden. No plastic at all. Außerdem ungesund für die Ohren.«

»Meine sind aus Holz«, erwiderte Eva trotzig. »Willst du nun einen Tee oder nicht?« Sie ging in die Küche, nahm zwei Henkelbecher aus dem Schrank und goss den Roibuschtee ein.

»Sorry, ist lauwarm, ich hab ihn heute früh vor der Schule gekocht. Um sechs.«

»Apropos sechs: Feierst du eigentlich deinen Sechzigsten? Ich hätte da so eine schöne Geschenkidee für dich.«

Rena trank vorsichtig einen ersten Schluck: »Der ist ja lauwarm!«

»Hab ich doch gesagt, der ist seit zehn Stunden in der Kanne. Aber nicht, dass du mir eine Thermoskanne schenkst!« Eva stellte eine Keksdose auf den Küchentisch: »Bitte, bediene dich!«

»Keine Sorge, ich dachte eher an eine kosmetische Unterstützung.« Sie biss in einen Schokokeks. »Weißt du eigentlich, dass der Überschwang seit neuestem ein Elektroauto fährt?« Sie wischte Krümel von ihrer Hose.

»Ach, dem gehört das Auto! Hätte er dann ein Anrecht darauf, einen Parkplatz für eine Ladestation zu erhalten? Das wäre eine gute Idee, dort über Nacht zu parken.«

Eva hatte ihrem Thomas erst vor kurzem von den Vorteilen eines E-Fahrzeugs erzählt. Ihr Physikkollege wollte das Kollegium von der Umweltfreundlichkeit überzeugen und hatte mit seinen Argumenten das Kollegium in zwei Lager gespalten, in die Verfechter des zukunftsorientierten Umweltbewusstseins und die Bedenkenträger bezüglich zukünftiger Problematik bei der Entsorgung der Batterien.

»In unserer Straße fiele ein Parkplatz weg und andererseits käme der gleiche als Gewinn hinzu. Hebt sich also auf. Wenn du mich fragst, momentan ist mir die Sache zu unausgereift. Toll wäre es, könnten wir bei der Stadt endlich das Anwohnerparken durchsetzen. Ich bin neulich abends aus dem Kino gekommen und bin fünfmal um den Block gefahren. Kein Parkplatz. In meiner Verzweiflung habe ich Mini auf einen Behindertenparkplatz gestellt, den ich morgens um sieben räumen musste. Und das an meinem freien Tag!«, schimpfte Rena.

»Thomas stellt sein Auto häufig am Kellinghusenbahnhof auf einem Platz mit Parkschein ab. Dort kann er bis neun stehen bleiben, aber keine Minute länger. Sonst steht der »Parkraummanager« vor ihm und klemmt ihm ein Knöllchen vor die Scheibe. Die beiden grüßen sich schon. Soviel ich weiß, könnte aber Überschwang sein Elektroauto dort stehen lassen. Er bräuchte keinen Parkschein zu ziehen. Allerdings müsste natürlich auch Platz sein«, gab Eva zu bedenken.

Die beiden Frauen knabberten Kekse, tranken den lauwarmen Tee und verabschiedeten sich mit dem Plan, beim nächsten Mädelstreffen im Café Epp ausgiebig das Thema »Parken« zu erörtern. Vielleicht könnte man den Kulturdezernenten Dr. Johann Überschwang mit ausreichend Vitamin B ins Boot holen. Es waren drei Sternzeichen Schütze dabei, also Frauen mit Durchsetzungsvermögen und Biss.

Zusammenprall

Während sich Dr. Johann Überschwang dem Marathonlaufen und dem Elektroauto verschrieben hatte, war Andreas voller Enthusiasmus mit Radrennen beschäftigt. In der Schulzeit trainierte er täglich, um im nächsten Frühjahr endlich einen der vorderen Plätze bei den Cyclassics, dem Hamburger Rad-Event für Profis und Jedermann, zu erreichen.

Am frühen Nachmittag verließ er den Sternenweg und radelte bis in die Walddörfer oder nach Wedel oder in den Norden nach Quickborn. Stets war er wie ein Radprofi gekleidet, trug den ultraleichten aerodynamischen Helm mit eingebautem Airbag, Radschuhe für die Klickpedale, Funktionswäsche mit Pad für den ungepolsterten Rennradsattel, Radhandschuhe und ein regenabweisendes atmungsaktives Trikot. Trinkflasche, Bananen und zwei Müsliriegel steckte er in die Backtasche seiner Windweste, die UV-Spezialbrille setzte er auf und sein Handy für Notfälle hatte er in der durchsichtigen Lenkertasche gut im Blick, ebenso das Fahrrad-GPS zum Navigieren. War nur eine Kleinigkeit nicht in Ordnung, wechselte er das Fehlerhafte sofort aus, ob es am Equipment des Rades oder an der Kleidung lag.

Er war in allem perfekt, als Lehrer, als Semi-Profi im Rennfahren und als Ehemann sowieso, meinte er jedenfalls. Sein ehemaliger Indoor-Cycling-Instructor, kurz Spinning-Trainer, war meist mit von der Partie. Fritz wohnte auf der Uhlenhorst, auf der anderen Seite der Alster.

Beide verband die gemeinsame schweißtreibende Zeit beim Indoor-Spinning im Fitnessclub in Eimsbüttel, wo sie zweimal wöchentlich Bergfahrten in Serpentinen bewältigten oder im Wiegetritt mit hoher Wattzahl radelten. Bei heißen Rhythmen aus den Lautsprecherboxen vergaßen sie bisweilen für einige Sekunden die Schinderei, weil sie genussvoll zu fühlen glaubten, wie das Fett schmolz und der Muskelaufbau mit jeder Steigung voranging.

Auf ihren Touren in und um Hamburg fuhren sie selten auf Fahrradwegen, sondern vorzugsweise auf der Straße, weil Asphaltwege, die von Autos inner- und außerorts benutzt wurden, jedem Radfahrer zur Nutzung erlaubt waren. Sie waren gut informiert und wollten keine Fehler machen.

Eines späten Nachmittags, sie waren gerade eine knappe Stunde unterwegs und hatten gerade das Ortsschild von Volksdorf passiert, wechselten sie auf einen gut ausgebauten Radweg, als ihnen nach einer Kurve ein Lieferwagen den Weg versperrte. Fritz, der Spinning-Trainer und Freund, fuhr voran und umradelte das Hindernis, dicht gefolgt von Andreas. Beide konnten nicht rechtzeitig sehen, dass ihnen auf ihrer Seite ein Radfahrer mit hohem Tempo entgegenfuhr. Sie konnten weder ausweichen noch bremsen. Fritz stürzte über den Lenker und blieb auf dem Asphalt bewegungslos liegen. Auch Andreas konnte nicht ausweichen und fiel über das am Boden liegende Rad seines Freundes. Er brach sich die Schulter und das Nasenbein.

Fritz schien das Bewusstsein verloren zu haben. Er zeigte keinerlei Reaktion, als herbeieilende Passanten ihm aufhelfen wollten. Ein zufällig im Auto vorbeifahrender Arzt hielt an, erkannte sofort die Situation und begann mit Wiederbelebungsversuchen. Als der Notarztwagen eintraf, hatte der Ersthelfer Fritz ins Leben zurückgerufen. Er hatte sich beide Beine und den rechten Arm gebrochen sowie einen Schädelbasisbruch davongetragen.

Andreas verbrachte nur eine kurze Zeit im Krankenhaus. Seine Brüche verheilten schnell und dank seines guten körperlichen Gesamtzustandes war er schon bald in der Lage, seinen Schuldienst wieder aufzunehmen.

Seine Psyche sollte aber noch lange leiden. Er machte sich Vorwürfe, hatte Schuldgefühle.

Warum waren sie von der Straße auf den Radweg gewechselt? Hatte er nicht auf den Weg hingewiesen?

In der ersten Etappe ihrer Tour war Andreas vorneweg gefahren und Fritz als zweiter. Nach einer kurzen Pause hatten sie gewechselt. Der Zufall hatte Fritz böse mitgespielt, Andreas hingegen hatte Glück gehabt. Er fühlte sich vom Schicksal ungerecht bevorteilt, hätte Fritz gern ein Stück des Leids abgenommen.

Er fuhr fast täglich ins Unfallkrankenhaus, wo Fritz über ein Vierteljahr behandelt wurde. Selbstverständlich kümmerte er sich um die Wohnung des Freundes, erledigte dessen Korrespondenz und unterstützte ihn, wo er nur konnte. Als er entlassen wurde, nahmen ihn Anna und Andreas eine lange Zeit im Sternenweg auf, wo er in Ruhe genesen sollte.

Andreas hängte das Radfahren an den Nagel und stellte sein Rad-Equipment der Jugendeinrichtung von Kidane und Ali zur Verfügung.

Er fuhr nur noch Ergometer.

Vorerst.

... und dann kam das Virus...

Corona-Panik

Endlich Ferien! Endlich Sylt! Eva und Thomas kamen gerade von einem langen Spaziergang durch die Archsumer Deichwiesen zurück, als in Evas Handy eine Whatsapp aufploppte:

»Die Landesregierung in Kiel hat beschlossen, die Nord- und Ostseeinseln ab Montag abzuriegeln. Dann müssen alle Touristen abreisen. Nur wer dort wohnt oder arbeitet, wird durchgelassen.«

Eva tippte auf das Handy-Display: »Stell dir vor, was ich gerade von Andreas zugeschickt bekommen habe!« Sie las die drei Sätze laut vor.

»Hat er die Quelle angegeben?« Thomas runzelte die Stirn.

Vera scrollte den Text zurück.

»Hier stehts: Der Ministerpräsident des Landes Schleswig-Holstein.«

»Ich schalte mal das Radio an, vielleicht erfahren wir mehr.« Er startete den automatischen Sendersuchlauf. Stoßweise erklangen Musikfetzen, mit Rauschen unterlegt, im Wechsel mit abgebrochenen, schnarrenden Sprachtönen, deutsch, dänisch, fröhlich, ruhig, getragen, bis eine ernsthafte männliche Nachrichtenstimme gefunden wurde.

»Psst, hör doch!« Thomas stellte das Radio auf laut. »...und angesichts der rasant angestiegenen Corona-Infektionen appelliere ich an alle Urlauber, Reisen in den Norden zu unterlassen. Als erste Maßnahme wurden die schleswig-holsteinischen Inseln an Nord- und Ostsee für Touristen abgeriegelt. Die Regelung gilt ab Montag, sechs Uhr. Die Polizei wird die Anordnungen durch verkehrsleitende Maßnahmen sicherstellen. So der Ministerpräsident aus Kiel.

Und weiter zum Wetter: Es wird von Westen ein Wolkenband...«

Thomas stellte das Radio leiser.

»So schnell kann's gehen, eben noch die Salzwiesen, der Deich und das Watt und von jetzt auf gleich der Abpfiff.«

Eva sah Thomas unschlüssig an. »Meinst du, wir sollten zusammenpacken? Wir wollten doch Spaghetti kochen und nachher den ›Tatort‹ sehen. ›Das perfekte Verbrechen‹ hat gute Kritiken bekommen.«

Bling! Eva nahm ihr Handy und las die neue Textnachricht: »Rena hat geschrieben. Rate mal, weshalb!«

»Gleiche Quelle?« Thomas wischte über sein Display. »Ich hab von Momme eben einen Link zu ›Gemeinsam gegen Corona‹ bekommen.«

»Rührend, dass alle an uns denken.«

»Momme will uns bloß loswerden: »Die Insel den Insulanern« oder so. Aber recht hat er. Was sollen die Touris hier? Das kleine Krankenhaus hat doch viel zu wenig Betten, von Intensivbetten ganz abgesehen.«

»Fünf Intensivbetten, habe ich in der RUND-SCHAU gelesen. Wer soll eins zugewiesen bekommen?«

»Ene mene muh und raus bist du!« Thomas zog an Evas kurzem Zopf, den sie sich in letzter Zeit seitlich flocht.

»Hey, lass das! Ich habe dir schon tausendmal gesagt, dass mir das weh tut. Meine Kopfhaut ist extrem empfindlich«, giftete sie.

»Was ist eigentlich nicht empfindlich bei dir? Mensch, Eva, war doch nur Spaß.« Er nahm sie in den Arm. »Lass uns überlegen, was wir jetzt machen. Spaghetti oder Abflug?« Er spielte mit dem Zopf und pinselte ihr damit übers Gesicht.

»Thomas!« Sie wand sich aus seiner Umarmung. »Du bist echt unsensibel. Ich habe dir doch gerade gesagt, dass ich das nicht mag!«

»Also, was ist jetzt? Wie ich dich kenne, hast du doch schon einen Plan.« Thomas stapelte die Zeitschriften.

»Packst du also doch?!« Eva stand unschlüssig in der Tür. »Ich habe ein ganz komisches Gefühl. Meinst du, wir kommen alle mit einem blauen Auge davon? Wenn die Politik so handelt, muss Gefahr in Verzug sein, sagen die Juristen doch, oder?«

Thomas' Handy klingelte. Eva nahm an und reichte es kommentarlos an ihren Mann weiter.

»Winkelmann, jahallo, achwienett, nein Sylt, schongehört, dankedanke, tschüsstschüss, du-auch.«

»Etwas Neues?«

»Nee, alles eins zu eins aus dem Radio. Wir sollten fahren, wer weiß, was morgen am Ver-ladebahnhof los sein wird. Nächster Zug 17:05 Uhr.« Dabei suchte Thomas auf seinem Smart-phone die Webcam des Westerländer Terminals der Autozüge.

»Nichts los, komm, wir packen zusammen!«

Nun ging alles in Windeseile. Eva nahm die Zweige aus der Vase, wickelte sie in eine Seite der RUNDSCHAU, nahm die Kühltasche aus der Speisekammer und leerte den Kühlschrank. Sollte sie ihr begonnenes Aquarell mitnehmen? Das nächste Mal …

Beim Schließen des Fensters sah sie, dass die Feriengäste von nebenan, die am Tag zuvor noch aus Berlin angereist waren, einparkten. Sie hatten wohl einen langen Strandspazier-gang unternommen und freuten sich auf einen gemütlichen Abend in ihrem gemieteten Appar-tement.

Das wird wohl nichts, dachte Eva. Na, die werden Augen machen, die Armen können gleich wieder zurückfahren. Ein letzter Blick, Stecker raus, Licht aus. Sie nahm die zwei einzelnen Taschen und schloss die Haustür von außen ab.

»Tschüss«, sagte sie leise, wie immer, wenn sie ging und sich dabei schon auf ein nächstes Wochenende auf der Insel freute.

»Hamburg ist nur eine Unterbrechung zwischen den Inselbesuchen«, sagte Thomas immer. Diesmal war es anders. Wann könnten sie wiederkommen?

Am Verladebahnhof war es relativ ruhig. Drei Autoschlangen hatten sich schon gebildet, alle warteten brav auf die Abfahrt. Der Lautsprecher knisterte laut und übersteuert, das Signal, dass gleich darauf die Ansage blechern über den Lautsprecher folgte:

»Moin, moin, der Sylt-Shuttle beginnt in fünf Minuten mit der Verladung. Bitte nehmen Sie in Ihren Fahrzeugen Platz.«

Thomas und Eva hatten den Norddeutschen Rundfunk eingestellt und hofften auf Informationen zum Thema »Corona«. Dabei musterten sie die anderen Reisenden, die seelenruhig ihre Zigarette zu Ende rauchten, aus dem Kofferraum noch etwas Lektüre für die Überfahrt herausnahmen oder eilig zu den Toiletten gingen.

Eva konnte das mulmige Gefühl nicht loswerden. Alles war eigentlich wie immer und doch alles anders. Beide waren still und hingen ihren Gedanken nach.

»Oh, du hast ja noch Sagrotan-Tücher im Handschuhfach, erinnerst du dich?«

Eva unterbrach die Stille und wedelte mit dem Päckchen herum. »Wusstest du, dass es keine mehr gibt? Kein Desinfektionsmittel mehr in ganz Hamburg? Glaubt man das?«

Eva schüttelte den Kopf.

»Garantiert gehamstert und zu Hause im Keller gebunkert. Aber wie kann das angehen, dass es da Lieferprobleme gibt? Wir haben doch Beiersdorf in Eimsbüttel. Produzieren die nicht auch so etwas oder nur Schönheitsprodukte?«

Thomas startete den Motor und fuhr im Schritttempo hinter dem Vordermann auf den Shuttle zu.

»Keine Ahnung, ich habe schon letzte Woche Ausschau danach gehalten, alles vergriffen. Auf Sylt auch ausverkauft. Und Klopapier, alles weg – haben wir eigentlich noch Küchenrollen und Toilettenpapier im Keller?«

Eva schaute Thomas fragend von der Seite an, während das Auto hoppelnd über das Oberdeck des Shuttles fuhr.

»Dänemark und Polen schließen wegen der Epidemie ihre Grenzen.« Thomas stellte das Radio lauter. »In Niedersachsen, Bremen, Schleswig-Holstein und Hamburg bleiben die Schulen und Kitas ab Montag geschlossen.«

»Na, bitte, sag ich doch, es geht jetzt erst richtig los. Gut, dass wir auf dem Heimweg sind, und schade, dass wir nun in Hamburg festsitzen werden. Garantiert kommt noch ein Ausgehverbot wie in Italien. Unser Konzert am Montagabend können wir knicken und die Ausstellung am Sonntagnachmittag wohl ebenfalls.«

»Und Berlin, das wird wohl auch nichts«, schob Thomas nach.

»Berlin?! Wieso? Das Hauptstadt-Wochenende ist doch erst in vier Wochen! Meinst du, so lange dauert das alles an?«

Eva wurde hektisch.

»Und Paris? Oje, dein Geburtstag! Ich sehe schon, er fällt aus!«

»Keine Panik. Vielleicht schaffen wir es heute bis zu den Tagesthemen. Wer weiß, was sich noch alles tut in der Welt.«

Es tat sich viel in der Welt. Öffnung der Grenzen in der Türkei nach Europa, überfüllte Flüchtlingscamps auf Lesbos, Corona hier und da und überall.

Fehlende Intensivbetten in Italien, überarbeitetes Pflegepersonal, ausgeräumte Regale in Lebensmittelgeschäften, Menschen mit Mundschutz und Handschuhen auf leergefegten Straßen in Italien, Spanien, Frankreich.

Erste Meldungen aus China, die Krise sei überwunden, erste Meldungen aus Deutschland, die Krise stünde hier erst am Anfang. Hamsterkäufe, leere Regale, Fake News und Regierungserklärungen der Kanzlerin zur Lage der Nation. Bitten, Aufrufe, Verbote, schwindende Corona-Virus-Tests, fehlende Schutzmasken, fehlende Schutzkleidung für das Pflegepersonal, fehlende Beatmungsgeräte für die lebensbedrohlich Erkrankten, Diebstähle von Desinfektionsmitteln und täglich neue Kontaktpersonen in Quarantäne, Skifahrer aus Ischgl, Kreuzfahrer aus Marokko, Sonnenanbeter aus Ägypten, Anstieg der »Fallzahlen«, Tote. In Deutschland, in Hamburg.

Nichts blieb so, wie es war. Man eiferte Italien nach: Masken, Gummihandschuhe, Tote.

Sternenweg 17
im Corona-Fieber

»Wie gut, dass wir gestern gefahren sind. Am Mittwoch wäre sowieso Auskehrzeit gewesen.« Thomas und Eva saßen in der Küche am Frühstückstisch und lasen die Zeitung.

»Stell dir vor: Auf Wangerooge haben sich Touris geweigert, die Insel trotz Anweisung zu verlassen! Und irgendwo in Nordfriesland patrouilliert eine Nachbarschaftswache durch die leergefegten Straßen auf der Jagd nach Hamburger Autokennzeichen. Ich glaube es nicht!«

Eva wollte gerade den Artikel zu dem Thema aus der HAFENPOST laut vorlesen, als das Telefon klingelte.

»Geh du mal«, sagte sie. Thomas saß näher am Handy.

»Winkelmann«, sein Ton klang geschäftlich, ernst, konzentriert, seriös. »Ach, du bist das!«

Seine Stimme wurde weicher, er verschwand aus der Küche ins Schlafzimmer, lachend und scherzend. Eva konnte nun in Ruhe weiterlesen, hatte aber die Ohren gespitzt, fragte sich, wer das sein könnte. Sie blätterte die Seite um und blieb bei einem Interview mit dem bekannten Virologen aus der Charité in Berlin hängen. Für ihn wären die durch Aerosole und Schmierinfektionen übertragenen Viren das eigentliche Problem. Er bekräftigte noch einmal seinen Rat, dass man Abstand voneinander halten sollte. Andere Fachleute sprachen von mindestens anderthalb Metern, besser zwei. Anderthalb Meter, zwei Meter. Eva überlegte. Sie war gestern Abend noch schnell im Supermarkt gewesen, um Fruchtsäfte zu kaufen. An der Kasse hatte sie darauf geachtet, dass sie den Mindestabstand zum Vordermann einhielt, ihr Einkaufwagen hatte die Sicherheitsdistanz zusätzlich erhöht. Hinter ihr aber stand jemand ohne Wagen, der auch noch anfing zu niesen. Instinktiv zog sie ihren Schal vor Nase und Mund. Ein Gefühl des Ausgeliefertseins stieg in ihr auf, sie wollte nur schnell weg. Die alte Dame vor ihr ließ sich aber viel Zeit beim Bezahlen und nestelte langsam ihr Portemonnaie aus den Tiefen ihres Einkaufsbeutels heraus, aus dem sie umständlich Scheine und Münzen hervorkramte und der Kassiererin in die Hand zählte.

Auch das noch, dachte Eva und war kurz davor, ihren Einkauf stehen zu lassen und unverrichteter Dinge das Weite zu suchen. Nach der Devise »Augen zu und durch« schob sie dann doch ihren Wagen zur Kasse. Waren fünf Saftflaschen das Risiko wert, angesteckt zu werden? Eva nahm sich vor, nur noch in Ausnahmefällen rauszugehen. Sie hatte schon, als sich die Krise mit kurzen Hinweisen angedeutet hatte, gut vorgesorgt und eingekauft. So voll waren ihr Vorratsschrank und ihr Tiefkühlfach noch nie. Thomas hatte sie damit aufgezogen, dass sie »hamstern« gegangen war.

Und jetzt freut er sich, dass wir etwas zu Hause haben, dachte sie, typisch.

Es klingelte an der Wohnungstür.

»Wer ist das denn?!«, murmelte sie. Sie erwarteten keinen Besuch. Thomas telefonierte im Schlafzimmer, also musste sie die Tür öffnen. Sie spähte kurz durch den Spion, wobei sie sich jedes Mal lächerlich vorkam, aber sie fühlte sich so auf der sicheren Seite. Niemand zu sehen.

Komisch, vorsichtig öffnete sie die Tür. In einem Sicherheitsabstand von mehreren Metern stand Ruth auf einer oberen Treppenstufe.

»Fort Knox?«, ulkte sie, womit sich Eva veralbert fühlte.

»Ich bin eben ein vorsichtiger Typ«, sagte sie und nahm damit Luft aus Ruths Hänselei.

Ruth war weder zu Streit noch Albernheiten aufgelegt. »Sorry, war nicht so gemeint. Stell dir vor, Bobs Teamkollege war bis vor einer Woche in Ischgl zum Skifahren und ist gerade positiv getestet worden.«

»Corona? Ach, du Schreck! Und nun?«

Eva fühlte, dass ein Feind eingezogen war und ihr unbeschwertes Leben schlagartig ändern würde.

»Häusliche Quarantäne. Das ganze Team.«

»Alle Ärzte? Um Gottes willen!«

»Ja, alle im Team, auch das Pflegepersonal. Mein lieber Schwiegersohn Bob ist gerade nach Hause gekommen. Noch ist er negativ, Julia auch. Ich darf aber nicht mehr zu ihnen. Habe gerade ganz viel für die beiden eingekauft und vor die Tür gestellt.« Ruth seufzte: »Und das so kurz vor ihrem Umzug!«

»Worst case! Dann müssen wir alle im Haus vorsichtig sein. Schließlich haben sie den Fahrstuhl benutzt, den Handlauf im Treppenhaus, den Türgriff der Haustür und und und. Hast du noch Desinfektionsmittel? Soll ich dir helfen? Wir wischen alles ab.«

»Danke, nicht nötig. Sie haben aus der Klinik eine Desinfektionslösung für zu Hause mitbekommen. Werner und ich werden damit gleich den Handlauf und die Türklinken abwischen und unten einen Anschlag machen, damit alle Bescheid wissen!« Ruth drehte sich zum Gehen.

»Warte noch!«, rief Eva, »Apropos ›Auszug‹ – haben wir eigentlich schon einen neuen Termin für unser kleines Dachgeschoss-Meeting festgelegt?«

»Du meinst zum Thema ›Anschlussvermietung‹ der Dachgeschoss-Wohnung?« Ruth zuckte mit der Schulter. »Soviel ich weiß, wollte Rena dazu schon vor Wochen an einem Seminar teilnehmen und uns darüber berichten. Daraus wird wohl erstmal nichts.«

»Dann machen wir eine Zoom-Konferenz. Die Zeit drängt. Wer hatte sich eigentlich dafür gemeldet, rechtzeitig eine Anzeige zu schalten? War das nicht Überschwang?! Wir wissen doch schon seit langem, dass eure Kinder ausziehen«, empörte sich Eva. »Uns läuft die Zeit davon und damit auch unser Geld!«, schob sie hinterher.

Am liebsten hätte Eva sofort ihren Mann dazu befragt. Aber dafür war sie zu stolz. Unprofessionalität war ihm ein Gräuel. Sie wollte aber keinesfalls zu Kreuze kriechen.

Am Nachmittag hing am schwarzen Brett ein rotes Plakat, dass Bob Johnson und Julia Stockhaus im Dachgeschoss in Corona-Quarantäne wären. Man sollte vorsichtig sein, aber keine Angst haben. Alle für die Hausgemeinschaft relevanten Flächen wären frisch desinfiziert worden. Handschuhe und Mundschutz sowie ein großer Sicherheitsabstand sollten an der Tagesordnung sein. Der Fahrstuhl wäre mit Desinfektionsmittel gesondert abgesprüht worden.

Sternenweg 17 war absolut »de jure«.

Nah - näher - ganz nah

»Kanita, Schätzchen, was ist los?« Rena öffnete der kleinen Marks aus dem Zweiten links die Haustür. »Hast du deinen Schlüssel vergessen? Wieso bist du eigentlich allein unterwegs?«

Kanita druckste herum. »Ich Hund.«

»Welcher Hund?«

»Von Frau.«

»Frau Mohr? Der Pudel von nebenan? Aber du sollst doch gar nicht andere Leute besuchen. Hat dir das Mama nicht gesagt?« Rena schaute die Kleine besorgt an.

»Mama arbeiten. Spielen Hund. Mama nicht will.«

»Also hat sie dir das Spielen verboten, stimmts?«

Kanita zuckte mit der Schulter und kaute an ihrer Unterlippe. Sie schien ein schlechtes Gewissen zu haben.

»Seit wann arbeitet deine Mama denn wieder?« Rena wunderte sich darüber, schließlich hatte Doris bei der Bank Hals über Kopf gekündigt, als Klaus und sie die kleine Kanita adoptieren konnten.

»Papas Bank Telefon. Mama will nicht.« Kanita wischte sich die Hände an ihrer Jeans ab.

»Bist du denn jetzt ganz allein zu Hause?«

»Ja, Mama Pizza.« Sie schien sich darauf zu freuen.

»Dann komm mal rein, du wäschst dir gründlich die Hände und dann darfst du einen Film schauen, bis Mama die Pizza bringt. Ich habe eine lustige DVD mit einem Hund, Lassie.«

Rena schloss ihre Wohnungstür auf und ließ der Kleinen mit Sicherheitsabstand den Vortritt.

»Du weißt ja, wo die Gäste-Toilette ist, wie bei euch gleich um die Ecke.«

Sie hörte, wie die Kleine »Happy birthday« sang, während sie sich die Hände einseifte. War es Leichtsinn, sie mit in die Wohnung genommen zu haben?, dachte Rena. Zweifel begannen an ihrer spontanen Entscheidung zu nagen. Schließlich gehörte sie selbst schon fast zum Corona-gefährdeten Personenkreis, so knapp über fünfzig.

»Kanita, was möchtest du trinken, Limo oder Wasser?« Das war sowieso klar. Sie wies mit dem Kinn auf das Wohnzimmer, schob ihr einen Sessel zurecht und stellte den Fernseher an. »Wir dürfen nicht so nah beieinander stehen, das weißt du sicherlich.«

»Ja, Corona.« Kanita machte es sich auf dem Sessel gemütlich und freute sich über das Glas

Zitronenlimonade, das ihr Rena auf ein kleines Tischchen stellte.

»Kekse hab ich leider nicht da. Aber du kannst mir bitte die Handynummer von deiner Mama geben, kennst du die?«

Rena zeigte ihr Handy, Kanita verstand und holte ihren Keyholder unter ihrem Pulli hervor, auf dem Doris ihre Handynummer notiert hatte.

»Prima!«, lobte Rena. »Dann ruf ich sie kurz an und sage ihr, dass sie mir auch eine Pizza mitbringen kann.«

Beide lachten und Rena verließ den Raum, um zu telefonieren.

Es dauerte nicht lange, bis Doris an der Tür klingelte. »Ach Rena, das ist lieb, dass du dich um Kanita gekümmert hast! Ich musste schnell in die Bank, man wollte mir einen Homeoffice-Platz anbieten, weil dort wegen Corona Land unter ist und zwei Teams zu Hause bleiben müssen. Einige sind Totalausfall, weil sie erkrankt sind. Nicht ernsthaft, aber eben Husten, Erschöpfung, positiv getestet.«

»Und – hast du angenommen?«

»Homeoffice? Nein, ich kann das nicht. Kanita braucht mich. Die Schulen sind geschlossen, Musikschule und Turnen auch. Mein Klaus muss Überstunden schieben, weil es in seiner Abteilung auch nicht besser aussieht. Nein, nein, ich habe mich für Kanita entschieden und dabei bleibt es.«

Resolut rief sie nach ihrer Tochter und gab ihr die zwei Pizzakartons in die Hand.

»So, und gleich erzählst du mir, wieso du rausgegangen bist. Ich habe dich doch gebeten, zu Hause auf mich zu warten, du Schlingel! Sag ›tschüss‹ zu Rena und dann ab durch die Mitte!«

»Eines muss ich noch schnell loswerden«, sagte Rena zu den beiden. »Toll, wie Kanita schon deutsch spricht und versteht. Nach so kurzer Zeit. Glückwunsch!«

»Danke, schön, dass du das sagst! Ich habe ja Zeit und übe viel mit ihr. Gott sei Dank ohne Homeoffice!«

Beim Fahrstuhl schaute sich Kanita zu Rena um und hielt verschwörerisch ihren Zeigefinger an ihren Mund, sie wollte nicht, dass Rena sie wegen des Hundebesuchs verriet.

So ein kleines Biest, dachte Rena, als sie mit ihrer Pizza in ihre Wohnung zurückging.

Vier Tage später wachte Rena mit Husten auf, ihr Kopf brummte und sie fühlte sich wie zerschlagen. Wieland war in seiner Wohnung. Er hatte am Abend zuvor eine Sendung bis spät in die Nacht sehen wollen und war deshalb in der eigenen Wohnung geblieben. Rena schaute auf den Wecker: 4:15 Uhr. Sie stand auf und spürte sofort, dass etwas anders war als sonst. Ihre Zunge war nicht belegt, aber sie war rot im Gesicht und fühlte sich beim eigenen Anblick gleich noch unwohler.

Kanita... Die Kleine war wie auf Abruf sofort präsent. Ob sie sich angesteckt hatte? Kanita war im Gäste-WC gewesen, um sich die Hände zu waschen. Vielleicht hatte sie das nicht gründlich und umsichtig genug gemacht, es hatte womöglich eine Schmierinfektion gegeben: die Klinke, der Wasserhahn, das Handtuch.

Rena holte das Fieberthermometer und legte sich wieder hin. 39 Grad. Angst kroch in ihr hoch. Fieberhaft überlegte sie.

Vielleicht hatte sie im Supermarkt nicht aufgepasst: der Einkaufswagen. Oder aber am Bankschalter, als sie ihre Unterschrift leisten musste, um an ihren Safe zu kommen: der Kugelschreiber. Der Postkasten, wo sie ihre Briefe durch den Schlitz geworfen hatte und deshalb die Klappe anfassen musste. Der Mechaniker, der ihren Geschirrspüler reparierte, der Paketbote, der Hausmeister, Doris, Wieland und Kanita...

Immer wieder Kanita.

Ein kleines Mädchen, das unbedarft mit einem Hund gespielt, eine fremde Wohnung, ein fremdes Haus besucht hatte, um einen Hund zu streicheln.

Sie musste in Erfahrung bringen, wie es Kanita ging und Doris und Klaus und vor allem Wieland.

Ihr fiel ein, dass sie am Abend zuvor zu Anna hochgegangen war, um ihr ein Buch zurückzubringen. Sie hatten nur kurz an der Wohnungstür gesprochen, Anna hatte von ihrem Besuch bei alten Freunden in Münster in Nordrhein-Westfalen erzählt, NRW, Gesundheitsminister Spahn hatte davor gewarnt, ohne triftigen Grund in dieses Bundesland zu fahren... Sie hatten sich nicht berührt, aber vielleicht zu nah voreinander gestanden?

Je länger sie grübelte, desto mehr verschwammen Realität und Traum, die Menschen standen in langen Schlangen vor ihrer Tür, wollten sie sprechen, umarmen, küssen, sie versuchte, alles abzuwehren, die Tür zu schließen – es ging nicht, Füße stellten sich dazwischen, man griff nach ihr, man zerrte an ihr, man nieste sie an und hustete, sie spürte die Feuchtigkeit auf ihrer Haut, wollte das Nass abwischen.

Sie wedelte mit der Hand und wachte davon auf. Verschwitzt, der Alptraum hatte sie fest im Griff, sie fühlte das Fieber wie eine Glocke über sich. Wieland...

Es war halb sieben, sie hatte zwei Stunden geschlafen – wenn überhaupt.

Sie musste Wieland anrufen. Sofort.

»Wieland, was soll ich machen? Ich habe Fieber. – Wieviel? Weiß ich nicht. Um vier noch 39. – Ja, ich messe gleich nochmal. – Mir geht es schlecht. – Corona? Weiß nicht. – Komme erstmal nicht runter. – Bitte schau, was wir machen sollen.«

Wieland wollte sich im Internet belesen und sie gleich anrufen.

Rena fiel in einen tiefen Schlaf.

Als das Handy klingelte, musste sie sich erst sortieren, so weit weg fühlte sie sich.

»Nein, ich hab noch nicht gemessen. Mache ich gleich. – Meinen Hausarzt anrufen? Aber der hat doch noch nicht geöffnet. – Ach so, diese Hotline. – Ja, ruf bitte für mich an. Danke.«

39,6 Fieber. Das war viel für sie, Rena hatte selten hohes Fieber.

»Rena-Schatz, ich komme nicht durch. Warten wir bis acht, dann wird jemand in deiner Hausarztpraxis sein. Ich versuchs telefonisch und melde mich dann bei dir. Ok? Kannst du dich erstmal versorgen?«

»Mach dir keinen Kopf, ich kann das schon, habe schließlich Übung im Alleinleben.«

Um neun meldete sich Wieland wie versprochen am Telefon. »Ich bin durchgekommen. Dr. Mauss hat mich ausgefragt, ich habe, so gut ich konnte, geantwortet. Eins ist klar, du warst in keinem Risikogebiet. Hast du in den letzten zwei Wochen mit jemandem gesprochen, der aus einem Risikogebiet kam?«

Rena verneinte, erzählte Wieland kurz von Doris, Kanita und Anna aus NRW. Er wollte sich kümmern. Sie stand auf und holte sich eine Flasche Wasser zum Bett.

Sie wollte jetzt ihre Ruhe haben.

In der Zwischenzeit routierte Wieland. Er telefonierte mit Doris und Anna, rief zwei befreundeten Mediziner an, die nicht zu erreichen waren, er schickte eine Mail an Renas Hausarzt mit Angaben zu Doris, Kanita und Anna ... und wartete.

Er machte sich große Sorgen um Rena, um sich und um die Welt. Das erste Mal in seinem Leben hatte er kein Patentrezept zur Hand, keine Idee, keinen kompetenten Menschen in seinem sozialen Netzwerk. Er fühlte sich hilflos und zum Warten verurteilt.

Das war fast sein größtes Problem.

Kopflos

Dr. Johann Überschwang und Dr. Linda Klemm waren wieder ein Paar. Beide machten einen glücklichen Eindruck, hielten Händchen und säuselten sich Zärtlichkeiten ins Ohr. Jedenfalls gingen alle davon aus, dass das Geflüster nur für die Ohren der Wiederverliebten bestimmt war.

Im Sternenweg sah man sie in letzter Zeit wenig zusammen, man munkelte bereits, beide wollten einen Neuanfang wagen und eine gemeinsame neue Wohnung irgendwo anders beziehen. Aber keiner wusste Genaues.

Corona ließ Vieles im Unklaren. Man ging sich aus dem Weg. Hörte man vor dem Fahrstuhl stehend, dass jemand auf dem Weg von oben nach unten oder in umgekehrter Richtung unterwegs war, trat man einen Riesenschritt beiseite. Manch einer öffnete sogar im Erdgeschoss die daneben liegende Kellertür und verkroch sich auf der Treppe oder lief lieber gleich schnaufend die Stufen hoch. Man fuhr sowieso grundsätzlich allein. Die Kabine war viel zu eng, um voneinander Abstand zu halten. Aber alle waren glücklich, dass er überhaupt fuhr, und manche nutzten ihn nur, um Einkäufe ohne Begleitung hoch und runter zu befördern und selbst zu Fuß zu gehen nach der Devise: »Jeder Gang macht schlank.«

Auf dem schwarzen Brett hingen bunte Zettel, man bot Hilfe an für Einkäufe oder Behördengänge oder Sonstiges. Neu war, dass jemand auf den Briefkästen einen Primeltopf gestellt hatte. Völlig unnütz, nimmt nur Platz weg, hätte jeder zu normalen Zeiten gedacht. Nun aber freute sich jeder über das bunte Bild.

Absolutes Novum war, dass Roller, Schuhe und Kinderwagen nicht wie sonst im Treppenhaus herumstanden, sondern offenbar in den Wohnungen verschwunden waren. Eine Flasche Desinfektionsspray hielt tatsächlich jeder Versuchung stand, zu eigenem Verbrauch irgendwohin zu verschwinden. Es gab Wetten, wie lange die Flasche noch neben dem Primeltopf stehen würde.

Wieland sah nichts von alledem. Er war damit beschäftigt, schnelle Hilfe für Rena zu organisieren. Als er Überschwang und Linda vor der Haustür traf, grüßten beide freundlich. Alle hielten einen großen Abstand voneinander und Überschwang scherzte, dass sie nun zu dritt dort stünden und ob das nicht gegen die Anweisung verstoße, dass nur eine Person mit nur einer Begleitung zusammen auftreten dürfte. Wieland war kurz angebunden, lachte aber höflich mit und verschwand im Haus. Er schloss Renas Wohnungstür auf und rief von dort über den langen Korridor nach ihr, die er hinten im Schlafzimmer vermutete.

Ein schwaches »Ja« erklang. Dann lauter, er solle bloß nicht reinkommen.

Wieland sah ein, dass in dieser unklaren Situation nichts Heldenhaftes zu suchen hatte. Er rief ihr zu, dass er sie anrufen würde, aber vorn stehen bleiben wollte. Also telefonierten sie wenige Meter voneinander entfernt miteinander.

»Erstens: Kein Test möglich. Zweitens: Vielleicht hast du nur eine kleine Grippe. Drittens: Dein Hausarzt ist total überlastet. Er kann auch keinen Krankenbesuch machen, dafür wäre die Gefahr, dass er selbst infiziert werden könnte, zu groß. Viertens: Ich liebe dich. Fünftens: Ich mache dir gleich Frühstück und bringe es runter. Ich soll dich auf keinen Fall kontaktieren. Dr. Mauss will aber morgen wissen, wie es dir geht und ob du noch Fieber hast. Du sollst Paracetamol zum Fiebersenken nehmen.

Sechstens: Wie geht es dir???«

Rena hustete kräftig, dann flüsterte sie erschöpft ins Telefon, dass es ihr beschissen ginge, aber dass sie da durch müsse. Es gäbe Schlimmeres. Sie wünschte sich nur eine Kanne Roibuschtee und Lutschtabletten mit Zink und Vitamin C. Sie hatte gerade gelesen, dass die besonders gute Wirkung am Anfang einer Infektion hätten. Einen Naturjoghurt wünschte sie sich auch und dazu einen Eierlöffel.

Mehr nicht.

Wieland versprach, alles zu besorgen und wünschte ihr gute Genesung, dann zog er leise die Tür hinter sich zu. Irgendwie kam er sich schofelig vor. Gestern Abend noch hatten sie miteinander geschlafen, heute Distanz. Irgendwie komische Zeiten. Gerade, als er die Treppen in den dritten Stock hochlaufen wollte, kam Anna zur Haustür herein. Er erkannte sie an ihrem knallblauen Anorak, ansonsten war sie nicht zu erkennen. Mit grünem Mundschutz, tief ins Gesicht gezogener Mütze, Sonnenbrille und blauen Gummihandschuhen blieb sie im Hausflur stehen, in sicherer Entfernung von Wieland.

»Anna? Dich erkennt man ja gar nicht. Woher hast du denn die Schutzmaske? Ich denke, alles ist ausverkauft.«

»Ja, ich bin's«, sagte Anna. »Die grüne Maske habe ich noch von der Influenzagrippe vor zwei Jahren. Damals mussten wir im Büro Schutzmasken tragen. Ich war ja mit meinem Rücken krankgeschrieben und habe deshalb noch zwei Pakete Masken gefunden, die ich damals nicht benutzt habe. Hast du Bedarf?«

»Ja, sehr! Erzähl es erstmal nicht weiter, aber Rena geht es nicht gut, sie hat Angst, mit Corona angesteckt worden zu sein. Ich habe gerade mit ihrem Hausarzt telefoniert, der meinte, sie sollte in Quarantäne bleiben und ich dürfte nicht in ihre Nähe kommen und sollte auch zu Hause bleiben. Ich überlege, ob ich mich bei ihr einquartiere. Dann sind wir zu zweit.«

»Ach je, sie auch? Hast du schon den Hinweis auf die Quarantäne im Dachgeschoss gelesen?« Sie wies mit ihrer blauen Hand auf das schwarze Brett.

»Ja, alles nicht so gut zurzeit. Wenn du mir wirklich ein paar Masken abgeben könntest, das wäre toll! Ich kaufe sie dir selbstverständlich ab.«

»Die schenke ich dir, ist doch klar. Wenn ich oben bin, hänge ich sie dir an die Tür.«

»Danke, Anna! Lieb von dir.«

»Und Handschuhe habe ich auch für dich. Und wenn ich euch etwas einkaufen soll, ruf mich bitte an!«

»Bist ein Schatz, danke!« Wieland eilte schnellen Schrittes vor Anna die Stufen nach oben in den dritten Stock.

Corona macht krank und hilfsbereit.
Komisch.

Einer für alle – alle für einen

»Ein Paket für dich, Mario!« Andreas trat von der Klingel zurück.

Nach einiger Zeit öffnete Mario vorsichtig die Tür, grinste Andreas an und zeigte auf seine nackten Beine. »Sorry, gerade aufgestanden.«

»Das tut mir leid, ich dachte, um zehn wären sogar die Künstler aus dem Bett.« Andreas stand in großem Abstand zur Tür.

»Du hast Ferien, stimmts?« Mario lachte. »Habs in der Zeitung gelesen, schulfrei bis nach Ostern. Warum habe ich nur nicht auf meine alte Mutter gehört und bin auch Lehrer geworden? Dann hätte ich Dauerferien!«

»Halt, Signore Castello! So ist das ja nun auch wieder nicht. Schließlich muss ich den Schülern Aufgaben zusammenstellen. Und was das Schönste ist: Wegen des geplanten, aber vorerst noch nicht vorhandenen digitalen Homeschoolings klappere ich die Schüler einzeln ab. Mit dem Rad. Im Gepäck Bücher und Lernmaterial und Arbeitsbogen. Irgendwann darf ich alles korrigieren. Dann doch lieber Schauspieler sein mit schönen Frauen, netten Locations und hoher Gage.«

Beide lachten über ihre Sticheleien, dann erkundigte sich Andreas nach Marios Verwandten in Italien.

»Ach, eine Katastrophe! Meine alte Mutter lebt mit ihren 95 Jahren bei meinem Bruder in der Nähe von Mailand, dem Epi-Zentrum. Ich würde sie am liebsten herholen, wo bei uns noch alles so am Anfang steht. Aber in Mailand…«

»Ich habe die Bilder im Fernsehen gesehen. Bilder wie aus einem Science-Fiction-Roman. Leere Straßen und Sonnenschein. Der Film-Bericht mit der Militär-Kolonne, die Corona-Tote zu einer Sammelstelle gebracht hat, wird sich bestimmt bei allen Fernsehzuschauern im Gedächtnis eingebrannt haben. Wie kann es nur angehen, dass euer Land so sehr in Mitleidenschaft gezogen worden ist?«

»Das Gesundheitssystem ist vollkommen marode. Ich predige schon seit Jahren, dass dort an falscher Stelle gespart wird. Aber auf mich hört ja keiner. Außerdem arbeiten über zwanzigtausend Chinesen in der Nähe von Mailand in der Textilindustrie. Viele sind wohl vor kurzem noch aus ihrer Heimat zurückgekehrt, wo sie das chinesische Neujahrsfest gefeiert haben.«

Das Telefon klingelte in Castellos Wohnung.

»Sorry, ich geh mal ran. Danke für das Paket, Andreas! Hoffen wir auf bessere Zeiten, bleib gesund!«

»Du auch!«, konnte Andreas gerade noch er-
widern, dann hörte er schon, wie Mario auf Ita-
lienisch in den Hörer sprach – nein, eher schrie.
Er hatte wohl keine gute Verbindung.

Andreas ging in seine Wohnung zurück. Sie hatten Fritz, Andreas' ehemaligen Spinningtrainer,
wieder bei sich aufgenommen. Er war immer
noch nicht ganz genesen und konnte sich nur
mit Mühe außer Haus bewegen. Anna war da
ganz pragmatisch.

»Wenn ich koche, koche ich eben für drei und
du hast ein weniger schlechtes Gewissen«, sagte sie, als Andreas sie fragte, ob es ihr recht sei.
»Ja, und Fritz freut sich, dass er als Single nicht
freudlos mit dieser Kontaktsperre allein zu Hause bleiben muss.«

»Ich habe einen Hefezopf gebacken, nett von
mir, nicht wahr?« Anna schaute die beiden Männer erwartungsvoll an.

»In diesen Tagen ein Lichtblick, danke, schöne Frau!«

Fritz war froh, bei den Freunden bleiben zu
dürfen. Nicht nur das Alleinsein, sondern auch
die fehlende Beschäftigung, er nannte es »Be-
rufsverbot«, machten ihm zu schaffen. Alle Fit-
nessstudios waren wegen der Corona-Pandemie
geschlossen worden. Er hätte aus Gründen der
Gesundheit niemanden beim Training anleiten

können, war aber zur Eingliederung in der Verwaltung des Unternehmens eingesetzt worden – bei vollem Gehalt. Nun hatte man Kurzarbeit eingeführt, jüngere Kollegen und Kolleginnen fürchteten um ihren Arbeitsplatz.

Vor Corona war Fritz' Bruder Barkeeper in einer angesagten Bar an der Alster gewesen, als er ohne Vorwarnung die Kündigung in seinem Briefkasten fand. Man hatte ihn noch nicht einmal angerufen. Kleine Restaurants waren seit ein paar Tagen geschlossen, es sei denn, sie hatten statt Mittagstisch einen Abholservice eingerichtet. Andreas und Anna gingen sonst gern in ein kleines italienisches Restaurant um die Ecke. Häufig trafen sie dort andere Hausbewohner oder Leute aus ihrem Viertel. Seit zwei Tagen hatte Enrico, der Patrone, einen Aushang ins Schaufenster gehängt:

»Wegen Corona geschlossen. Wir hoffen, die Krise zu überstehen und bald wieder für euch alle kochen zu dürfen. Alles Gute! Bleibt zu Hause und dann bleibt ihr auch gesund.

Arrividerci, Enrico«

»Wenn das noch länger anhält, wird er zumachen müssen. Meint ihr nicht, wir könnten ihm irgendwie helfen?«, fragte Anna

»Aber wie? Geschlossen ist geschlossen.« Andreas nahm sich ein zweites Stück von dem Hefezopf und fragte nach Quark.

»Haben wir nicht!«, Anna herrschte ihn an, »Mensch, Andreas, du bist doch der Erste, der sich nach Enrico sehnt. Was haltet ihr davon, wenn wir ihn unterstützten? Wir könnten zum Beispiel alle im Haus aktivieren, etwas für ihn zu spenden. Es wird doch hoffentlich noch eine Zeit nach Corona geben!«

»Gute Idee, wieviel würdest du denn in den Topf werfen?«

»100 Euro«, sagte Anna, ohne lange nachzudenken. »Wir hätten in den letzten zehn Tagen mit Sicherheit zweimal dort gegessen und getrunken und den Betrag ausgegeben.«

Fritz machte große Augen: »Und was spendet ihr mir?«

»Stimmt, es ist ein schwieriges Thema. Es gibt viele Opfer der Krise.«

»Jetzt bist du noch kein Opfer, Fritz, du sollst auch nichts dazugeben. Aber wir, die hier wohnen und gern zu Enrico gegangen sind, würden ein so nettes Lokal um die Ecke vermissen. Davon abgesehen, ist er für uns wie ein Freund.«

»Okay. Hundert.« Andreas holte zwei Fünfziger aus seiner Geldbörse. »Aber du musst dich um den Spendenaufruf kümmern!«

»Ich lege gleich los.« Anna stellte den PC an und haute in die Tasten.

Im Hamsterrad

Wieland rief die Professoren aus dem UKE im Erdgeschoss an, sie waren beide nicht zu erreichen. Ihr Au-Pair-Mädchen war am Telefon. Die junge Frau wollte seine Bitte um Rückruf weitergeben.

Er arbeitete die Corona-Live-Ticker, Corona-Foren, »Corona-Fragen-&-Antworten«-Kataloge durch, hielt sich für den am besten informierten User sämtlicher Newsletter zum Thema Corona-Krise und fühlte sich trotz allem allein gelassen. Früher – das hieß nicht mehr oder weniger als »vor dem Wochenende« – früher hätte ein Hausbesuch des Arztes Klarheit und Beruhigung gebracht. Die Verantwortung wäre an einen kompetenten Mediziner abgegeben worden, der mit Medikamenten, Überweisungen oder einfach nur mit beruhigenden Worten das Heft in die Hand genommen hätte. Nun musste Wieland übernehmen, Rena war dazu nicht in der Lage.

Das Medizinerehepaar meldete sich spätabends, gab auf Fragen Antworten, die Wieland schon kannte. Selbst die beiden jungen Ärzte im Dachgeschoss konnten nur besänftigen und darauf verweisen, dass Corona-Tests nicht so einfach gemacht werden könnten. War man aus einem Risikogebiet zurück oder hatte Kontakt zu einem Infizierten gehabt, würde ein Test genehmigt werden. Sie boten Medikamente zum Fiebersenken an oder versprachen, im Kollegenkreis zusätzliche Informationen einzuholen.

Rena zeigte alle Symptome einer Grippe: trockenen Husten, Gliederschmerzen, Fieber. Zeitungen schrieben auch über mögliche Hinweise auf eine Corona-Infektion bei roten, brennenden Augen wie bei einer Bindehautentzündung. Das hatte sie aber nicht. Einen wichtigen Unterschied zur normalen Grippe sollte es geben, wenn das Fieber langsamer anstiege und länger konstant bliebe. Soviel hatte er schon selber herausgefunden. Darauf musste er achten.

Er wollte Rena anrufen, sie sollte nochmals Fieber messen und das belegte Brötchen aufessen, das er morgens in einer Tupperdose in ihren Flur gestellt hatte. Rena fühlte sich schwach und womöglich noch schwächer, weil sie Angst davor hatte, sich mit Corona angesteckt zu haben. Wieland hatte ihr zusichern müssen, täglich bei ihren Kontaktpersonen nach deren Gesundheitszustand zu fragen.

Bei ihr war besetzt. Nanu? Wieland versuchte es ein zweites Mal. Besetzt. Wenn sie telefonierte, konnte es ihr gar nicht so schlecht gehen,

Ich mache hier den Hempel und Madame telefoniert, grollte er.

Kurz darauf klingelte sein Telefon. »Mensch, Wieland, warum hast du nicht gesagt, dass es Rena schlecht geht? Kann ich ihr helfen?« Ruth war aufgeregt. »Erst Bob und Julia und nun noch Rena. Bald ist das ganze Haus in Quarantäne.«

»Nun mal langsam, es ist gar nicht raus, dass sie sich infiziert hat. Ist vielleicht nur eine leichte Grippe«, versuchte Wieland zu beruhigen, obwohl er sich selbst von Ruth angegriffen fühlte.

»Ich habe mit ihrem Arzt telefoniert, bleibe auch zu Hause, sitze seit Stunden am PC, um mehr zu erfahren. Einen Test können wir noch nicht machen. ›Abwarten‹ heißt es überall.«

»Ach, die Arme! Hatte sie denn Kontakt zu einem Infizierten? Weißt du etwas? Sie sagte mir eben, ihr sei eingefallen, dass in der letzten Woche ein Patient bei ihr gewesen sei, der gerade aus Spanien zurückgekommen war.«

»Davon weiß ich ja gar nichts!«

Wieland fragte nach dem Namen. Er wollte sich sofort darum kümmern und weil Ruth nichts Weiteres wusste, rief er Rena an, die ungewohnt zahm am Telefon war. Sie müsste aufstehen und in den Laptop schauen, um die Telefonnummer ihres Patienten zu suchen. Dazu hätte sie gerade gar keine Lust und Kraft. Ob es nicht später sein könnte.

»Nein!« Wieland erschrak selbst über seine Lautstärke und ruderte gleich zurück. »Schätzchen, sorry, aber schau bitte gleich nach, es könnte sehr wichtig sein, es geht sozusagen um vierzehn Tage. Wenn dein Patient bis heute nicht Corona positiv geworden ist, bist du es vielleicht auch nicht. Jedenfalls könnte man fast ausschließen, dass dich der Mensch angesteckt hat. Wann letzte Woche?«

»Er hatte Montag die Therapie.«

»Vielleicht haben wir Glück.«

Rena diktierte ihm die Telefonnummer in sein Handy und bat ihn, sie gleich zu informieren. Allerdings verschwieg sie ihm, dass sie eher den Kontakt mit Kanita verdächtigte.

Nach zehn Minuten wusste Rena, dass ihr Patient sie wohl nicht angesteckt hatte. Sie schlief beruhigt ein, träumte aber keinen schönen Traum. Ihr Thermometer hatte 39.3 angezeigt.

Vermummungsgebot

Am nächsten Morgen trafen sich Dr. Überschwang aus dem ersten Stock links und Peter Glanz aus dem Dachgeschoss links zufällig bei den Mülltonnen im Vorkeller.

»Moin, alles klar bei Ihnen?«

Überschwang sortierte den Plastikabfall, den Hausmüll, Flaschen und Altpapier gewissenhaft in die entsprechenden Behältnisse. Er trug eine Gesichtsmaske, die er aus einem Kaffeefilter gebastelt hatte. »Ein bisschen blöd komme ich mir schon vor, aber lieber doof als tot«, scherzte er.

»Wenn ich ehrlich bin, sehen Sie ohne Maske männlicher aus!«, lachte der Nachbar aus dem Dachgeschoss. »Ich habe ein paar Klinik-Exemplare zu Hause herumliegen. Meine Ex-Frau ist jetzt mit einem Apotheker liiert, sie hat mir letzte Woche zehn Stück zugeschickt.«

»Moment, Ihre Ex-Frau?« Überschwang konnte sich nicht mehr einkriegen. »Aber ...«

»Ich war vor meiner Partnerschaft zehn Jahre mit Martine verheiratet, wir haben vier Kinder. Wussten Sie das nicht? Ich bin davon ausgegangen, dass unsere Art zu leben bereits Klatsch im Treppenhaus war. Nun bin ich derjenige, der überrascht ist.«

»Na ja, warum auch nicht?«, murmelte Überschwang, wandte sich seinem Müll zu und faltete die Einkaufstaschen aus Papier zur Wiederverwendung sorgfältig zusammen. Irgendwie war ihm das Gespräch unangenehm. Er verabschiedete sich freundlich mit einem »Bleiben Sie gesund!« und ging die Kellertreppen hoch. Auf der Straße nahm er seine Maske ab und steckte sie in die Tasche.

Ich mach mich doch nicht zum Affen, dachte er und wechselte die Straßenseite, weil ihm jemand auf seiner Seite entgegenkam.

Wieland kam vom Einkaufen. Er trug Handschuhe und eine von Annas Masken, außerdem einen dicken Schal vor dem Mund. Rena war guter Dinge am Telefon gewesen, klagte nur über Hitze und Fieber. Ansonsten ging es ihr etwas besser. Die Kopfschmerzen waren weg.

»Rena, ich bin da!«, rief er in den langen Flur.

Keine Antwort.

Nichts rührte sich.

Na, vielleicht war sie im Bad und hatte ihn nicht gehört. Er schob seine Maske über den Mund und ging über den Flur zum Schlafzimmer, in der Hoffnung, sie würde gleich antworten. Er klopfte an die Badtür: nichts. Küche: nichts. Als er ins Schlafzimmer kam, glaubte er seinen Augen nicht zu trauen. Rena lag vor ihrem Bett auf dem Schaffell und bewegte sich nicht. »Rena!«, rief er laut, »Was ist mit dir?« Nachdem er sie an der Schulter berührt hatte, kam sie zu sich.

»Um Gottes willen, was hast du denn gemacht?«

Wieland half ihr aufzustehen.

»Mir war schlecht geworden, als ich von der Toilette kam.« Sie stöhnte und hielt sich den Kopf. »Der Rest: Blackout.«

Sie setzte sich vorsichtig auf die Bettkante.

»Eben war ich noch froh, endlich die Kopfschmerzen losgeworden zu sein und nun brummt mir wieder der Schädel.«

Sie rieb sich den Hinterkopf. »Du solltest lieber Abstand halten!« Sie legte sich ins Bett und zog die Decke unters Kinn.

»Und nun? Soll ich Dr. Mauss anrufen?«

»Nein, alles gut.« Sie hustete in ihr Kissen.

»Noch etwas«, sagte Wieland beiläufig, »ich ziehe bei dir ein. Häusliche Quarantäne. Zusammen werden wir das Ding schon schaukeln.«

Eigentlich hatte er mit lautem Protest gerechnet und sich vorher zündende Argumente zurechtgelegt, um sie von seinem Vorhaben zu überzeugen. Aber es kam nichts von ihr. Sie atmete gleichmäßig und schien von einer Sekunde zur anderen eingeschlafen zu sein.

»Auch gut«, sagte er mehr oder weniger zu sich selbst und schloss leise die Tür. Dann fuhr er mit dem Fahrstuhl in den dritten Stock, packte einen Koffer mit notwendiger Kleidung und dem nötigen Kleinkram, was er die nächsten zwei Wochen benötigen würde.

»Zwei Wochen Mallorca, ha ha…«

Er schloss seine Wohnungstür und zog bei Rena ein.

Positiv ist negativ

Das Fieber pendelte sich auf 39 Grad ein. Rena konnte riechen und schmecken, hatte viel Durst, aber kaum Appetit. Sie bekam nicht gut Luft und hustete viel. Wieland brachte ihr ein Gerät zum Inhalieren und schon bald roch die ganze Wohnung nach ätherischen Ölen.

Dr. Mauss war recht zurückhaltend, was den Corona-Test anbelangte. Rena hatte sich weder in einer Region mit Corona-Fällen aufgehalten noch hatte sie Kontakt zu einem bestätigten Corona-Fall. Der Patient aus Madrid und auch Kanita zeigten keinerlei Symptome. Wieland war am Ball und fragte täglich nach deren Befinden. Negativ.

Da Renas Gesundheitszustand aber durchaus die Symptome einer möglichen Infektion zeigte, verordnete Dr. Mauss einen Abstrich aus ihrem Rachen. Innerhalb eines vorgegebenen Zeitfensters erschien eine Ärztin im Schutzanzug mit Maske, Visier und Handschuhen und nahm den Abstrich vor. Anschließend stieg sie in voller Montur in einen Wagen des ärztlichen Notdienstes, der auf der Straße so lange gewartet hatte, und nahm die Probe mit ins Labor.

Am nächsten Tag das Ergebnis:
Nichts. Negativ.

In elf Tagen sollte der zweite Test folgen.

Die Tage vergingen anfangs ungewohnt betriebsam. Während Rena schlief und sich allmählich erholte, wurde Wieland zum Hausmann: Er tauschte seine edel geknitterten Leinenhosen und italienischen Slipper gegen eine bequeme Jogginghose und Sneakers.

Er kochte und räumte die Küche auf.

Früher hatte er gern gekocht, Neues ausprobiert und immer wieder Freunde zum Essen eingeladen. Die Küche war seine Experimentierwerkstatt, die am nächsten Morgen seine Haushaltshilfe Frau Mohr, Möhrchen genannt, grantelnd wieder auf Vordermann brachte.

Diese Zeiten gehörten der Vergangenheit an. Möhrchen musste wegen der Ansteckungsgefahr zu Hause bleiben, was ihr keine Nachteile bescherte, er hatte sie vor Jahren als Minijobberin angemeldet.

Seine Speisekarte enthielt jetzt Hausmannskost und vielerlei Aufläufe. Dann erinnerte er sich an seine Großmutter, die meinte, dass eine »gute Hühnersuppe« ein Allheilmittel sei, vor allem, wenn man eine Grippe mit Fieber hätte. So rief er Eva oder Ruth oder Anna an und bat sie um ein Suppenhuhn und Suppengemüse. Irgendwann fiel ihm auf, dass er immer nur die Frauen um Hilfe bat. Also fragte er auch bei Andreas, Werner, Thomas und sogar Dr. Überschwang oder Mario an, ob sie ihm etwas besorgen könnten.

Alle waren rührend um die vier Nachbarn in Quarantäne bemüht. Täglich stand irgendeine Tupperware vor der Tür, Nachtisch, selbst gebackener Kuchen oder andere Köstlichkeiten.

Aber Wielands Elan ließ mit den Tagen nach. Zwar war Kochen für ihn immer ein kreativer Prozess mit spannendem Ergebnis gewesen, das Saubermachen hingegen kostete ihn zuviel Zeit. Er wünschte in seiner Einkaufswunschliste immer öfter Tiefkühlkost oder zeitsparendes Fertigessen, das er mit Sauercrème, Sahne oder geriebenem Käse aufpeppte.

Alles hat seine Grenzen, sagte er sich und schob dabei so manche Pizza in den Ofen. Ein Gläschen Rotwein könnte auch nicht schaden.

Mit der Zeit ging es Rena besser und sie wartete ungeduldig auf den letzten Test.

Nach circa zwei Wochen konnte die Quarantäne im Sternenweg 17 aufgehoben werden. Die beiden jungen Ärzte aus dem Dachgeschoss und Rena waren nun vor dem Virus geschützt und brauchten wohl zukünftig keine Angst mehr vor Ansteckung zu haben. So glaubte man...

Die Umzugskisten konnten gepackt werden.

Tauschhandel

»Ich habe dich gestern Abend um neun beim Klatschen auf dem Balkon vermisst.« Anna telefonierte mit Ruth. »Oder hast du dich versteckt?«

»Ach, das habe ich ganz vergessen!« Ruth ärgerte sich über sich selbst. »Waren viele da?«

»Wie immer. Ich komme mir allmählich dabei etwas blöd vor. Solidarität hin, Solidarität her. Das Pflegepersonal erhält keinen müden Euro mehr, egal, wie viel geklatscht wird. Die machen einen harten Job und wir klatschen ...«

»Bin gespannt, wie das mit uns hier im Sternenweg weitergeht.« Ruth griff nach ihrem schnurlosen Telefon. »Oh, entschuldige, ich muss auflegen, ein Anruf auf der anderen Leitung. Das Pflegeheim!«

Ruths Vater war seit einem Sturz in seinem häuslichen Wohnzimmer auf einen Rollstuhl angewiesen. Er hatte sich die Hüfte gebrochen und war nach langem Krankenhaus- und Reha-Aufenthalt in einem Heim an der Westküste untergekommen. Zur Kurzzeitpflege. Zwar hatte er alles, was er brauchte, aber er fühlte sich dort nicht wohl und wollte unbedingt wieder zurück in seine eigene Wohnung. Ruth, Werner und ihre Tochter Julia versuchten, ihn mit Engelszungen davon zu überzeugen, nach Hamburg umzuziehen. Sie versprachen ihm ein schönes Pflegeheim, nannten es »Seniorenhotel« oder »Seniorenresidenz«, lockten ihn mit häufigen Besuchen ihrerseits und stellten eine Rundum-Betreuung durch ausgebildete Pflegekräfte in Aussicht. Als er erneut fiel und sich dabei einen Serien-Rippenbruch zuzog, wurde es ihm dann doch bewusst, dass es nur eine Frage der Zeit war, seine Zelte in Husum abzubrechen. Zähneknirschend stimmte er dem Umzug zu.

Ruth war fortan tagelang damit beschäftigt, einen Heimplatz zu organisieren. Es gab komplett ausgebuchte Heime und komplett ausgefüllte Wartelisten. Selbst an ein Doppelzimmer für den Übergang war nicht heranzukommen.

Als sie eines Morgens endlich ein ihr empfohlenes Pflegeheim in Eppendorf erreichte, war zufällig die Heimleiterin persönlich am Apparat.

»Zu wann bräuchten Sie denn ein Zimmer?«, fragte diese.

»Sofort?!«, sagte Ruth geistesgegenwärtig.

»Na, so schnell geht das nicht«, antwortete die Heimleiterin resolut. »Ich setze Sie aber auf die Warteliste. Sollte ein Patient in naher Zukunft sein Zimmer räumen, werden Sie informiert.«

Natürlich war sich Ruth dessen bewusst, dass der Patient verstorben war, wenn er ihrem Vater Platz machte.

Hoffentlich dauert es nicht zu lang!, dachte sie und bekam gleich ein schlechtes Gewissen ...

Eine Zwischenlösung musste her! Und was lag näher als die Dachgeschosswohnung rechts?

Die Quarantäne war vorüber und die Wohnung zum nächsten Ersten frei. Nun musste nur ein Pfleger her, der sich um den gebrechlichen Senior fachkundig zu kümmern hatte. Ruths Wohnung war groß genug, um ihren Vater eine Weile aufzunehmen. Die Personalwohnung im Dachgeschoss könnte nun endlich ihre Daseins-Berechtigung beweisen.

Es ging alles Schlag auf Schlag. Anzeigen wurden im Stellenmarkt und auf der Immobilienseite der HAFENPOST geschaltet, die Husumer Wohnung musste aufgelöst, sein dortiger Platz in eine Pflege in Hamburg umgewandelt werden und so weiter. Es kam viel Arbeit auf Familie Stockhaus zu, vor allem Ruth hatte mit Ämtern, Gesundheitsdienst, Pflegegraden 1 bis 5, Sozialdienst und so weiter zu tun.

Pflegepersonal war knapp, sehr knapp. Und es gab Menschen, die händeringend eine Wohnung suchten und bereit waren, im Tausch ihre

Arbeitskraft einzubringen. Ein junges Pärchen, er Fitnesstrainer, sie Physiotherapeutin und ehemalige Schwesternhelferin bei den Maltesern, bewarben sich auf die Wohnung und boten ihre Fachkenntnisse an. Perfekt! Werner und Ruth zahlten die Miete, die Mieter mussten die Nebenkosten aufbringen und ihren Hilfsdienst nach einem Stundenplan koordinieren.

Die beiden jungen Leute waren überglücklich. Wegen Corona war das Fitnessstudio, in dem sie halbtags gearbeitet hatten, geschlossen worden. Beide hielten sich seitdem mit Gelegenheitsjobs über Wasser, um ihr Kurzarbeitergeld aufzustocken. So half der junge Mann mit, in den Messehallen das zentrale Impfzentrum aufzubauen, und sie füllte bei Budni die Regale auf. Da beide Beschäftigungen Halbtagsjobs waren, hatten sie genügend Freiraum für die Pflege des alten Vaters.

Ruth stellte beim Gesundheitsamt den Antrag, dass unter »strenger Einhaltung der Corona-Regeln« beide Dachbewohner ihren Vater pflegen dürften. Thomas übernahm die rechtliche und steuerliche Absicherung.

Die beiden neuen Mieter des Dachgeschosses hatten viel zu tun! Kaum war Ruths Vater nach wochenlanger liebevoller Pflege im Sternenweg in ein komfortables Pflegeheim übergesiedelt, erlitt Überschwang beim Marathon einen komplizierten Beinbruch. Dann stürzte Castello beim Dreh vom Dach und trug einen Trümmerbruch des Beckens davon. Somsinger riss beim Tennisturnier die Supraspinatussehne.

Heilung und Reha unter einem Dach. Wer hatte das schon?

Das Konzept sprach sich herum und bald meldeten sich Anlieger der Straße, um ebenfalls die Dienste der beiden medizinisch versierten Mieter in Anspruch zu nehmen. »Dienstpläne« wurden ausgearbeitet und das Wohngeld gegengerechnet, so dass alle etwas davon hatten: die Mieter und die kurzzeitig Gebrechlichen.

Dieses Tauschgeschäft hatte Zukunft! Irgendwer würde irgendwann hilfsbedürftig.

Somsinger informierte über seine Kontakte die Presse und schon bald stand der Sternenweg wieder regelmäßig in der Zeitung. Selbstverständlich wurde er mit den beiden Trainern zusammen als Gäste in die Talkshow »Drei nach Neun« eingeladen oder er saß allein auf dem Roten Sofa, um Renas Idee zu promoten.

Der Preis für »Nachbarschaftliches Engagement im Wohnquartier« wurde dem Mehrfamilienhaus im Sternenweg 17 in Eppendorf verliehen. – Fortan schmückte die Urkunde das schwarze Brett im Eingangsbereich.

Zu guter Letzt

Dr. Johann Überschwang und Dr. Linda Klemm sahen sich tatsächlich nach einem gemeinsamen neuen Zuhause um. Er hatte einen Aufsichtsratsposten bei der Gesellschaft für Hamburger Kunst und Kultur übernommen, kandidierte für das Amt des Präsidenten vom Überseeclub und sollte die Silbermedaille für Senioren im Elbe-Halbmarathon gewinnen. Linda war Ende dreißig und wollte Mutter werden. Ihre Arbeit im Vorstand machte ihr nicht mehr Freude. Letztlich hatte sie beruflich alles erreicht, es fehlte nur noch das letzte Häkchen in ihrem Lebensplan.

Für sie und ihre noch ungeborenen Kinder kam nur ein Haus in den Elbvororten in Frage, schließlich hatte Linda selbst ihre Kindheit in einer großen Villa an der Elbe zugebracht. Es war ihr ein Gräuel, sich vorzustellen, ihr Kind in einer Wohnung eines Mehrfamilienhauses aufwachsen zu sehen. Das kam für sie in keiner Weise in Frage. Jugendstil hin, Jugendstil her. Sie setzte Johann dermaßen unter Druck, dass er verschiedene Makler in den Sternenweg 17 einlud, um seine Eigentumswohnung bewerten zu lassen. Der genannte Preis hätte aber niemals ausgereicht, um die von Linda gewünschte Elb-Immobilie mit Garten zu erwerben. Er bat um Geduld. Linda hatte keine Geduld. Sie trennte sich von ihm ... zum zweiten Mal.

Dr. Johann Überschwang blieb dem Sternen-weg erhalten.

***

Herr und Frau Wittmann aus dem ersten Stock kehrten im August nach der in Spa-nien überstandenen Pandemie wieder nach Eppendorf zurück. Sie erzählten von der Angst der Bevölkerung und der teilweise schwierigen Versorgungslage, der extremen Ausgangssper-re und den Polizei- und Krankenwagensirenen, die man fast rund um die Uhr hörte. Die vielen Toten würden ihnen immer im Gedächtnis blei-ben.

Obwohl das spanische Gesundheitssystem kollabiert war und die Angst, wegen ihres Ri-sikoalters ein Beatmungsgerät einem jüngeren Erkrankten überlassen zu müssen, noch präsent war, wollten sie wieder nach Mallorca zurück-kehren und diesmal für immer.

Sie blieben bis zum Herbst im Sternenweg und übergaben ihre Wohnung an den kleinen Enkelsohn und dessen Mutter, die mit ihrem Lebensgefährten, einem professionellen Wellenreiter, einzog.

Wieder eine neue Generation!

**

Anna und Andreas Winterkorn hielten es ohne Sport nicht aus, lernten Golf und waren bald beliebte Mitglieder des Golfclubs Lüchow. Im Winter hielten sie sich im Sternenweg auf, im Sommer in Waddeweitz bei Lüchow-Dannenberg im Wendland.

Heiligabend wurde wie seit Jahren im kleinen Kreis im Sternenweg gefeiert.

**

Bald warteten Werner und Ruth Stockhaus mit einer Neuigkeit auf: Bob und ihre Tochter Julia erwarteten ihr erstes Kind.

Das junge Paar hatte noch keinen Nachwuchs geplant und war mit der Situation völlig überfordert.

Die künftigen Großeltern entwarfen sofort einen ausgeklügelten Plan, um nach der Geburt des Enkels die frisch gebackenen Eltern zu entlasten. So sollte das Baby morgens um sieben vor der Tagesschicht in der Klinik bei den

Großeltern im dritten Obergeschoss abgegeben werden, die bis mittags um 14 Uhr das Kleinkind betreuen wollten. Sie planten, das Kinderzimmer im hinteren Schlafzimmer, ruhig zum Garten gelegen, einzurichten.

***

Eva und Thomas hatten weiterhin viele ruhige Monate. Ruth und Werner, *die beiden von oben*, waren – wie sie – zu zweit, standen spät auf und gingen früh schlafen. Die idealen Nachbarn. In einem Altbau.

Dann war der Nachwuchs da und die Überraschung groß: Es wurden drei Bettchen im Schlafzimmer der stolzen Großeltern aufgestellt.

Für Merve, Marvin und Kevin.
Drillinge.
Die ganz Neuen von oben.
Im Sternenweg 17.
In Eppendorf.

Zur Freude für *die von oben, die von unten und allerhand dazwischen.*

******
***
*

Die Autorin

RITA FISCHER wurde in Lübeck geboren. Nach dem Studium arbeitete sie als Realschullehrerin für die Fächer Kunst und Deutsch in Schleswig-Holstein.

Seit 1980 lebt sie mit ihrem Ehemann in Hamburg-Eppendorf, wo sie lange Zeit neben ihrer Unterrichtstätigkeit als Mitglied vom »Kellertheater Hamburg« auf der Bühne stand.

2019 nahm sie an einem Schreibseminar des Schriftstellers Bodo Kirchhoff teil, wobei ihre Liebe zum Schreiben geweckt wurde.

Rita Fischer ist mit neun weiteren Autoren für den »Literarischen Förderpreis Norderstedt 2020« nominiert worden. Im Dezember 2021 wurde eine ihrer Kurzgeschichten in der Anthologie »Fünfzig« im Kadera-Verlag, Hamburg, veröffentlicht.

Die Episoden aus dem »Sternenweg 17« in Hamburg-Eppendorf folgen ihrem Debütroman »Ankommen. Bleiben.« (Edition Schaumberg, erschienen im Herbst 2022), einer generationenübergreifenden Familiengeschichte im Wechsel zwischen Ost- und West-Deutschland in den Jahren 1955 bis 1989.

Was sich sonst noch in Rita Fischers kreativem Schaffen tut, erfahren Interessierte auf ihrer Website:

https://www.rita-fischer.de